U.G.E. 10|18
12, avenue d'Italie - PARIS XIIIe

MONSTRUEUSEMENT VÔTRE

PAR

RAY BRADBURY

Traduit de l'anglais
par Pierre GIRARD

10 18

CHRISTIAN BOURGOIS ÉDITEUR

Titre original :
A Memory of Murder

ISBN 2-264-01743-0

HAMMETT? CHANDLER? ALLONS, PAS D'AFFOLEMENT!

Quand parurent mes premières nouvelles policières, au début des années quarante, dans *Dime Detective, Dime Mystery Magazine, Detective Tales* et *Black Mask*, il n'y eut pas tout de suite de signes d'affolement dans le camp des Hammett, des Cain et des Chandler. Ni tout de suite, ni plus tard d'ailleurs. Je ne devais jamais représenter, pour eux, une menace. Ou, pour reprendre l'expression immortalisée par Brando, un prétendant au titre.

Je n'en survécus pas moins. L'une de mes idoles, alors, était Leigh Brackett, que je retrouvais chaque dimanche à midi sur Muscle Beach, la plage des sportifs, à Santa Monica, Californie, pour lui donner à lire mes imitations pâlottes de ses *Stark on Mars Stories*, ou les purs et simples plagiats que je faisais des superbes nouvelles policières qu'elle publiait depuis peu dans les magazines que je viens de citer. Etendu sur le sable, je pleurais d'envie devant l'aisance avec laquelle ses personnages apparaissaient, vivaient leurs aventures puis mouraient, quand ils ne continuaient pas à vivre, inconsolables, pour pleurer la mort d'un être cher.

Je me demande comment elle parvenait à lire

jusqu'au bout mes laborieuses élucubrations. L'amitié y entrait certainement pour beaucoup.

Leigh Brackett savait que de tout mon cœur, de toute mon âme et de toutes mes tripes, je voulais être un écrivain. Mais je n'avais pas encore trouvé ma propre voix, même si je commençais à apercevoir certaines de mes vérités dans les récits fantastiques avec, à l'occasion, des échappées vers la science-fiction dont je ne me tirais pas trop mal. Leigh était pour moi un professeur plein d'indulgence, mais j'avais encore à me libérer de l'influence à la fois créatrice et un peu étouffante qu'elle exerçait sur moi.

La plupart des nouvelles qui composent ce recueil ont été écrites pour plaire à Leigh Brackett, pour obtenir d'elle un : « Voilà qui est bien! » et, de temps à autre, un : « C'est ce que tu as fait de meilleur jusqu'ici! »

Après ma dernière année de lycée à Los Angeles, je me suis donné pour règle d'écrire une histoire par semaine, et cela jusqu'à la fin de mes jours. Je savais que, sans la quantité, il ne pourrait jamais y avoir de qualité. Et je sentais que mes histoires, alors, étaient si mauvaises, que seule la pratique me permettrait d'éliminer toutes les scories dont mon esprit était encombré pour laisser librement s'exprimer le meilleur. Et en attendant, je m'efforçais d'accumuler le plus d'expérience littéraire possible, avec du bon, du moins bon, du mauvais, de l'indifférent ou de l'excellent – avec l'espoir que quelque chose finirait par en jaillir, de mes yeux jusqu'au bout de mes doigts.

Chaque lundi, donc, j'écrivais le premier jet de n'importe laquelle des histoires qui me passaient par la tête. Le mardi, je la récrivais entièrement. Suivaient, le mercredi, le jeudi et le vendredi, la troisième, la quatrième et la cinquième version de la même nouvelle. Le samedi, j'expédiais par la poste le texte définitif. Le dimanche, je m'écroulais sur la plage pour une journée entière, aux côtés de Leigh, et le lundi suivant me trouvait en train d'attaquer une nouvelle histoire. Et il en est ainsi depuis maintenant plus de quarante ans. Je continue à produire une nouvelle – ou l'équivalent – chaque semaine. Ces temps-ci, j'écris à ce rythme sept ou huit poèmes, une pièce en un acte ou trois chapitres d'un nouveau roman, ou encore, un essai. Et, aujourd'hui comme naguère, je noircis hebdomadairement à peu près le même nombre de pages : entre dix-huit et trente-deux. Je me hâte d'ajouter qu'il n'y avait rien de mécanique dans cette activité, pas plus que je ne me livrais à un compte maniaque des pages écrites. Je n'en avais pas besoin. J'aimais ce que je faisais, fût-ce à la manière dont une mère aime des bébés quelconques, voire carrément affreux. Vous êtes libres d'aimer ou de ne pas aimer mes enfants, mais sachez que pour les mettre au monde j'ai sué sang et eau, paragraphe après paragraphe, sur le clavier de ma machine à écrire. Dieu protège les jeunes écrivains en leur laissant ignorer, sur le moment, à quel point ils mettent à côté de la plaque. D'où l'intérêt de produire en quantité. Les bonnes histoires que vous écrirez plus tard serviront de paravent à tout ce que vous aurez laissé de mauvais derrière vous au fil des années. Et tout finira par s'équilibrer. Et si vous aimez écrire, vous ne cesserez pas de vous amuser.

Il s'ensuit que les récits policiers, tout comme le fantastique, le scientifique et autres genres bizarres, étaient ce qui m'amusait, moi. Mon talent s'est donc développé plus vite dans ces domaines, parce qu'il était intuitif. Tout ce qui relevait de l'étrange, du fantastique, de la science-fiction m'arrivait comme l'éclair et me précipitait la tête la première sur ma machine à écrire. Les nouvelles policières, parce qu'elles m'obligeaient à beaucoup réfléchir, m'empêchaient de donner libre cours à mon imagination, d'exploiter à fond mon inspiration. Moyennant quoi, elles étaient souvent bancales. Aujourd'hui, après bien des années, fort d'une meilleure connaissance dans ce domaine, et après avoir bénéficié des leçons de Ross Macdonald, je me sens capable de faire mieux.

Parlons maintenant des nouvelles rassemblées dans ce recueil. Elles montrent comment j'écrivais et essayais de survivre en ce début des années quarante. Leigh Brackett s'efforçait de m'aider comme elle le pouvait. Je pataugeais, je cafouillais, tantôt j'échouais, et tantôt je réussissais. Mais je ne me décourageais pas. Peut-être ce recueil n'aura-t-il qu'un intérêt historique aux yeux de ceux qu'habite une immense curiosité pour mon œuvre, dans un domaine que bien peu connaissent. Je peux tout de même indiquer lesquels de ces différents textes ont ma préférence : *Une longue nuit d'octobre*, et *La Dame de la malle*.

Quant aux autres nouvelles, à vous de lire et de juger. Mais je compte sur votre indulgence pour ne pas me condamner trop durement. J'avais à peine vingt ans, après tout, et encore, devant moi, un long chemin à parcourir. Et les Hammett, les Cain et les Chandler se dressaient à l'horizon de toute leur hauteur tandis que je suais à grosses gouttes sur ma plage et demandais conseil à Leigh Brackett. J'espère que son cher fantôme ne m'en voudra pas de lui avoir dédié ce livre.

JE NE SUIS PAS SI BÊTE!

– Je ne suis pas si bête! Non, monsieur!

L'autre jour, à Spaulding's Corner, quand les types se sont mis à crier qu'il y avait un cadavre dans le coin, vous pensez peut-être que je me suis précipité chez le shérif pour lui apprendre la nouvelle?

Eh bien, vous n'y êtes pas du tout. J'ai tourné les talons et je me suis éloigné d'eux, en regardant tout le temps par-dessus mon épaule pour voir s'ils souriaient dans mon dos avec cette lueur qu'ils ont dans les yeux chaque fois qu'ils me font une blague, et, pour commencer, je suis allé examiner le corps. C'était le corps de Mr. Simmons, étendu dans sa ferme déserte et remplie d'échos, envahie depuis des années par les mauvaises herbes, un pied-d'alouette géant et des buissons de belles-de-jour entre lesquels il fallait se frayer un chemin. J'ai frappé à la porte, j'ai tambouriné et, comme personne ne répondait, j'ai poussé la porte qui s'est ouverte en grinçant, et j'ai regardé à l'intérieur.

C'est alors *seulement* que je suis allé prévenir le shérif.

Quelques gamins m'ont vu passer et m'ont jeté des pierres, en riant.

J'ai rencontré le shérif en chemin. Quand je le lui ai dit, il a répondu, oui, oui, je sais, pousse-toi de là! Et je me suis tiré, en le laissant avec Mr. Crockwell, qui sent le purin, et Mr. Willis, qui sent la quincaillerie, et Jamie MacHugh qui sent la savonnette parfumée, et Mr. Duffy qui sent la vieille bière de son bar.

Quand je suis revenu à la maison grise et solitaire, ils étaient tous à l'intérieur, penchés vers le sol comme une équipe de cantonniers autour d'une tranchée. Est-ce que je peux entrer? j'ai demandé, et ils se sont tous mis à rouspéter et à dire non, non, tu serais dans nos pattes, Peter.

C'est toujours comme ça. Les gens n'arrêtent pas de me charrier et de me bousculer. Vous savez ce qu'ils croyaient, ceux-là, quand ils m'ont dit qu'il y avait un cadavre? Ils croyaient que j'allais foncer chez le shérif sans prendre le temps de vérifier qu'ils ne me racontaient pas des histoires. J'ai compris ça, au printemps dernier, un jour où ils m'avaient envoyé pour la vingt-septième fois en quelques années chercher un hameçon à crevette et une ligne d'horizon à la mer, et un autre jour, alors que je revenais, en nage, du quai de Wembley où j'avais une fois de plus cherché sans la trouver une clé à molette pentagonale qu'ils me réclament régulièrement depuis l'année de mes dix-sept ans.

Donc, je les ai bien eus, cette fois, en allant vérifier d'abord, et en courant ensuite chercher de l'aide.

Le shérif est ressorti une demi-heure plus tard en traînant les pieds et en secouant la poussière de ses cheveux.

– Pauvre Mr. Simmons, il a la tête cabossée comme un vieux couvercle de théière.

– Oh? j'ai fait.

Le shérif m'a lancé un regard mauvais de ses yeux jaunes en tordant sa moustache au-dessus de sa lèvre supérieure, qu'il a très mince.

– Eh oui, c'est comme ça, bon Dieu.

– Une énigme policière, hein? j'ai fait.

– Enigme, tu parles! il a dit.

– Vous savez qui a fait le coup? j'ai demandé.

– Pas exactement, et ferme-la, a aboyé le shérif en se roulant une cigarette dont il a avalé une bonne moitié en l'allumant à la flamme de son briquet. Je réfléchis.

– Est-ce que je peux vous aider? j'ai demandé.

– Toi? a dit le shérif en tordant le nez pour aspirer la fumée et en reluquant ma masse de chair et d'os. M'aider? Ha!

Et ils sont tous partis à rigoler en se tenant les côtes, avec des yeux brillants qui leur sortaient de la tête et des joues gonflées d'air qui laissaient échapper des bruits de pneus éclatés. Cette idée-là, vraiment, ça les mettait dans tous leurs états.

Mr. Crockwell, le fermier, il riait, et Mr. Willis, le quincaillier, qui est aussi dur qu'un piquet de rampe, il riait aussi, en faisant autant de bruit qu'un marteau sur une poutre en fer, et Mr. Duffy, l'Irlandais, le patron du bar, il riait en agitant une grosse langue toute rose au fond de sa bouche grande ouverte, et même Jamie MacHugh, ce froussard, qui part en courant si on lui fait « bouh! », il riait, lui aussi!

– J'ai lu Sherlock Holmes, j'ai dit.

Le shérif m'a dévisagé.

– Depuis quand tu lis, toi?

– Je sais lire, qu'est-ce que vous croyez? j'ai dit.

– Et tu t'imagines que tu vas résoudre les énigmes, hein? a gueulé le shérif. Tire-toi de là avant que je te mette mon pied quelque part!

– Laissez-le, shérif, a dit Jamie MacHugh en levant la main entre deux crises de rire. (Et il a ajouté, pour moi, avec un claquement de langue :) Tu es un fin limier, pas vrai, Peter?

Je l'ai regardé en clignant des yeux, six fois.

– Limier, détective, Sherlock Holmes, je veux dire, a dit Jamie MacHugh.

– Ah! j'ai fait.

– Eh les gars! a dit Jamie en riant toujours, moi je suis prêt à parier sur notre Peter quand vous voudrez, *quand vous voudrez!* C'est un malin, celui-là, shérif, un vrai petit malin, vous savez? Il peut vous régler comme ça (et cette fois il a claqué des doigts) n'importe quel problème... Pas vrai, mon grand?

Mr. Crockwell a fait un clin d'œil à Mr. Willis, et Mr. Willis a laissé partir un dernier petit rire qui faisait le bruit d'un tuyau qu'on cogne contre une pierre pour le nettoyer, et ils se sont tous mis à lorgner vers le shérif en se donnant des coups de coude et en gloussant à qui mieux mieux.

– Pour sûr que je suis prêt à mettre de l'argent sur notre Peter. Voilà cinquante cents! Je parie cinquante cents que Peter, ici présent, peut éclaircir ce mystère pour le shérif, a dit Jamie.

– Non mais, écoutez... a fait le shérif qui se tenait raide comme un piquet.

– Et moi, je mets soixante-dix cents, a dit Mr. Willis de sa voix traînante.

Et voilà les petites pièces argentées qui se mettent à briller au soleil, et même quelques billets verts qui claquaient comme des ailes entre leurs doigts velus.

Le shérif a lancé un coup de botte dans un caillou. Il avait l'air énervé.

– Non mais... il ferait beau voir qu'un grand abruti comme celui-là trouve le coupable à ma place !

Jamie MacHugh s'est balancé d'avant en arrière sur ses talons et la pointe de ses chaussures, et il a dit :

– Vous avez peur, shérif ?

– Moi, peur ? Ma parole, mais vous me prenez pour qui ?

– C'est sérieux, shérif. Voilà l'argent, shérif. Vous prenez le pari ?

Le shérif a ricané, et il a dit qu'il s'en voudrait de ne pas le prendre, et les voilà tous repartis à rire, avec des bruits de trompette et de grosse caisse. L'un d'eux m'a donné une grande claque dans le dos, mais je n'ai rien senti, et un autre m'a crié d'entrer dans la maison et de tout lui expliquer.

– Vas-y Peter, explique-nous ça !

Moi, j'avais l'impression de les entendre de très loin, comme quand on nage sous l'eau. Le sang me battait aux tympans, mon cerveau cognait à l'intérieur de mon crâne comme un ballon de foot à moitié dégonflé.

Le shérif m'a regardé. Je l'ai regardé moi aussi, les bras ballants, et mes grosses mains pendant au bout de mes bras. Il a éclaté de rire.

– Seigneur, j'en aurai fini avec cette affaire avant que Peter ait seulement le temps d'ouvrir la bouche pour cracher !

Le shérif a bien voulu me permettre d'entrer dans la pièce où se trouvait le corps à condition que je me tienne sur un seul pied et les deux mains en l'air. J'ai obéi, je n'avais pas le choix. Les autres ont dit qu'il avait raison, donc j'ai fait comme on me disait. Je suis resté comme ça pendant toute la discussion, un pied par terre et l'autre en l'air, et les bras levés au-dessus de ma tête, et eux qui rigolaient chaque fois que je perdais l'équilibre.

– Bon, j'ai dit, en regardant le cadavre. Il est mort.

– Bravo! a crié Jamie MacHugh en s'étouffant de rire.

– Et il a été assommé, j'ai dit, avec quelque chose de lourd et de dur.

– Formidable! Stupéfiant! a crié Jamie à demi écroulé.

– Et ça ne peut pas être une femme qui a fait ça, j'ai dit. Parce que aucune femme n'aurait pu frapper aussi fort.

Jamie riait déjà moins.

– Ça, c'est pas faux.

Il a regardé les autres avec un petit haussement de sourcils.

– Ça, c'est vrai. On n'avait pas pensé à ça.

– ... Ce qui nous permet d'éliminer toutes les femmes, j'ai dit.

Mr. Crockwell s'est tourné vers le shérif, histoire de le taquiner.

– Vous n'aviez pas dit *ça*, shérif.

Le shérif a tiré sur sa cigarette qui s'est mise à jeter des étincelles comme une roue de feu d'artifice un soir de 4 Juillet.

– *J'allais* le dire! Bon Dieu, n'importe qui peut voir que c'est pas une femme qui a pu faire ça! Peter, retourne dans ton coin si tu veux causer!

Je suis retourné dans mon coin, toujours sur un pied.

– Et..., j'ai commencé.

– La ferme! a dit le shérif. C'est à mon tour de parler, maintenant!

Il a remonté son pantalon. Silence. Il a froncé les sourcils.

– Eh bien, comme il vient de le dire, cet homme est mort, il a été assommé, et ce n'est pas une femme qui l'a tué, et...

– Hi-hi, a pouffé Mr. Crockwell.

Le shérif l'a fusillé du regard et Mr. Crockwell a mis une main sur sa bouche.

– Et la mort remonte à vingt-quatre heures, j'ai dit, en reniflant.

– N'importe quel abruti pourrait vous dire ça! a crié le shérif.

– Oui, mais vous ne l'aviez pas dit, a remarqué James MacHugh.

– Est-ce qu'il faut tout dire? Est-ce que je n'ai pas le droit de penser, aussi?

J'ai examiné la pièce vide tout autour de nous. Mr. Simmons était un original, qui vivait en solitaire dans cette maison avec pour tout mobilier quelques tapis ici et là et, à l'étage, un divan. Il ne tenait pas à mettre de l'argent dans des meubles. Il préférait économiser.

J'ai dit :

– Il n'y a pas eu de bagarre, tout est en ordre. Il a certainement été tué par quelqu'un dont il ne se méfiait pas.

Le shérif a ouvert la bouche pour lâcher un juron, mais Jamie MacHugh lui a dit de me laisser parler, parce que c'était diablement intéressant. Les autres l'ont approuvé. Moi, je souriais. J'ai fermé les yeux, en souriant doucement, et quand je les ai ouverts de nouveau j'ai vu qu'ils étaient tous à me regarder comme si, pour la première fois de ma vie, j'étais digne de discuter avec eux. J'ai posé mon deuxième pied par terre et je me suis avancé, lentement.

Je me suis accroupi devant Mr. Simmons et je l'ai regardé. Il était terriblement esquinté. Le shérif a atterri sur ses genoux à côté de moi. J'ai passé ma main sur la manche droite de Mr. Simmons. Devinez qui a immédiatement passé sa main sur la manche gauche? Je me suis raclé la gorge en imitant le bruit du peigne sur une étoffe. Le shérif a fait grincer ses dents les unes contre les autres. Au-dessus de nous, tout le monde retenait son souffle en transpirant à grosses gouttes, on était en plein été.

– Qu'est-ce qui te fait dire qu'il aurait été assassiné par un ami? a demandé Mr. Crockwell.

– Bien sûr, j'ai dit, par quelqu'un en qui il avait confiance, il n'y a pas de traces de lutte.

– Très juste, a dit Mr. Willis, qui ne parle pas souvent.

Et tout le monde a répété : « Très juste, très juste. »

– Voyons, j'ai dit, qui pouvait bien en vouloir à feu Mr. Simmons?

Le shérif parlait fort et sa voix tremblait d'énervement.

– Simmons n'avait pas que des amis. Toujours à se bagarrer, du genre coléreux...

Je les ai tous regardés, en me demandant lequel je pouvais démasquer comme l'assassin. Mes yeux revenaient sans cesse sur Jamie MacHugh, comme s'ils avaient été commandés par un élastique. Ce type avait toujours l'air prêt à partir en courant. Si vous fixiez Jamie en cherchant votre boîte d'allumettes, il se mettait à couiner : « C'est pas moi, je n'ai pas pris tes allumettes! » Si vous laissiez tomber une pièce et que la pièce roulait aux pieds de Jamie, il disait : « C'est pas moi! »

Bizarre. Quelque chose l'avait salement effrayé

quand il était gosse, et il se sentait toujours coupable. Alors, moi, maintenant, je ne pouvais pas m'empêcher de le voir, et de lever les yeux vers lui, qui est tellement nerveux et qui perd la tête pour rien du tout. Tout le contraire de Willis-la-quincaillerie, qui serait capable de se tenir comme un roc au milieu des éclairs.

– J'ai entendu Jamie dire que Mr. Simmons, on devrait le tuer, j'ai dit.

Jamie a écarquillé les yeux.

– J'ai jamais dit ça! Et même, si c'était le cas, vous savez bien, on parle, on dit n'importe quoi... des choses qu'on ne pense pas.

– En tout cas, je t'ai entendu le dire.

– Mais enfin, mais enfin, mais enfin (il a répété trois fois), c'est pas toi, toi, toi, le shérif ic-ici! Alors, tu la fermes, toi!

Le shérif s'est mis à sourire comme un renard.

– Qu'est-ce qui te prend, Jamie? Il y a deux secondes, tu ne jurais que par Peter, tu le portais aux nues.

– Faut pas m'accuser! Personne ne doit m'accuser. Ça suffit, espèce de grand crétin! Retourne dans ton coin! Et tiens-toi sur un pied!

Moi, je n'ai pas bronché. J'ai répété :

– Je t'ai entendu dire qu'il fallait tuer Mr. Simmons.

– Pourquoi tu t'agites comme ça, Jamie? a demandé le shérif.

– Je m'en souviens, a dit Mr. Willis. Tu l'as dit, Jamie. Dis donc, Peter, tu as de la mémoire, toi.

Et il m'a adressé un chouette petit hochement de tête.

– Je parierais qu'il y a des empreintes de Jamie, ici, j'ai dit.

Jamie a pâli.

– Bien sûr! Je suis venu hier après-midi pour essayer de récupérer mes trente dollars que cet escroc, que vous voyez là par terre, me devait, tu m'entends, baudruche?

– Vous voyez, j'ai dit. Il était là. Il y a des empreintes à lui partout ici, comme des fourmis sur un pique-nique. Je parierais que si on lui fouille les poches, on trouvera le portefeuille plein de billets de Mr. Simmons. Je le parierais...

– Laissez mes poches tranquilles!

– Je vais le faire, j'ai dit.

– Non!

– Shérif? j'ai dit.

Le shérif m'a regardé, puis il a regardé Jamie.

– Jamie, il a dit.

– Shérif? a dit Jamie.

– Et qui c'est, qui m'a fait choisir Peter pour résoudre l'énigme?

J'ai dit :

– C'est Jamie, shérif. C'est Jamie!

La cigarette gigotait entre les lèvres du shérif, elle était éteinte.

– C'est vrai, a-t-il reconnu.

– Et pourquoi il m'a fait choisir, à votre avis, shérif? j'ai demandé. Et j'ai répondu : parce qu'il pensait que j'allais tout embrouiller, et que j'allais vous mettre en boule, et que vous ne pourriez plus aboutir à rien.

Ils s'étaient tous écartés de lui, et ils se regardaient les uns les autres, et ils chuchotaient : « Ça, par exemple, qui aurait cru... »

Le regard du shérif, c'étaient deux petites fentes entre ses paupières.

– Peter, je dois le reconnaître, tu as mis le doigt

sur quelque chose. C'est vrai qu'il voulait à tout prix de toi pour semer la pagaille. C'est lui qui a lancé ces foutus paris. Il m'a énervé, avec toi, jusqu'à me faire prendre des vaches pour des éléphants!

– Eh oui! j'ai dit.

– Mais enfin! J'ai jamais tué personne! C'est pas pour ça que je vous ai asticoté avec Peter, shérif. Oh non! c'est pas pour ça, a dit Jamie MacHugh, et il transpirait tellement que l'eau lui dégoulinait de la tête, et on aurait dit une de ces statues de femmes bien roulées qu'on voit sous les jets d'eau, dans les jardins publics.

Le shérif a dit :

– Laisse Peter te fouiller.

Jamie a encore dit non quand j'ai attrapé ses poignets d'une main – j'ai de grandes mains – et que j'ai glissé mon autre main dans la poche revolver de son pantalon, et que j'en ai tiré le portefeuille du mort.

Il a encore dit « Non! », à voix basse, comme un fantôme.

Puis je l'ai relâché. Il a tourné les talons en bredouillant des choses incompréhensibles, et il est sorti en claquant la porte, et en pleurant, avant qu'on ait pu faire un geste pour le retenir.

– Attrape-le, Peter! ils ont tous crié.

– C'est vraiment ce que vous voulez? j'ai demandé. Vous n'êtes pas en train de me faire une blague, encore une fois?

– Non, non, ils ont crié. Attrape-le!

J'ai foncé derrière Jamie, sous le gros soleil, traversé en courant une colline tout en prairie, puis plongé sous un petit bois. Et s'il s'échappait? je me disais. Non. Pas question. J'ai accéléré.

J'ai rattrapé Jamie à hauteur des premières maisons.

Il n'aurait jamais dû essayer de me résister. *Crunch.*

Depuis, les gens viennent s'asseoir autour du bureau du shérif, les soirs d'été, et ils se racontent, en soufflant tranquillement des bouffées, comment le shérif m'a laissé démêler cette affaire. Et le shérif dit que ça lui est égal, et qu'il est aussi content que si c'était lui-même qui avait découvert l'assassin, mais il fronce les sourcils quand il dit ça.

Les gamins, dans la rue, ne me donnent plus de coups de pied dans les tibias et ne me jettent plus jamais de pierres. Ils me donnent la main pour m'accompagner en ville et marcher à côté de moi. Ils me demandent de leur raconter comment j'ai fait. Il y a même des dames, avec de jolies robes bleues ou vertes, qui passent la tête par-dessus leur clôture pour me demander la même chose. Et moi, j'astique l'étoile en argent martelé que le shérif n'avait plus portée depuis vingt ans, et je l'épingle sur ma poitrine où elle étincelle, et je raconte pour la énième fois comment j'ai réglé l'affaire Simmons et comment j'ai capturé l'assassin, Jamie MacHugh, qui s'est brisé le cou en essayant de m'échapper.

Plus personne ne m'envoie chercher la ligne d'horizon, ou un hameçon à crevette. Quand je ne dis rien, ils croient que je pense. Il y a des types qui me font des signes de tête, depuis leur voiture, et qui me disent : « Salut, Peter », et ils ne rigolent plus comme avant, ils m'admirent, pour ainsi dire, et pas plus tard que ce matin quelqu'un m'a demandé si j'avais l'intention de démêler d'autres affaires.

Je suis très heureux. Heureux, comme je ne l'avais jamais été de toute ma vie. Je me réjouis vraiment que Mr. Simmons soit mort, et que j'aie eu la possibilité d'attraper Jamie. Qui peut dire jusqu'à quand tous ces gens-là auraient continué à m'embêter?

Et d'ailleurs, si vous donnez votre parole, si vous jurez, croix de bois, croix de fer, que vous ne le répéterez à personne, je peux vous révéler un petit secret.

C'est moi qui ai tué Mr. Simmons.

Vous voyez pourquoi?

Comme je le disais en commençant, je ne suis pas si bête.

(Titre original : *"I'm Not So Dumb"*)

ON N'EST JAMAIS TROP PRUDENT

Vous ne dormez que quatre heures par nuit. Couché à onze heures, vous êtes debout à trois heures, lucide comme le cristal. Alors, vous commencez votre journée, vous prenez votre café, vous vous plongez dans un livre pour une petite heure, vous écoutez le doux, lointain et irréel mélange de musiques et de paroles diffusé avant l'aube par les stations de radio, et peut-être sortez-vous pour une promenade, non sans toujours vous assurer que vous avez bien sur vous le permis spécial délivré par la police. Votre goût des heures tardives et inhabituelles vous a valu d'être arrêté, ennui que vous épargne à présent ce permis. Vous voici fin prêt pour flâner à votre guise, mains dans les poches et sifflotant, accompagné du seul bruit de vos talons frappant les pavés sur un rythme lent et décontracté.

Ainsi vont les choses, pour vous, depuis l'âge de seize ans. Vous en avez maintenant vingt-cinq, et vous continuez à vous contenter de ces quatre heures de sommeil par nuit.

Il y a, chez vous, très peu d'objets en verre. Vous utilisez un rasoir électrique car les rasoirs mécaniques, dits « de sécurité », coupent parfois, et c'est un risque que vous ne pouvez pas vous permettre.

Vous êtes hémophile. Si vous commencez à saigner, vous ne pouvez plus vous arrêter. Votre père l'était aussi, et son exemple ne peut que vous effrayer. Il est mort sur le chemin de l'hôpital, vidé de son sang, pour s'être fait au doigt une coupure assez profonde. On était hémophile, également, du côté de votre mère, et c'est ainsi que la maladie vous a été transmise.

Dans la poche intérieure droite de votre veste vous avez, en toute circonstance, un petit flacon contenant des cachets de produit coagulant. En cas de coupure, vous les avalez aussitôt. Le produit se répand dans votre organisme et arrête bientôt l'hémorragie.

Votre vie est ainsi faite. Vous dormez quatre heures, et vous évitez tout contact avec des objets tranchants. Chacune de vos journées vous voit éveillé à peu près deux fois plus longtemps que la moyenne de vos congénères, mais votre espérance de vie est plus courte, ce qui semble rétablir une sorte d'équilibre ironique.

De longues heures vont encore s'écouler avant l'arrivée du courrier. Vous vous installez donc devant votre machine à écrire et vous ajoutez quatre mille mots au chapitre que vous êtes en train d'écrire. A neuf heures précises, après avoir entendu claquer le volet mobile de votre boîte aux lettres, vous rassemblez avec soin les feuilles dactylographiées, vous les agrafez, vous vérifiez la qualité des doubles au papier carbone, et vous rangez le tout dans une chemise sous le titre ROMAN EN COURS. Puis, après avoir allumé une cigarette, vous allez chercher votre courrier.

Vous le prenez dans la boîte. Un chèque de trois cents dollars envoyé par une revue à grand tirage, deux manuscrits refusés par des publications de moindre importance, et une petite boîte en carton fermée par de la ficelle verte solidement nouée.

Après avoir jeté un coup d'œil sur les enveloppes, vous revenez à la boîte en carton, vous l'ouvrez et y plongez la main pour saisir l'objet qui se trouve à l'intérieur.

– Nom de Dieu!

Vous laissez choir la boîte et son contenu. Sur vos doigts, une tache rouge vif grandit à toute allure. Quelque chose de brillant a jailli de la boîte en lançant un éclair métallique en même temps que vous perceviez le bruit sec d'un ressort qui se détend.

Le sang coule, silencieux et pressé, de votre blessure. Vous contemplez quelques secondes l'objet tranchant qui gît maintenant à vos pieds, le ressort armé d'une lame de rasoir et comprimé de manière à se détendre sauvagement au premier contact, et qui vous a eu par surprise!

Vous fouillez votre poche d'une main tremblante, en mettant du sang partout sur vos vêtements, vous y trouvez le flacon et vous avalez plusieurs cachets d'un seul coup.

Puis vous attendez que le produit agisse, apporte à votre sang ce qui lui manque pour se coaguler et, avec précaution, vous ramassez l'objet et vous le posez sur la table.

Après l'avoir fixé pendant une dizaine de minutes, vous vous asseyez, vous allumez maladroitement une cigarette, puis vos paupières s'agitent, clignotent, l'espace et les formes ondulent et se dissolvent devant vos yeux pour se recomposer ensuite, et à la seconde où réapparaissent la pièce et tout son mobilier, vous tenez enfin l'explication.

... *Il y a quelqu'un qui ne m'aime pas... Quelqu'un qui ne m'aime pas du tout...*

Le téléphone sonne. Vous décrochez :

– Ici Douglas.

– Salut, Rob. C'est Jerry.

– Salut, Jerry.

– Tu vas bien, Rob?

– Je suis pâle. Et je tremble encore.

– Qu'est-ce...

– Quelqu'un m'a envoyé un paquet, avec un rasoir à l'intérieur.

– Tu plaisantes!

– Pas du tout. Mais il n'y a pas de quoi faire une histoire.

– Et ce roman, Rob, il avance?

– Je ne le finirai jamais si on continue à m'envoyer des objets tranchants par la poste. J'attends un vase suédois en verre brisé au prochain courrier. Ou peut-être une panoplie de magicien, avec une grande lentille désintégrable.

– Je te trouve une voix bizarre, dit Jerry.

– Il n'y a rien d'étonnant à ça. Quant au roman, il avance à pas de géant. Je viens tout juste de taper quatre mille mots. J'en suis au grand amour d'Anne J. Anthony pour Mr. Michael M. Horn.

– Tu cherches à t'attirer des ennuis, Rob.

– C'est ce dont je me rends compte à l'instant.

Jerry marmonne quelque chose.

Vous dites :

– Mike ne s'en prendra jamais à moi directement, Jerry. Et Anne non plus. Après tout, Anne et moi avons été fiancés... avant que je m'aperçoive de ce qu'ils fabriquaient. Des fêtes qu'ils organisaient, des seringues pleines de morphine qu'ils distribuaient aux invités.

– Ils pourraient bien tenter quelque chose pour t'empêcher de terminer le livre.

– Je te crois! Ils ont déjà commencé. Ce paquet, arrivé par la poste... Ce n'est pas forcément eux qui l'ont expédié, mais un autre, peut-être l'un de ceux dont je parle dans le bouquin et qui aura eu vent de quelque chose.

– Tu as parlé avec Anne, dernièrement? demande Jerry.

– Oui, dites-vous.

– Et elle préfère toujours ce genre de vie?

– Une vie du tonnerre. On voit défiler un tas de jolies images avec certaines de ces drogues. Un vrai cinéma.

– Je n'aurais jamais cru ça d'elle. Ce n'est pas son genre.

– C'est toujours ton complexe d'Œdipe, Jerry. A tes yeux, les femmes ne sont jamais des femelles. Tu les vois toutes comme des idoles sans sexe, fraîches et pomponnées, taillées dans l'ivoire et posées sur un piédestal rococo. Tu as trop aimé ta mère. Je suis moi-même, heureusement, plus ambivalent. Au début, Anne m'a bien eu. Mais un soir, un de ces soirs où elle riait tellement que je la croyais ivre, elle s'est mise à m'embrasser, et tout d'un coup j'ai senti la petite aiguille qu'elle me glissait dans la main en murmurant : « Allons, Rob, s'il te plaît... Tu aimeras ça, tu verras. » Et l'aiguille était pleine de morphine, comme Anne elle-même.

– Et voilà, conclut Jerry à l'autre bout du fil.

– Et voilà. J'ai donc prévenu la police et le Bureau des Narcotiques, mais il y a une magouille quelque part, et ils n'osent pas bouger. Ou alors, c'est qu'on leur a graissé la patte. A mon avis, il y a un peu des deux. Quel que soit le système, on trouve toujours un grain de sable pour le bloquer. Dans la police, il y a toujours un type qui essaye de s'en mettre plein les poches et finit par compromettre la réputation du corps tout entier. C'est comme ça. Inutile de se boucher les yeux. Les hommes sont des êtres humains. Et moi aussi. Si je ne suis pas capable d'éliminer le grain de sable en question, j'essaye une autre méthode, un autre moyen. Par exemple, ce roman, que je suis en train d'écrire.

– Tu pourrais bien tomber sur un bec, Rob. Tu crois vraiment que ton roman fera honte aux gars des narcotiques?

– C'est ça, l'idée.

– Tu ne risques pas d'être attaqué en justice?

– J'ai pris mes dispositions. J'ai signé un papier à mon éditeur qui le disculpe entièrement, indiquant que tous les personnages du roman sont imaginaires. Ainsi, c'est moi qui ai menti à l'éditeur; à lui, on ne peut rien reprocher. En cas de procès, les bénéfices de mon livre serviront à payer les avocats. Et ce ne sont pas les preuves qui nous manquent. Cela dit, le roman est sacrément bon.

– Soyons sérieux, Rob. Quelqu'un t'a réellement envoyé un rasoir dans une boîte?

– Oui. Et pour moi, il n'y a rien de plus dangereux. C'est assez excitant. Ils n'oseront jamais m'attaquer de front. Mais si je mourais victime de ma propre insouciance, et d'une affection sanguine héréditaire, qui pourrait leur en vouloir? Ils ne viendront pas me trancher la gorge, c'est évident. Mais un rasoir, un clou ou une lame bien affûtée fixée sur le levier de vitesses de ma voiture... Nous voici en plein délire. Et ton roman à toi, Jerry, il marche?

– Il avance tout doucement. On déjeune ensemble tout à l'heure?

– Bonne idée. Au *Brown Derby*?

– Décidément, tu cherches l'incident. Tu sais bien qu'Anne y va tous les jours, et avec Mike!

– Rien de tel pour me mettre en appétit. Gerald, mon vieux, à tout à l'heure.

Vous raccrochez. Votre main ne saigne plus. Vous sifflotez dans votre salle de bains tout en y appliquant un pansement. Puis vous jetez un nouveau coup d'œil à la petite machine coupante arrivée dans votre boîte aux lettres. C'est plutôt grossier, comme mécanisme... Il y avait tout juste une chance sur deux pour qu'il fonctionne.

Vous vous asseyez et vous vous remettez à taper à la machine : encore trois mille mots. Les événements de ce début de matinée vous ont stimulé.

On a affûté la poignée de la portière de votre voiture, au cours de la nuit, pour la rendre aussi tranchante qu'une lame de rasoir. Perdant votre sang, vous retournez chez vous pour un nouveau pansement. Vous avalez quelques cachets. Le saignement s'arrête.

Après avoir déposé dans votre coffre, à la banque, les deux derniers chapitres du roman, vous roulez jusqu'au *Brown Derby*, où vous retrouvez Jerry Walters, un petit homme aux gestes électriques, au menton mal rasé, avec des yeux tout ronds derrière les verres épais de ses lunettes.

– Anne est déjà là, dit-il en vous voyant arriver, et Mike est avec elle. Tu tiens vraiment à ce qu'on déjeune ici, franchement?

Puis son sourire se fige tandis qu'il regarde fixement votre main bandée.

– Tu as besoin de boire quelque chose! Viens par ici. Anne est à la table, là-bas. Fais-lui un signe.

Vous regardez Anne, assise à une table d'angle, là-bas, dans une robe tissée de fils d'or et d'argent, un bijou aztèque ciselé, assorti au bronze de son cou. Ses cheveux ont le même reflet de bronze. A son côté, derrière un cigare et un nuage de fumée, on aperçoit la silhouette, assez grande et mince, de Michael Horn, lequel a très exactement l'air de ce qu'il est : joueur, spécialiste de narcotiques, jouisseur-né, homme à femmes et meneur d'hommes, avec des diamants aux doigts et probablement des caleçons de soie. Pas question de lui serrer la main. La manucure lui a taillé les ongles en pointe.

Vous vous asseyez devant une salade. Pendant que vous la mangez, Anne et Mike, ayant fini leurs cocktails, s'approchent de votre table.

– Salut, fine lame, lancez-vous à Mike Horn, avec quelque chose comme une intention dans la voix.

Derrière Horn se tient son garde du corps, un gamin de vingt-deux ans venu de Chicago, qu'on appelle Britz. Il a des cheveux noirs gominés, un œillet rouge au revers de sa veste noire, et ses paupières semblent cousues aux angles par une série de petits muscles, ce qui lui donne l'air mélancolique.

– Bonjour Rob, mon chou, dit Anne. Et ce livre?

– Ça marche, ça marche. Je viens de terminer un nouveau chapitre. Sur toi, Anne.

– Merci, chéri!

– Quand vas-tu te décider à quitter cette tête de lard? lui demandez-vous, sans regarder Mike.

– Quand je l'aurai tué, répond Anne.

Mike se met à rire.

– Elle est bien bonne, celle-là. Et maintenant, filons, Baby. Cet avorton me fatigue.

Vous avez, maladroitement, bousculé quelques couverts. Une pile d'assiettes, on ne sait trop comment, s'écrase sur le sol. Vous avez failli frapper

Mike. Mais Britz, Anne et Jerry se sont interposés et vous vous rasseyez.

Le sang vous bat aux tempes. Quelqu'un ramasse les couverts et vous les tend.

– A la prochaine, dit Mike.

Anne a quitté les lieux à la vitesse de l'éclair. Mike et Britz lui emboîtent le pas.

Vous regardez votre salade. Vous saisissez votre fourchette. Vous piquez votre fourchette dans votre salade.

Vous prenez une bouchée.

Jerry vous fixe derrière ses grosses lunettes.

– Pour l'amour de Dieu, Rob, qu'est-ce qui ne va pas?

Vous ne dites rien. Vous éloignez la fourchette de vos lèvres.

– Qu'est-ce qui te tracasse, Rob? Vas-y, crache-le, ce morceau.

Vous crachez.

Jerry étouffe un juron.

Du sang.

Quand vous quittez l'immeuble, avec Jerry, vous ne vous exprimez plus que par signes.

Vous avez un tampon d'ouate dans la bouche.

– Mais je ne comprends pas comment..., dit Jerry.

Vous agitez les mains.

– Je vois, c'est dans la bagarre, au *Derby*. La fourchette était par terre, quelqu'un a marché dessus.

Vous faites d'autres gestes. Jerry s'explique à lui-même le sens de la mimique.

– Mike ou Britz ramasse la fourchette et te la rend, mais au passage, il l'a remplacée par une fourchette trafiquée, taillée pour blesser.

Vous hochez frénétiquement la tête, et votre visage s'éclaire.

– A moins que ce ne soit Anne, dit Jerry.

Non. Vous secouez la tête. Vous tentez de lui faire comprendre, toujours sur le mode de la pantomime, que si Anne était au courant, elle quitterait Mike sur-le-champ. Jerry ne saisit rien du tout et continue à vous interroger derrière ses lunettes avec ses yeux ronds comme des boules de loto. Vous êtes en nage.

La langue, ce n'est pas le bon endroit où se couper. Vous connaissez un type à qui c'est arrivé, un jour, et la plaie ne s'est jamais refermée, – alors, quand on est hémophile, en plus!

Vous faites encore quelques signes, vous vous efforcez de sourire en remontant dans votre voiture. Jerry fronce les sourcils, réfléchit et traduit :

– Ah! dit-il en riant, si je comprends bien, tu disais que tout ce qui te manque, maintenant, c'est un bon coup de couteau dans le dos?

Vous hochez la tête, échangez une poignée de main, et partez au volant de votre voiture.

La vie, soudain, a cessé de vous amuser. La vie est réelle. La vie, c'est un truc qui s'échappe de vos veines pour un oui et pour un non. Votre main, d'un geste machinal, ne cesse de se porter à la poche intérieure de votre veste, où se trouvent les cachets. Ces bons vieux cachets.

Vous vous apercevez, à peu près à ce moment, que vous êtes suivi.

Vous tournez à gauche au premier coin en pensant à toute vitesse. Un accident. Vous recevez un choc, vous saignez. Une fois évanoui, impossible de prendre et avaler les précieuses petites pilules.

Vous enfoncez la pédale de l'accélérateur. Le moteur rugit, mais vous voyez, dans le rétroviseur, que la voiture qui vous pourchasse gagne du terrain. Un coup sur la tête, une dernière blessure, et c'en sera fait de vous.

Vous prenez à droite une fois dans Wilcox, de nouveau à droite, puis à gauche en atteignant Melrose. Mais ils sont toujours là. Il n'y a plus qu'une chose à faire.

Vous arrêtez la voiture le long du trottoir, enlevez la clé de contact, descendez tranquillement, marchez un peu plus loin pour vous asseoir sur la pelouse chez quelqu'un.

Quand passe la voiture suiveuse, vous la saluez d'un sourire et d'un geste de la main.

Il vous semble entendre fuser quelques insultes avant que la voiture ne disparaisse.

Vous accomplissez à pied le reste du chemin qui vous ramène chez vous. En route, vous téléphonez à un garage pour qu'on vienne prendre votre voiture.

Bien qu'ayant toujours été vivant, vous ne l'avez jamais été autant qu'à ce moment – vous vous sentez vivant pour toujours. C'est bien vous, de tous, le plus malin. Vous êtes vigilant. Quoi qu'ils fassent, vous saurez toujours deviner et contrecarrer leurs projets d'une manière ou l'autre. Vous avez une telle confiance en vous! Vous ne pouvez pas mourir. Ce sont les autres, qui meurent. Vous êtes totalement convaincu de votre aptitude à vivre. Il n'est pas encore né, celui qui vous tuera !

Vous pourriez avaler du feu, attraper à mains nues des boulets de canon, embrasser des femmes dont les lèvres lancent des flammes, anéantir des gangsters d'une chiquenaude. Le fait d'être ce que vous êtes, avec ce sang qui coule dans vos veines, vous aurait-il donné l'âme d'un joueur, de quelqu'un de risque-tout? Il y a certainement une explication à ce goût que vous avez de vous approcher du danger. Admettons que ce soit là l'explication. C'est pour votre ego, chaque fois que vous sortez indemne et victorieux d'une de ces épreuves, une formidable satisfaction. Vous êtes, admettons-le, un être plein de suffisance, habité par des penchants morbides à l'autodestruction. Des penchants secrets, bien entendu. Personne n'admet ouvertement qu'il souhaite mourir, mais quelque part ce désir existe, et le dispute en vous à l'instinct de conservation. Le désir de mort vous jette dans les pires ennuis, dont l'instinct de conservation vous tire chaque fois. Et vous criez votre haine, et vous riez à la barbe de ceux que vous voyez grimacer et se contorsionner, mal à l'aise, quand vous vous en tirez sain et sauf. Vous vous sentez supérieur, immortel, – un dieu. Eux sont des inférieurs, des lâches, des gens ordinaires. Et vous n'êtes pas qu'un peu vexé à l'idée qu'Anne vous préfère ses drogues, qu'elle trouve une seringue plus stimulante. La garce! Et pourtant... elle reste à vos yeux séduisante, – et dangereuse. Vous n'avez pas renoncé à elle. Vous êtes prêt à essayer, encore une fois, un jour, n'importe quand, oui comme au bon vieux temps...

Il est de nouveau trois heures du matin. La machine à écrire crépite sous vos doigts. On sonne à la porte. Vous vous levez pour aller ouvrir dans ce calme parfait des moments qui précèdent le lever du jour.

Très loin, de l'autre côté de l'univers, c'est sa voix qui vous appelle.

– Bonjour, Rob. C'est Anne. Tu es levé?

– Voilà! Il y a des éternités qu'on ne t'avait pas vue dans ces parages, Anne...

Vous ouvrez grand la porte. La jeune femme vous frôle en pénétrant dans la pièce, et vous respirez son parfum.

– Je ne supporte plus Mike. Il me dégoûte. J'ai besoin d'une bonne dose de Robert Douglas. Vraiment, Rob, j'en ai assez.

– Tu en as l'air, en effet. Je te plains.

– Rob...

Un silence.

– Oui?

Un autre silence.

– Rob... Si on partait tous les deux, demain? Ou plutôt, aujourd'hui... cet après-midi. Quelque part au bord de la mer, s'allonger au soleil et se laisser griller?... J'en ai besoin, Rob. Terriblement.

– Ma foi. Pourquoi pas? Bien sûr. Mais oui, bon Dieu, oui!

– Je t'aime beaucoup, Rob. Si seulement tu ne t'étais pas mis en tête d'écrire ce satané roman.

– Je pourrais très bien le laisser tomber, si toi, tu laissais tomber cette bande, dites-vous. Mais je n'aime pas ce qu'ils ont fait de toi. Est-ce que Mike t'a dit les sales coups qu'il me joue?

– De quels coups parles-tu?

– Il essaye de me saigner. *Saigner* est bien le mot. Mais tu connais Mike, Anne. Tu sais comment il est, sous ses grands airs. Un froussard, avec du sang de poulet dans les veines. Et Britz, Britz ne vaut guère mieux. Je repère au premier coup d'œil ce genre de faux durs. Mike n'a pas l'intention de me tuer. Il n'a pas le cran pour ça. Il croit simplement qu'il peut me faire assez peur pour m'amener à renoncer. Mais moi, je ne me laisserai pas démonter, parce que je ne le crois pas capable d'aller jusqu'au bout. Il risquera la prison pour trafic de drogue, mais il ne commettra pas un assassinat. Je le connais, Mike.

– Mais moi, est-ce que tu me connais, chéri?

– Je le crois.

– Vraiment?

– Assez bien.

– Je pourrais te tuer.

– Tu n'oserais pas. Tu m'aimes beaucoup.

– Je m'aime aussi moi-même, ronronne-t-elle.

– Tu as toujours été une drôle de fille. Je n'ai jamais su, et je ne sais toujours pas, ce qui te pousse.

– L'instinct de conservation.

Vous lui offrez une cigarette. Elle est tout contre vous. Vous hochez la tête, pensif.

– Je t'ai vue, un jour, arracher les ailes d'une mouche.

– C'était très intéressant.

– Tu disséquais les chatons conservés dans le formol, quand tu étais petite?

– J'adorais ça.

– Et la drogue, tu sais ce qu'elle te fait?

– J'adore ça aussi.

– Et que penses-tu de ça?

Vous êtes si près qu'un léger mouvement suffit pour approcher votre visage du sien. Ses lèvres sont aussi bonnes que belles. Elles sont chaudes, et douces, et vivantes.

Elle vous repousse doucement.

– Ça aussi, c'est exquis, dit-elle.

Vous la serrez contre vous, vos lèvres se rencontrent à nouveau, et vous fermez les yeux...

– Nom de Dieu! criez-vous en vous dégageant.

L'un de ses ongles s'est enfoncé dans la chair de votre cou.

– Oh! pardon, chéri. Je t'ai fait mal? demande-t-elle.

– C'est en ce moment le passe-temps favori de beaucoup de gens, dites-vous.

Vous sortez de votre poche le cher flacon pour prendre deux pilules.

– Seigneur, ma chère, quelle étreinte! Il va falloir me traiter avec douceur, désormais. Je suis un tendre, moi!

– Désolée. Je ne savais plus ce que je faisais, dit-elle.

– Voilà qui est très flatteur pour moi. Mais si c'est ce qui m'arrive chaque fois que je t'embrasse, je me demande dans quel état tu me mettrais si je voulais aller plus loin. Attends une seconde.

Un autre pansement, sur votre cou. Et vous revoici en train de l'embrasser.

– Bon. Pas de panique. On va aller à la plage, et je te dirai tout ce qu'on risque à fricoter avec un Michael Horn.

– Quoi que je te dise, moi, tu ne renonceras pas à écrire ce roman, Rob?

– Non. Où en étions-nous? Ah, oui.

A nouveau ses lèvres.

Peu après midi, vous arrêtez la voiture au bord d'une falaise écrasée de soleil. Anne court devant vous, dégringole les marches de bois qui descendent jusqu'à la mer, cent mètres plus bas. Le vent fait voler ses cheveux aux reflets de bronze, son costume de bain bleu vif souligne sa silhouette parfaite. Vous la suivez, pensif. Vous êtes ici loin de tout. L'autoroute est déserte, vous avez laissé derrière vous les dernières habitations. En bas, c'est la plage, immense et vide, avec de grandes dalles de granit sur lesquelles viennent se briser les vagues, les cris stridents des oiseaux de mer. Vous regardez Anne descendre, devant vous, sur le sable. « Quelle petite idiote! » pensez-vous.

Vous flânez côte à côte et laissez le soleil vous pénétrer. Vous pensez que tout est clair, désormais, que tout va bien. La vie est claire, et comme neuve, même la vie d'Anne. Vous aimeriez parler, mais votre voix rend un drôle de son dans ce silence chargé de sel et de vent. D'ailleurs, votre langue continue à vous faire mal à cause de ce coup de fourchette.

Vous marchez en pataugeant, à la lisière de l'eau, et Anne se penche pour ramasser quelque chose.

– Un bernacle, dit-elle. Tu te souviens, quand tu plongeais avec ton masque de caoutchouc et ton trident, Butch? C'était le bon temps...

– Le bon temps...

Vous revoyez des images du passé, – vous deux, et tout ce que vous faisiez ensemble. Les virées sur la côte. Les parties de pêche. Les plongées. Elle était déjà bizarre, comme fille. Tuer des homards ne la dérangeait pas le moins du monde. Elle prenait plaisir à les vider.

– Tu étais une vraie tête brûlée, Rob. Tu l'es toujours, d'ailleurs. Tu plongeais sans protection pour aller chercher des ormeaux, avec tous ces bernacles qui auraient pu te blesser... Ils sont coupants comme des lames de rasoir.

– Je sais, dites-vous.

Elle lance un grand coup de pied dans le bernacle, qui atterrit près des chaussures que vous venez de retirer. Et en revenant, vous prenez bien garde de ne pas poser le pied dessus.

– On aurait pu être heureux, tous les deux, dit-elle.

– C'est gentil de le penser.

– Je voudrais que tu changes d'avis, à propos de ce livre.

– Trop tard, dites-vous.

Elle soupire.

Une vague s'écrase tout près.

Le fait de vous trouver seul ici avec Anne ne vous effraie pas le moins du monde. Elle ne peut rien contre vous. Vous savez comment vous y prendre, avec elle. Vous en êtes parfaitement sûr. Parfaitement. La journée s'annonce douce et paresseuse – une de ces journées agréables, précisément, parce qu'il ne s'y passe rien. Ce qui ne vous empêche pas, d'ailleurs, de rester vigilant, les sens en éveil, prêt pour tout ce qui peut arriver.

Etendu au soleil qui réchauffe vos os et détend vos nerfs, vous imprimez dans le sable la forme de votre corps. Anne est près de vous, le soleil met un reflet d'or sur la pointe de son nez retroussé et étincelle dans les minuscules gouttes de sueur qui perlent sur son front. Elle parle de mille choses, elle est gaie et insouciante, et vous, vous êtes fasciné ; comment peut-elle être aussi belle, brillante comme une poignée de pierreries jetées sur votre chemin, et dissimuler en même temps, tout au fond d'elle, là où vous ne pourrez jamais l'atteindre, tant de petitesse et de méchanceté ?

Vous êtes à plat ventre dans le sable, et le sable est chaud, l'air aussi.

– Tu vas attraper un coup de soleil ! dit-elle enfin, en riant.

– Il y a des chances, dites-vous.

Vous vous sentez très intelligent. Immortel.

– Attends. Je vais te passer un peu d'huile dans le dos, dit-elle, en ouvrant un amour de petit sac à main en cuir verni. (Elle en extrait un flacon d'huile d'une belle couleur ambrée.)

» Ça fera écran entre le soleil et toi, dit-elle. D'accord ?

– D'accord, dites-vous.

Vous vous sentez très bien, très supérieur.

Elle vous enduit comme un gigot pour le tournebroche. Le flacon est suspendu au-dessus de vous, et il en coule un mince filet de liquide jaune, brillant, qui vous procure une sensation de fraîcheur agréable tout au long de l'épine dorsale. Puis sa main l'étale et étend progressivement son massage à toute la surface de votre dos. Allongé sur le ventre, ronronnant, les yeux fermés, vous contemplez les myriades de particules bleues et jaunes qui dansent sous vos paupières serrées tandis qu'elle continue à verser de l'huile et rit en vous massant.

– Je me sens déjà rafraîchi, dites-vous.

Elle vous masse encore pendant une bonne minute, puis s'arrête et reste assise près de vous, sans rien dire. Un long moment se passe et vous vous reposez dans votre four de sable, sans la moindre envie de bouger. Le soleil, soudain, ne vous brûle plus.

– Tu es chatouilleux? demande Anne, derrière vous.

– Non, dites-vous avec un petit sourire en coin.

– Quel joli dos tu as! dit-elle. Je crève d'envie de le chatouiller!

– Essaye toujours, répondez-vous.

– Ça te chatouille, là? demande-t-elle.

Quelque chose a bougé, très loin, très doucement, dans votre dos.

– Non, dites-vous.

– Et là?

Vous ne sentez rien du tout.

– Tu ne m'as même pas touché, dites-vous.

– J'ai lu quelque part, dit-elle, que certaines parties du dos sont si peu innervées que la plupart des gens sont incapables de dire à quel endroit ils ont été touchés.

– C'est idiot, dites-vous. Vas-y. Touche-moi, et je te dirai où.

Vous sentez trois longs mouvements sur votre dos.

– Alors? demande-t-elle.

– Tu m'as caressé de haut en bas autour de l'omoplate gauche, sur environ quinze centimètres. Et de la même façon autour de l'omoplate droite. Et ensuite, le long de la colonne vertébrale. Tu vois...

– Gros malin. J'arrête. Tu es trop fort pour moi. J'ai besoin d'une cigarette. Zut, je n'en ai plus! Je vais en chercher à la voiture. Tu veux bien que je t'abandonne une minute?

– Je vais y aller, dites-vous.

– Mais non!

Déjà elle s'éloigne. Vous ouvrez un œil, à demi somnolent, pour la regarder courir dans la chaleur incandescente qui monte de la plage. Vous trouvez plutôt curieux qu'elle emporte avec elle son sac verni et le petit flacon d'huile solaire. Les femmes... Mais vous remarquez, aussi, comme elle est belle à voir, qui court. Elle gravit les marches de bois, se retourne et vous adresse en souriant un grand signe de la main. Vous lui renvoyez son sourire, vous levez le bras à votre tour, paresseusement.

– Tu as chaud? crie-t-elle.

– Je fonds, répondez-vous, dans un dernier effort.

Vous sentez la sueur qui ruisselle. La chaleur est en vous, maintenant, et vous vous y abandonnez, comme dans un bain. Ce sont de véritables torrents qui coulent le long de votre dos, mais vous les sentez à peine, comme de très loin, comme si des fourmis vous parcouraient. Des rigoles de transpiration descendent entre vos côtes, jusqu'à votre estomac, et vous chatouillent. Vous vous mettez à rire. Seigneur, comme je transpire! De ma vie, je n'avais transpiré autant! Et le parfum sucré de cette huile qui semble flotter autour de vous... Je crois que je vais dormir. Dormir...

Soudain, vous relevez la tête.

Là-haut, tout au bord de la falaise, le moteur de la voiture vient de se mettre en marche. On a passé la première. Vous regardez Anne qui agite la main par la vitre tandis que la voiture démarre, fait demi-tour, étincelant au soleil, et file en direction de l'autoroute.

Comme ça.

– Dis donc, petite diablesse! criez-vous, furieux.

Vous voulez vous relever. Vous n'y parvenez pas. Le soleil vous a vidé de vos forces. La tête vous tourne. Bon Dieu, vous avez tellement transpiré.

Transpiré!

L'air chaud vous apporte une odeur nouvelle. Quelque chose d'aussi familier et intemporel que l'odeur de la mer. Une odeur chaude, sucrée, écœurante. Une odeur qui rime avec terreur pour vous et tous ceux de votre espèce. Vous poussez un cri, vous vous levez en titubant.

Vous avez sur vous un manteau, une houppelande écarlate. Elle colle à vos cuisses et, sous vos yeux, recouvre lentement vos genoux, vos tibias, vos chevilles. C'est tout rouge. Le plus pur, le plus rouge des rouges du prisme des couleurs. Le plus éclatant, le plus exquis, le plus horrible des rouges que vous ayez jamais vu est en train de se répandre, tout vibrant, sur votre corps.

Vous portez une main à votre dos. Vous bafouillez des mots sans suite. Votre main s'aplatit sur trois longues estafilades ouvertes dans votre chair, trois plaies béantes juste au-dessous de l'omoplate!

La sueur! Vous pensiez transpirer et c'était du sang!

Vous ne sentez rien. Vos doigts tâtonnent faiblement, maladroitement, et en vain : votre dos est devenu insensible.

« *Attends, je vais te passer un peu d'huile dans le dos* », dit la voix d'Anne, très loin, dans le miroitement cauchemardesque de votre mémoire. « *Tu vas prendre un coup de soleil.* »

Une vague s'écrase sur le rivage. Vous revoyez le flacon en suspens au-dessus de vous, les doigts ravissants qui le tiennent, le mince filet ambré s'écoulant sur votre dos... Vous sentez la main qui vous masse.

Une solution de narcotique. De la novocaïne, ou de la cocaïne diluée dans cette huile jaunâtre et qui, appliquée sur votre dos, en a insensibilisé toutes les terminaisons nerveuses. Ces produits-là, Anne les connaît bien, n'est-ce pas?

Douce, si douce Anne. Adorable créature.

« Es-tu chatouilleux? » dit encore la voix dans votre mémoire.

Une nausée vous secoue. En écho, votre conscience qui dérive dans le sang répond : *« Non! Vas-y, chatouille-moi, chatouille-moi... Chatouille-moi, Anne J. Anthony, jolie dame. Chatouille-moi... »*

Avec une mignonne coquille de bernacle, bien coupante.

Vous aviez plongé pour cueillir des ormeaux au fond de l'eau, et vous vous êtes blessé en frôlant un rocher recouvert d'une colonie de bernacles. Mais oui! Un accident! Un accident de plongée... Quoi de plus vraisemblable?

Douce, adorable Anne J. Anthony.

A moins que vous n'ayez, mon amour, affûté vos jolis ongles à la meule d'un rémouleur?

Le soleil est entré dans votre cerveau. Sous vos pieds, le sable fond. Vous cherchez des doigts les boutons pour déboutonner, pour arracher de vous cette tunique écarlate. Hagard, aveugle, tâtonnant, vous cherchez les boutons. Il n'y en a pas. La tunique est toujours là. *Ridicule*, pensez-vous, *vous serez ridicule si on vous retrouve dans vos longs caleçons de laine rouge. Parfaitement ridicule.*

Faute de boutons, il doit y avoir quelque part des fermetures Eclair? On doit pouvoir refermer d'un seul coup ces trois estafilades, et arrêter cette chose rouge qui n'en finit pas de glisser le long de vous. Vous, l'immortel.

Ces coupures ne sont pas très profondes. Il suffit de trouver un médecin. De prendre quelques cachets.

Les cachets !

Vous vous laissez tomber sur votre veste, vous plongez la main dans une poche, puis dans l'autre, puis de nouveau dans la première, vous retournez les poches, vous déchirez la doublure du vêtement, et vous criez, et vous pleurez, et quatre énormes vagues viennent s'écraser avec un bruit de tonnerre derrière vous, comme des trains qui passent. Et vous examinez une nouvelle fois toutes les poches de votre veste dans l'espoir d'en avoir négligé une. Mais vous n'y trouvez qu'un peu de bourre, une pochette d'allumettes, et deux vieux tickets de cinéma. Vous laissez tomber la veste.

– Anne, reviens ! criez-vous. Reviens ! Il y a trente miles d'ici à la ville la plus proche. Je ne pourrai jamais marcher jusque-là. *Je n'ai pas le temps !*

Vous levez la tête vers la falaise qui se dresse au-dessus de vous. Abrupte, d'une blancheur aveuglante sous le soleil.

Cent quarante marches de bois. Il ne vous reste qu'une chose à faire. Les gravir.

Trente miles d'ici la ville, pensez-vous. *Ma foi, qu'est-ce que trente miles ?*

Quelle merveilleuse journée pour une promenade !

(Titre original : *A Careful Man Dies.*)

ÇA ME BRÛLE

Je suis étendu ici, au beau milieu de la pièce, et je ne suis pas furieux, pas en colère, pas perturbé. Pour être perturbé, en colère, furieux, un homme doit d'abord être touché aux nerfs par un stimulus venu de l'extérieur. Les nerfs envoient alors un message instantané au cerveau. Le cerveau répercute aussitôt des ordres brefs aux différentes parties du corps : soyez en colère, soyez furieux, soyez perturbés! Vous, les cils, dressez-vous au-dessus des yeux, qu'ils jaillissent de leur orbite, muscles, mettez-vous au travail! Pupilles, dilatez-vous! Lèvres, retroussez-vous sur les dents! Oreilles, rougissez! Front, plisse-toi! Cœur, bats! Sang, élance-toi! Sois en colère, sois perturbé, sois furieux!

Mais mes cils ne veulent pas bouger. Mes yeux se contentent de fixer d'un regard vide le plafond obscur et sans couleur, mon cœur reste froid, ma bouche molle, mes doigts inertes. Je ne suis ni en colère, ni perturbé. Et pourtant, j'aurais toutes les raisons de m'énerver.

Les policiers vont et viennent dans ma maison avec des airs importants, lâchant des jurons, klaxonnant dans la nuit, buvant au goulot dans la cour. Des reporters mitraillent de leurs flashes mon corps au repos. Les éclairs explosent comme des décharges électriques, les voisins épient par les fenêtres. Ma femme, abandonnée dans un fauteuil, me tourne le dos, et au lieu de pleurer, elle est très contente.

Vous comprenez, maintenant, que j'aurais de quoi être furieux. Mais aussi fort que j'essaye de me fâcher, d'écumer, de jurer, je n'y parviens pas. Rien ne répond plus. Il n'y a plus en moi, et autour de moi, qu'une sorte d'apesanteur glaciale.

Je suis mort.

Je suis étendu, là, dormant, et ces gens sont les fragments de mon rêve désincarné. Ils sont sur moi comme des charognards sur une carcasse en putréfaction, avides du sang versé par le crime de la nuit, dont ils vont s'emparer pour le répandre sur les pages des quotidiens. Mais en passant de mon corps à la presse à sensation, le sang aura pris une prosaïque couleur noire.

Un peu de sang suffira à encrer des millions de petits caractères d'imprimerie. Un peu de sang contient assez de produits chimiques pour produire des tirages à dix millions d'exemplaires. Dans un peu de sang, se trouve assez d'adrénaline pour faire battre le cœur de trente millions de lecteurs.

Ce soir je suis mort. Demain matin, je mourrai à nouveau dans trente millions de cerveaux, pris comme une mouche dans une toile d'araignée, aspiré jusqu'à ma dernière goutte par le public aux myriades de tentacules, et digéré, rejeté, évacué pour faire place à :

L'HÉRITIÈRE ÉPOUSE LE DUC !

AUGMENTATION DES IMPÔTS SUR LE REVENU !

LES MINEURS DE CHARBON EN GRÈVE !

Voici donc les vautours qui tournent autour de

moi. Voici le coroner[1], qui examine mes organes vitaux d'un air détaché, les journalistes, ces hyènes, qui fouillent les pensées mortes de mon amour. Et voici les faunes et les chèvres avec leurs cœurs synthétiques de lions, jetant par la fenêtre de timides coups d'œil mais se tenant à distance respectueuse de l'horreur, observant les carnivores qui paradent, crinières au vent.

De tous, c'est peut-être ma femme la plus maligne. Blottie dans son fauteuil comme dans une cage, elle a tout d'un petit léopard, – un petit animal sombre et doux lissant et léchant sa fourrure, satisfait de ce qu'il a fait.

L'inspecteur, juste au-dessus de moi maintenant, évoque un gigantesque lion évoluant dans ce monde de vivants. C'est un homme aux lèvres épaisses, des lèvres qui serrent dans leur étau un long cigare allumé, et quand il parle à travers cet étau, je vois briller par intermittence le jaune ambré de ses dents. De temps en temps, il laisse tomber de la cendre grise sur ma veste. Il est en train de dire :

– Bon, il est mort. Donc, on lui parle à *elle* pendant une heure, deux heures, trois heures, quatre heures, et qu'est-ce qu'on en tire ? Rien ! Bon Dieu, on ne peut pas rester ici toute la nuit ! Ma femme me tuerait ! Je ne passe plus jamais une soirée à la maison, avec ces maudits assassinats.

Le coroner, si vif, si efficace, promène ses doigts comme les branches d'un compas pour mesurer ma circonférence, mon diamètre. Ya-t-il autre chose que le plus pur intérêt professionnel derrière ces yeux verts, fendus, au regard triste ? Il relève la tête selon un angle impérieux et parle avec importance :

– Il est mort rapidement. Ce couteau n'a certes

1. Le coroner remplit la fonction du médecin légiste.

pas dû lui arranger la gorge. Puis la personne qui l'a égorgé lui a porté trois autres coups dans la poitrine. Un très joli travail. Avec une quantité de sang impressionnante.

L'inspecteur tressaille, tourne brusquement vers ma femme sa tête aux cheveux couleur de bronze.

– Et elle n'a pas une seule goutte de sang sur elle! Qu'est-ce que vous dites de ça?

– Qu'est-ce qu'*elle* dit? demande le coroner.

– Elle ne *dit* rien du tout. Elle reste là, affalée, à fredonner pour elle-même et à chanter : « J'dirai rien tant que j'aurai pas vu mon avocat. » Dieu m'est témoin.

Le détective ne peut pas comprendre les façons d'une femme-chat. Mais moi, étendu là, je le peux.

– C'est tout ce qu'elle veut dire : « J'dirai rien tant que j'aurai pas vu mon avocat. » Encore et encore, comme une berceuse à la noix.

Il se produit à la porte une bousculade qui attire l'attention générale. Un séduisant reporter, agréablement musclé, essaye de se faufiler à l'intérieur.

– Eh!

La poitrine de l'inspecteur, qui me surplombait comme une falaise, s'écarte. Il mord vigoureusement sur son cigare.

– Mais quécequisepasse, bon Dieu?

Apparaît le visage congestionné d'un flic qui se débat.

– Ce type veut entrer, patron!

– Ma parole, mais il se prend pour *qui*, celui-là? demande l'inspecteur.

La voix du reporter, de loin...

– Carlton, du *Tribune*. C'est H. J. Randolph qui m'envoie.

L'inspecteur explose :

– Kelly, espèce d'imbécile ! Laisse-le donc entrer ! Randolph et moi, on allait en classe ensemble ! Mais bien sûr !

– Ha, *ha*, fait le coroner sans se départir de son air impassible.

L'inspecteur lui décoche un regard noir au moment où le policier Kelly s'efface pour laisser entrer le reporter Carlton qui s'avance tout en sueur, à grandes enjambées.

– Il fallait absolument que j'entre, dit Carlton en riant. Ou bien je perdais ma place.

– Salut, Carlton ! L'inspecteur se met à rire : range ta bidoche près de l'autre.

C'est une plaisanterie. Tout le monde rit, sauf ma femme, lovée en S entre les bras de son fauteuil, attitude d'une grâce toute féminine, passant et repassant sa langue sur ses lèvres avec un air de satisfaction – l'air d'une chatte bien repue.

Les autres reporters n'apprécient pas l'arrivée de Carlton. Ils se taisent. Carlton me regarde de ses yeux bleu pâle, si pâles qu'on dirait ceux d'un bébé.

– Eh bien, le voilà arrangé ! Ouvert d'une oreille à l'autre ! Je me demande comment il fera, dans cet état, pour parler à saint Pierre ?

Le coroner est fier.

– Oh, je vais le recoudre et il sera comme neuf. Je m'y prends assez bien pour réparer ce genre de trucs. Question d'expérience.

Mais Carlton, qui n'a pas de temps à perdre, ignore le coroner. La mine concentrée, il aligne des hiéroglyphes sur ses papiers tout en lançant des questions. Il cligne de l'œil sans cesser de griffonner.

– C'est mignon tout plein. Un nid d'amour peut-être. Il y a tous les accessoires. Et lui, Seigneur, il a tout d'un paquet cadeau, vous ne trouvez pas ? Un beau vert sur les coutures, avec de gros rubans rouges de sang coagulé.

Même l'inspecteur a du mal à avaler ça, et il émet une petite toux. Pour la première fois, ma femme semble troublée dans son calme et son indifférence d'eau dormante. Mais ce n'est que passager. Elle ajuste une nouvelle fois l'ourlet de sa jupe vert chartreuse sur ses jambes joliment repliées, battant des cils en direction du nouveau reporter comme si elle voulait attiser jusqu'à l'embrasement l'attention qu'il lui porte.

Mais le reporter s'agenouille maintenant devant l'autel de ma chair profanée. Un autel de marbre froid, délicatement ciselé par la main de Dieu, et récemment retaillé par... quelqu'un d'autre.

Mrs. McLeod, ma plus proche voisine, se dresse sur la pointe de ses orteils grassouillets pour regarder par la fenêtre sud ce qui se passe à l'intérieur. Ses gros yeux gris et luisants me font penser à un hippopotame émergeant de son marigot. Elle parle d'une voix mal assurée, et frissonne comme il se doit.

– Attendez un peu que j'écrive tout ça à Susan, à Springfield. Ce qu'elle va être jalouse ! Un mystérieux assassinat devant ma porte, pratiquement ! Qui aurait cru que nous pouvions avoir des choses pareilles dans *notre* quartier ? Viens voir, Anna, viens donc. Tu vois, le gros avec des plis sous le menton, c'est l'inspecteur de police. Pour moi, il n'a pas l'air d'un inspecteur, et pour toi ? Il a l'air d'un sale type, d'une crapule. Et puis, tiens, vise un peu ce reporter, là, il ressemble à Philo Vance, en plus jeune. Je parie que c'est lui qui va résoudre l'énigme. Mais ce n'est pas lui qu'on félicitera, c'est comme ça. Regarde cette femme, là-bas, dans le coin. Je parierais que c'était sa maîtresse, et pas sa femme...

– Eloignez-vous de cette fenêtre, madame!

– Ma foi, j'ai bien le droit de regarder, non?

– Madame, circulez!

– Jeune homme, je suis propriétaire de cette pelouse, jusqu'à la fenêtre. C'est moi qui l'ai louée à Mr. Jameson.

– Circulez, madame.

– Jeune homme...

Ça suffit, Mrs. McLeod, ça suffit comme ça. Vraiment.

Bon. Revenons-en à ceux qui se trouvent à l'intérieur.

Le reporter, Carlton, est maintenant attiré par ma femme comme une planète par le soleil. Il lui décoche question après question, et elle s'applique à les esquiver. Le reporter est rapide, et ma femme est toute langueur et nonchalance. Elle ne se laissera houspiller, bousculer, embrouiller en aucune façon. Elle dira ce qu'elle a à dire, tout simplement. Et elle le dit, en ronronnant :

– Je suis rentrée à la maison en revenant du night-club, et je l'ai trouvé là, étendu par terre, les yeux au plafond. C'est tout ce que je sais.

Les autres reporters griffonnent aussi. Ils n'avaient pas pu lui tirer un seul mot jusqu'à l'arrivée de Carlton. Celui-ci lui rétorque, sans douceur :

– Vous chantez au *Bomba*?

– Oui. Je suis une très bonne chanteuse. Je peux sortir un *do* plus haut que le *do*, si vous voulez. Une fois, j'ai eu une offre du Metropolitan Opera. Mais je n'y ai pas donné suite; je n'aime pas ces gens-là.

Le coroner dirait bien quelque chose à propos de

ce bavardage. Il n'en fera rien. Mais il y a sur ses traits une expression qui a été la mienne, jadis. Le coroner et l'inspecteur sont tous deux courroucés parce que le projecteur qui était braqué sur eux a pivoté pour éclairer cette divertissante petite passe d'armes entre un homme et une femme. L'inspecteur, surtout, est exaspéré, car il a été incapable d'obtenir de ma femme autre chose que sa petite chanson sur son refus de parler hors la présence d'un avocat, et voici que ce jeune reporter...

Quelqu'un, au-dehors, soulève une petite fille jusqu'à la fenêtre, dans laquelle elle vient s'encadrer un instant.

– Regarde, petite. Tu ne verras peut-être plus jamais une chose pareille...

– Oh, M'man, qu'est-ce qu'il a, le monsieur?

– Eloignez-vous, madame, s'il vous plaît. Je viens tout juste d'expulser deux personnes, et je suis fatigué. Je ne me suis pas assis de toute la soirée. Eloignez-vous...

– Oh, M'man!

Me voici immortel! Prisonnier de l'esprit de cette enfant, j'y resterai, mort, à jamais, et par les nuits sans lune j'arpenterai, hagard, les frissonnants corridors de son corps. Alors, elle s'éveillera en hurlant et en lacérant ses draps. Un jour, plus tard, son mari sentira ses ongles écarlates s'enfoncer dans la chair de son bras, et ce sera moi, cherchant, du fond des ténèbres, à agripper la vie!

– Laisse tomber, *laisse* tomber! suggère l'inspecteur en fusillant Carlton du regard. C'est moi qui l'interroge! Pas toi, grand crétin!

Carlton plisse les lèvres. Il ouvre les mains et hausse légèrement les épaules.

– Mais vous voulez un bon article dans le journal,

n'est-ce pas, capitaine? Avec des photos? Bien sûr que c'est ce que vous voulez. Et moi, il me faut les détails.

Et pour les détails, il se débrouille très bien, le reporter. Ma femme fait quatre-vingt-quatre centimètres de tour de poitrine, soixante-dix de tour de taille et soixante-dix-neuf de tour de hanches. Ces détails-là sont déjà inscrits en lui, sur quelque calepin mental, un pense-bête pour qu'il passe, après les funérailles, un coup de fil à la dame.

Le coroner s'éclaircit la gorge.

– Bon. Voyons un peu, ce corps...

Ah, oui, pour l'amour de Dieu, Messieurs, revenons un peu à moi. Qu'est-ce que je fais, là, couché par terre?

La voix de Carlton part comme un claquement de doigts.

– Vous aviez tout un tas d'admirateurs, n'est-ce pas, madame?

Ma femme lève et abaisse ses paupières.

– Oui, j'ai toujours été très populaire. Je n'y pouvais rien, en somme. Lui (elle me désigne d'un mouvement de tête), ça n'a jamais eu l'air de le déranger, tous ces hommes qui me couraient derrière. C'était comme si la chose l'avait renforcé dans l'idée qu'il avait épousé une... personne de classe.

Le coroner m'envoie une bonne bourrade dans les côtes, du genre plaisanterie de carabin. Il se donne une contenance pour ne pas glousser à ce qu'il vient d'entendre. C'est le choix des mots qui doit lui paraître drôle.

Les autres reporters bourdonnent maintenant comme un essaim d'abeilles qu'on vient de renverser. Ma femme ne veut pas s'adresser à eux, mais il y a sans doute quelque chose de provocant dans la façon qu'a le jeune Carlton de poser son corps, quelque chose dans son regard, ou dans ses lèvres, ou dans ses mouvements d'épaules... en tout cas, les reporters sont furieux.

– Ça suffit, Carlton. Laisse-nous essayer!

Carlton se retourne vers l'inspecteur.

– Qui l'a tué, capitaine?

– Nous sommes en train de passer en revue tous les petits amis de Madame, dit l'inspecteur qui prend un air intelligent, hoche la tête, comme s'il réfléchissait en parlant.

Carlton hoche la tête lui aussi, n'écoutant que d'une oreille, jetant des regards de côté et déployant tout son charme en direction de ma femme. Il rassemble ses notes avec solennité, salue mon corps glacé et traverse la pièce en quelques enjambées.

– Merci, merci, merci, je reviens tout de suite. Je veux donner un coup de téléphone. Travaillez bien.

Et à moi, avec un grand sourire : « Ne m'attends pas, chéri. »

Bang. La porte se referme sur lui.

– Bon, soupire l'inspecteur, nous avons fait ici tout ce que nous pouvions faire. Empreintes digitales. Indices. Photographies. Interrogatoires. Je crois qu'il ne me reste qu'à confier le corps à...

Il s'arrête, en rougissant, pour céder la parole au coroner qui, après tout, a bien le droit, lui aussi, d'y aller de son petit discours officiel.

Le coroner apprécie cette politesse et dit, après avoir marqué, avec sérieux, un temps de réflexion :

– Je pense que nous pouvons maintenant faire enlever le corps. Oui.

L'un des reporters encore présents lance :

– Dites donc, Sherlock, vous pensez que c'est un faux suicide? Si vous me demandez mon avis...

– Je ne vous le demande pas, répond l'inspecteur. Comment expliquez-vous ces coups de couteau?

– Voilà comment je vois les choses, interrompt le coroner. En rentrant chez eux, elle le trouve par terre, mort depuis très peu de temps. Il vient de se suicider. C'est ce qui explique qu'elle n'ait pas sur elle une seule goutte du sang qui jaillissait de cette jugulaire sectionnée. Tout indique qu'elle s'est emparée alors de l'arme du suicide et qu'elle l'a poignardé trois fois, avec frénésie ou, qui sait? avec délices. Elle était contente de le trouver mort, et elle s'est laissée aller. Il n'y a pas de sang dans ces trois plaies, ce qui prouve qu'elles ont été faites plus tard, après qu'elle l'eut trouvé étendu là.

– Non, non, non! rugit l'inspecteur. Vous vous trompez! Vous vous trompez *sur toute la ligne*. Ça ne s'est pas passé comme ça! Absolument pas!

Il est lancé, il secoue les mèches qui lui tombent sur le front, fonce tête baissée dans des impasses, se prend à ses propres raisonnements, mâchonne son cigare, frappe de son poing la paume de son autre main.

– Non, non, vous vous trompez complètement!

Le coroner m'administre une nouvelle bourrade dans les côtes. Il me regarde. Je lui rends son regard avec mes yeux vides qui ne font que refléter la lumière froide de la pièce.

– Oh, mais le coroner a raison! (Ma femme, avec la vivacité d'un léopard qui lance sa patte, se saisit de l'information et la fait sienne). Il a parfaitement raison!

– Une seconde, dit l'inspecteur, dépité de se voir dépossédé de l'affaire qu'il croyait tenir.

– C'est bien ce qui s'est passé, insiste ma femme de sa petite voix ronronnante en ouvrant et refermant ses paupières sur de grands yeux sombres et humides. Je suis rentrée. Il était là, par terre. Et... je ne sais pas ce qui m'a pris. Je crois bien que j'ai saisi le poignard en criant que j'étais contente de le voir mort, et que je l'ai frappé!

– Mais, gémit faiblement l'inspecteur, mais ça ne tient pas debout!

Il sait que c'est peut-être vrai, mais il est lent, il lui faut du temps pour revenir à la réalité. Il ne va pas tarder à taper du pied, comme un enfant contrarié.

– C'est ainsi que les choses se sont passées, affirme-t-elle.

– Ma foi, à la lumière du bon sens... commence l'inspecteur d'un ton mal assuré.

Il fait exprès de laisser choir son cigare pour avoir le temps de le ramasser, d'en secouer la cendre et de le replacer entre ses lèvres avant de se remettre à penser.

– Ma foi, ça ne tient pas debout, et puis voilà..., achève-t-il avec lassitude.

C'est au tour du coroner.

– Eh bien, ma petite dame, vous n'aurez pas à répondre d'un meurtre, mais on vous infligera une amende pour mutilation de corps!

– Mais fermez-la, vous! crie l'inspecteur qui tournoie dans toutes les directions.

– Très bien, dit ma femme. Une amende. Vous pouvez y aller.

Les reporters glapissent par-dessus le tohu-bohu des voix qui s'affrontent.

– C'est bien vrai, Mrs. Jameson?

– Vous pouvez me citer. C'est vrai.

– Oh, mon Dieu! gémit l'inspecteur.

De ses griffes peintes, ma femme est en train de

lui détruire son affaire. Elle la triture, la cajole, la déchire intentionnellement par le milieu sous les yeux horrifiés de l'inspecteur qui ouvre la bouche toute grande, et qui voudrait imposer le silence.

– Surtout, ne l'écoutez pas, les gars!

– Mais c'est la vérité, répète-t-elle, l'honnêteté dans les yeux.

– Vous voyez! gloussent les reporters.

– Circulez, tout le monde! hurle l'inspecteur. J'en ai marre!

Mais l'affaire est close. Voilà ce que déclarent, en riant, les reporters. Les petites ampoules des flashes lancent leurs lueurs aveuglantes, ma femme bat joliment des paupières. L'inspecteur regarde s'envoler tout le bénéfice personnel qu'il comptait tirer de la résolution de cette énigme. Il parvient à se calmer.

– Dites donc, les gars, et ces photos pour le journal, ces photos de moi...

– Quelles photos? Ah, (virgule). Ah ? (Point d'interrogation). Ah!

– Circulez, tout le monde!

L'inspecteur écrase violemment son cigare dans un cendrier. J'en reçois une partie sur moi. Nul ne songe à m'épousseter.

Le coroner sourit sans rien dire et derrière la fenêtre, le public observe en retenant son souffle. On s'attend à ce qu'éclatent les applaudissements.

Tout est fini. Peever, l'inspecteur, secoue la tête.

– Venez, Mrs. Jameson. Et vous, les reporters, si vous en voulez davantage, passez donc au commissariat.

Il y a un mouvement de corps dans l'air, au-dessus de la moquette, à travers la porte.

– Ah, mon vieux... Quelle histoire pour le journal! Gratinée! Et les photos!

– Vite, Alice, regarde par la fenêtre. Ils vont l'emmener !

Quelqu'un jette un linge sur mon visage.

– Oh, zut, on arrive trop tard. Il n'y a plus *rien* à voir !

Ils quittent la pièce, tous ces reporters, emportant des images de moi – il y en a même une en couleurs – qui s'en vont avec eux, au rythme de leurs démarches joyeuses et insouciantes. Chacun se hâte, pour ne pas rater la première édition.

Je suis content. Je suis mort avant minuit. Je serai donc dans le journal du matin. Mrs. Jones me prendra avec son décaféiné. Bien joué, non?

Le détective fait une grimace. Ma femme se lève et sort de la pièce. Dehors, un flic adresse un signe de tête à un collègue.

– Qu'est-ce que tu dirais de quelques beignets chauds arrosés de sirop, au *White Log*?

Je ne peux même pas me lécher les babines.

L'inspecteur éponge d'un geste las la sueur de son front. Il extrait un nouveau cigare de son étui, en arrache d'un coup de dents l'extrémité, et la crache à mes pieds. Il ne dit rien, mais il réfléchit intensément. D'après son visage, cet homme a pour épouse une femme autoritaire. Il appréhende de rentrer chez lui maintenant; il aime traîner sans rien faire, passer des nuits dehors. Les cadavres lui en fournissent le prétexte. Je ne suis pas mal, comme cadavre. Mais pour lui, je ne vaux plus grand-chose. Il ne lui reste plus qu'à rédiger un rapport de routine et à rentrer.

Seul s'attarde le coroner. Il me donne une tape sur l'épaule.

– Personne ne t'a posé de questions, à toi, n'est-ce

pas? Eh bien, l'ami, qu'en est-il, au juste? Ce sont ses copains qui t'ont tué, ou bien c'est toi-même, à cause d'elle? Hein? Un imbécile amoureux est deux fois imbécile.

Moi, je ne dirai rien.

Il se fait tard. Le coroner s'en va. Il a peut-être une femme, lui aussi. Peut-être qu'il aime les cadavres parce qu'eux, au moins, ne discutent pas, contrairement à d'autres personnes.

Me voici seul.

Dans quelques minutes arriveront deux internes en blouses blanches, mâchant leur chewing-gum. Ils me jetteront un coup d'œil indifférent, me feront mollement basculer sur une civière, et m'emmèneront vers la ville à petite vitesse dans une longue ambulance.

Et d'ici une semaine un homme préoccupé par sa déclaration de revenus tournera une manette et les flammes me brûleront. Je m'engouffrerai dans la cheminée du crématorium, réduit en une myriade de particules grises.

Et, par une sorte de justice ironique, et par la grâce du vent qui souffle fort en ce mois de mars, d'ici une semaine, quand tous ces gens, – Carlton, ma femme, l'inspecteur, le coroner, les reporters, Mrs. McLeod – , quand tous ces gens traverseront la rue, peut-être recevront-ils soudain quelque chose dans leurs maudits yeux! Tous autant qu'ils sont!

Des petites particules de cendre grise, peut-être.

(Titre original : *It Burns Me Up!*)

QUI PARLE D'HOMICIDE?

On aurait tort de dire que le Douser eut l'idée de la chose au moment où un homme le poussait par-dessus le parapet de l'Union Bridge. En vérité, c'est le Douser qui défia l'homme d'un : « Vas-y donc, pousse-moi », avant de faire un pas de côté, poliment, pour le laisser passer.

L'homme lança un cri.

Ainsi qu'un train, qui passa tout de suite après, juste en dessous.

Quelques minutes plus tard, Douser s'adressait, au téléphone, à un très méchant gros bonhomme. Celui-ci s'appelait Schabold. Douser avait un ton jovial. Il n'y eut pas d'insultes échangées.

– Ouais, Schabold. Je m'appelle Douser Mulligan. Et le cadavre en question, sous Union Bridge, est celui d'un de vos gardes du corps...

Ce n'était pas une bonne nouvelle pour Schabold. Douser le consola :

– Je comprends ce que vous ressentez, Mr. Schabold. C'est le troisième de vos gars qui trinque depuis un mois. Le premier s'est blessé lui-même, accidentellement, avec une arme à feu, et il est encore à l'hôpital. Le deuxième s'est fait prendre sur

Main Street alors qu'il était soûl, les poches bourrées de faux billets. Ce n'est pas gai.

Schabold répondit par quelques mots pleins de tristesse, comme un gros gamin qui vient de perdre son sachet de bonbons :

– C'est vous, la petite hirondelle qui traîne autour de la prison centrale, n'est-ce pas ?

– C'est exact. Bon, à un de ces quatre, hein, Schabold.

Douser posa le récepteur du téléphone qui se rendormit aussitôt sur son crochet.

Il se rendit à pied jusqu'à la prison. C'était l'hiver. Un vent glacial soufflait. Les choses, maintenant, devenaient amusantes. Il allait passer une heure à la prison, à parler de tout et de rien avec Sarge Palmborg, en épiant d'un œil patient l'arrivée de la grosse limousine noir d'ébène dans laquelle se trouverait un gros homme bien inquiet. La vie n'était pas drôle, sauf des soirs comme celui-ci, quand tout un tas de gens, de différentes pointures, se mettaient à haïr sa petite personne. Oui M'sieur !

– Soir', sergent Palmborg !

– Te revoilà, toi !

Palmborg le regardait de haut, d'un million de kilomètres de haut.

– Mais alors... (il alluma sa pipe avec des gestes augustes dignes d'un dieu), c'est donc que rien ne te décourage ?

– Rien, répondit le Douser.

Un moment de silence.

– Tu t'es fait confisquer ton insigne, il y a un an, à force de faire le malin.

– Je suis tombé dans un piège, protesta le Douser, et ils m'ont eu jusque-là.

Il esquissa un geste éloquent.

– Ensuite, continua Palmborg avec son calme imperturbable, ils t'ont fauché ton étui de revolver comme on pique le nid avec l'oiseau. Maintenant te revoilà, avec la tête d'un petit chat qui aurait digéré le canari.

– Un vrai régal, dit Douser.

Le sergent désigna du menton quelque chose derrière son épaule.

– Il y a un cadavre en train de refroidir là-dedans. On vient tout juste de le ramasser sur la voie du chemin de fer. L'un des hommes de Schabold. Naturellement, tu ne l'as jamais vu?

– Naturellement.

– C'était l'un des types mouillés dans cette attaque de banque à Detroit, où il y a eu des morts. On n'a jamais rien pu lui mettre sur le dos.

– Sauf une locomotive.

Le sergent renifla en se tordant le nez.

– Tu es dans de sales draps, petit. Je ne sais pas si tu cherches Schabold, ou quoi. Celui qui a fait le coup est dans de sales draps. Schabold ne laissera pas passer ça. Trois de ses hommes bousillés, depuis un mois qu'il est arrivé dans cette ville...

Douser s'apprêtait à répondre quand un bruit de tonnerre emplit la nuit d'hiver, et une grosse limousine couleur d'ébène, sortant de nulle part, surgit dans un grondement de moteur. Schabold reposait étalé sur le velours de la banquette arrière, tel un gros porc imperturbable, regardant au-dehors.

– Eh bien... (Douser consulta sa montre). Il est à l'heure...

Il salua de la main.

– Douser, s'il te plaît, grommela le sergent, ôte tes doigts de ton nez.

La voiture disparut en vrombissant. Le sergent mordit sa pipe.

– Je voudrais bien trouver quelque chose pour coincer cette crapule du marché noir, ce gros tas de saindoux..., ajouta le sergent.

– J'ai ma théorie là-dessus, dit Douser d'un ton badin. Schabold est riche, il l'a toujours été. Pourquoi, alors, est-il devenu malhonnête? Je te le demande. Tu sais ce que dit la sagesse des nations? Que chacun de nous porte en germe son propre châtiment. Prends Schabold, par exemple. Demande-toi quel germe il porte en lui, et tu comprendras. Ecoute un peu, collègue...

Ils poursuivirent leur conversation dans le vent qui soufflait de plus en plus fort. Le cœur de Douser, dans sa poitrine, battait comme un petit tambour. Il attendait. Et quand la limousine couleur d'ébène réapparut dans un grondement, le sergent, comme à la parade, lança un coup de sifflet et s'avança pour l'intercepter, Douser sur ses talons.

La limousine freina des quatre roues et Schabold, soulevé de son siège, apparut à la portière.

– Que signifie?

Le sergent sourit.

– Vous avez vos papiers?

Schabold exhiba les siens. Les bagues brillaient d'un éclat dur sur la chair tendre de ses doigts. Le sergent les lui rendit après inspection et, désignant de la tête les gardes du corps assis à l'avant :

– Vos papiers, aussi.

– Euh..., bredouillèrent les gardes du corps, nous... à vrai dire... nous sommes partis tellement vite que... nous avons oublié de les prendre.

– Eh bien, eh bien, dit le sergent, nous allons être obligés de vous retenir en attendant que le FBI ait vérifié votre identité, demain matin. Sortez de la voiture.

– Demain ! s'exclama Schabold en s'extrayant de son carrosse, un gros morceau après l'autre.

Il chercha du regard le visage du sergent, ne le trouva pas et retourna sa fureur contre ses hommes.

– Bande de... abrutis, irresponsables !

– Vous pouvez filer maintenant, lança Palmborg au gros homme. Nous n'avons pas besoin de vous. Vous êtes en règle.

Schabold fit claquer ses épaisses lèvres écarlates comme s'il allait dire quelque chose puis, se ravisant, remonta dans sa voiture et s'installa au volant. En le voyant ainsi, Douser songea à un gros dirigeable manœuvré dans les vents de la vie par des serviteurs dociles condamnés à courir éternellement dans son ombre. A présent, les câbles d'amarrage étaient coupés. Le dirigeable pouvait appeler, crier, lancer des ordres, le vent pouvait souffler. Douser était là maintenant, pour répondre.

Il sauta sur la banquette avant, à côté de Schabold, fit claquer la portière et adressa un signe de la main au sergent.

– Eh, minute ! gronda le dirigeable.

– Bonsoir, sergent. Vous saurez avec qui j'étais, si on me retrouve mort demain. (Douser se retourna vers le gros homme). Allons-y !

Difficile de dire lequcl était le plus sidéré, du gros homme ou du sergent. Ils restaient là, bouche bée. Quelqu'un jura. Le moteur rugit et la voiture s'élança dans les rues froides.

Douser s'installa confortablement, en tortillant son petit derrière avec des gloussements.

– Ralentissez. Nous avons toute la nuit pour discuter. De la façon dont vous pouvez me tuer, et moi, vous tuer.

La voiture ralentit.

– Bon. Qu'est-ce que tu proposes?

– Rien du tout. Ici, avec vous, je peux passer la nuit en sécurité. Dans la gueule du lion. C'est ce que vous diriez, j'en suis certain. Tout le monde vous a vu m'embarquer en pleine nuit, gros lard. Cela fait partie de mon super-plan. N'essayez pas de me toucher ce soir, ni même demain.

La chaussée se déroulait à toute allure, avec un chuchotement de caoutchouc, sous les roues de la grosse voiture.

– Je vais vous dire comment je vois les choses, Schabold. Il m'arrive de ne pas fermer l'œil de la nuit, à force de penser à ces criminels qui courent le monde en toute liberté. Cela me met hors de moi. Alors, je ne reste pas inactif. Je m'assure bien, pour commencer, que le type est un vrai criminel, puis je contre-attaque. J'ai d'abord éliminé vos petits copains, étant donné que s'il m'arrivait quelque chose, vous seriez capable de l'attribuer à l'un d'entre eux. C'est ce que vous faites habituellement. Mais je vous voulais, vous, et vous *seul*. Rien que vous et moi, pour les vingt-quatre heures à venir, mon lapin. A vous de jouer, maintenant!

Schabold étouffait dans ses bajoues. Ses yeux étaient gris, inexpressifs, braqués droit devant lui, ses mâchoires tremblaient.

Douser jeta un coup d'œil au paysage qui défilait à toute vitesse et dit :

– Voici votre maison, Schabold. Vous voulez vous arrêter pour prendre un revolver...

Il y eut un grincement de freins. Douser alla heurter le pare-brise comme un ballon. Schabold parut satisfait, et s'extirpa du véhicule pour foncer à travers la rue, Douser trottinant sur ses talons.

Ils trouvèrent un revolver dans la cuisine. Douser avait participé avec entrain à la recherche.

– Il ne serait pas dans la poubelle ? Non. Dans le réfrigérateur ? Je me doutais bien que vous ne vous promèneriez pas avec une arme près de la prison. Voyons derrière ce pot de confiture.

Schabold trouva le revolver. Et ils retournèrent à la voiture, Douser suivant toujours Schabold tout en grignotant des biscuits pour l'apéritif. Personne n'avait appelé quiconque pour demander de l'aide. Le moteur rugit une nouvelle fois et la voiture repartit.

Schabold, en possession de son arme, reprenait le contrôle de lui-même après le choc qu'il venait de subir. Un éclair pensif s'alluma dans ses yeux enfouis sous la graisse. Il pressa sur l'accélérateur et ils traversèrent en trombe Beverley Hills. Douser sifflait gaiement. Soudain, il cessa de siffler pour demander une faveur à Schabold.

– S'il vous plaît, Mr. Schabold, prenez votre revolver.

– Pourquoi faire ?

– Vous verrez bien.

Schabold prit le revolver.

– Et maintenant ?

Douser lui donna ses instructions.

– Appliquez-le contre ma poitrine.

Avec un ignoble plaisir le revolver se fraya un chemin entre des côtes aussi minces que les barreaux d'une cage d'oiseau.

Douser souffla sur ses ongles et les frotta contre son genou d'un mouvement lent, plein de langueur.

– Maintenant, appuyez sur la détente.

Le moteur ronronnait doucement. Schabold murmura :

– Oh ! ce que j'aimerais appuyer sur cette

détente, et recommencer, encore et encore. (Les yeux s'ouvrirent dans la graisse, se refermèrent, se rouvrirent). Seigneur, quand je pense à ce que ça ferait, là-dedans, à toute ta petite machinerie. Ça vaudrait le coup... presque.

– Presque? s'étonna Douser. Je crois comprendre qu'il y a un doute?

Le revolver s'enfonça entre ses côtes, un peu plus avant.

– Amuse-toi. Moque-toi de moi. Puisque tu t'imagines que tu domines la situation. Profites-en donc pour rire. Ne te gêne pas!

La voiture progressait lentement, un vent violent et glacial pénétrait à l'intérieur. Schabold continuait à parler dans un murmure, lentement, et sa voix aussi était glaciale.

– Mais je veux pas finir en prison. Je n'aime pas les histoires. Pas maintenant, en tout cas.

Il reposa le revolver, au prix d'un gros effort sur lui-même.

Le cœur de Douser battait la chamade, cognant durement contre son estomac. L'homme transpirait.

Schabold resta pensif un long moment tandis qu'ils se dirigeaient vers la mer. Le vent chargé de sel semblait tomber des étoiles, Schabold ruminait une idée comme un gros morceau de chewing-gum. Pour finir, il sourit d'un sourire qui ne disait rien de bon, en regardant Douser, lequel avalait difficilement sa salive.

L'océan s'élançait à leur rencontre avec des tornades d'écume et une mince bande de sable d'un blanc neigeux. Schabold arrêta la voiture et regarda les vagues, son esprit allant et venant avec elles, avant de se décider. Quand il se remit à parler, ce fut d'une voix douce et réfléchie. La colère était éteinte, et avec elle l'excitation et la fureur. Il avait la voix d'un homme qui n'hésite plus.

– Douser, ce sera toi, ou moi...

Le cœur de Douser bondit dans sa poitrine comme un oiseau rouge et terrifié.

Schabold entama une confession :

– Je suis venu sur la Côte pour le marché noir de l'essence. Je suis, disons, un homme d'affaires. Tu te mets en travers de mon chemin, tu esquintes mes hommes, tu m'embêtes vingt-quatre heures sur vingt-quatre. Ce soir, j'ai décidé de superviser personnellement ton exécution. Je ne fais jamais seul un travail. Et mes hommes me servent de portemanteaux pour suspendre les peines de prison en cas de pépin. Prends le coup de Detroit, par exemple : on n'a jamais rien pu prouver contre nous. J'ai laissé Louie Martin écoper d'une condamnation pour le meurtre de ce flic, à Fort Worth. Il y a toujours un moyen, Douser, dit-il d'un ton plein d'indulgence et de gentillesse. De ma vie, je ne suis jamais allé en prison. Je suis fier de mon habileté. Jamais en prison. Et toi, ce soir, toi tout seul, tu te figurais que tu allais m'avoir, te payer ma tête. Bon, maintenant, mon petit bonhomme, acheva-t-il sèchement, sors de cette voiture, doucement s'il te plaît, tout doucement.

Le revolver était à nouveau contre le flanc de Douser. Celui-ci ouvrit lentement la porte, et se glissa dehors. Schabold glissa son gros corps derrière lui, ses yeux brillaient comme ceux d'un saint.

– Adieu, Douser.

– Ne faites pas l'idiot! cria Douser.

Schabold tira.

Il continua à tirer jusqu'à ce que le chargeur de son arme fût vide.

BANG. Douser qui se cabre. BANG. Douser qui se recroqueville sur lui-même. BANG. Ses tympans éclatent. La chanson violente des balles. BANG. Des galets qui ricochent et volent en éclats. Des étoiles zigzaguent comme des lucioles. BANG!

Silence.

La mer allait et venait, soulevant ses lourdes jupes chargées de sel.

Et dans ce silence salé retentit le rire léger, enfantin, de Schabold.

Les doigts de Douser, tels de lentes araignées, parcoururent sa poitrine, son estomac, ses jambes, ses bras, avant de voler sur son visage.

Schabold riait toujours.

– Si - tu - avais - vu - tes - pieds!

Douser dit simplement :

– Je suis vivant.

– Certainement, répondit Schabold sans cesser de rire.

Douser semblait presque déçu.

– Vous avez fait exprès de me rater!

Des larmes de rire ruisselaient sur le visage du gros homme. Il se payait du bon sang en rendant à Douser la monnaie de sa pièce. Puis il remonta dans sa voiture et tourna la clé de contact en gloussant.

– Ma foi, je n'ai pas besoin de te tuer, Douser. Voilà une heure que je réfléchis à un moyen de le faire pendant que j'en ai l'occasion. C'était tentant. J'étais dominé par mes émotions. Mais je préfère attendre. Une semaine ou un mois. Jusqu'à ce que mes gars soient sortis de prison. Jusqu'à ce que j'aie un alibi en béton. Alors, tu t'évanouiras dans la nature, et je n'entendrai plus jamais parler de toi. Tu ne peux rien contre moi, vois-tu, tu n'as aucune preuve. (Il était sûr de lui). Tu n'as rien du tout. Je n'ai qu'à filer, te laisser ici, rentrer chez moi me mettre au lit, et oublier tout ça.

– Il n'y a qu'une chose qui cloche dans votre raisonnement, répondit Douser en se penchant à l'intérieur de la voiture et en tendant la main vers le tableau de bord pour saisir prestement la clé de contact. Moi je n'ai pas changé d'avis. *Vous* croyez que vous pouvez me tuer plus tard. Mais qui *me* fera changer d'avis? Voilà des années que vous êtes gros, et gras, et riche, et que vous parlez haut. Je ferai n'importe quoi pour vous coller quelque chose sur le dos. Même si je dois me tuer moi-même pour ça.

Schabold le regardait comme un être venu d'une autre planète.

– Tu es cinglé! Complètement cinglé!

– C'est possible.

Douser fit tinter les clés.

– Si vous filez en me laissant ici, je passerai pardessus la palissade, et je me jetterai du haut de la falaise. Peut-être que je me tuerai, peut-être que non. Mais dans un cas comme dans l'autre, vous serez bon pour la prison.

Schabold ne parvenait pas à comprendre une chose pareille.

– Je perds ma salive avec un crétin. Si tu continues à parler ainsi, je vais être obligé de te faire taire.

– Ah! Ah! s'écria Douser triomphant. Vous voyez? Vous êtes piégé! Quoi que vous fassiez, vous êtes piégé. Tuez-moi, et vous êtes pris, sans personne à qui faire porter le chapeau! Ne me tuez pas, et c'est moi qui vous tuerai, à moins que je ne saute de la falaise – qui peut savoir?

– Tu... tu as un revolver?

Voilà qui était drôle.
– Non. Seulement mes poings, et mes pieds, et une réputation d'emmerdeur. Je vous connais, Schabold. Il y a longtemps que je vous observe. Sinon, je n'aurais pas pris le risque de venir avec vous. Un autre zigue m'aurait peut-être descendu. Pas vous. Vous êtes prudent. Bref, finie la rigolade. On vous a déjà giflé, Schabold?
– Non...
– Eh bien, *dans ce cas*, voilà!
Douser le gifla.
– Eh!
Schabold se tassa derrière son volant.
– Et je parie qu'on ne vous a jamais donné un coup de pied dans les tibias. Je parie qu'il ne vous est jamais rien arrivé, Schabold, sauf une chose, celle qui a fait de vous un escroc. Qu'est-ce qui s'est passé, Schabold?
Schabold cligna des yeux sans rien dire.
– Vous m'avez bien entendu, poursuivit Douser en se penchant vers lui. Que s'est-il passé?
Schabold, après un silence, murmura :
– Mil neuf cent vingt-neuf.
Douser hocha la tête.
– Je m'en doutais. Baigné et manucuré depuis toujours. La vie ne vous atteignait pas. Mil neuf cent vingt-neuf a été une gifle pour vous. Vous ne pouviez pas faire face à la réalité. Vous êtes devenu un escroc et vous avez continué à vous enrichir, mais de la mauvaise façon. C'est bien ce que je pensais. Eh bien, gros lard, serrons-nous la main. Je suis la vie, je suis la réalité qui vous rattrape à nouveau. Je suis tout ce que vous fuyez depuis des années. La vie. La Souffrance. La Réalité. Voilà ce que je suis. On se serre la main?

Douser se tenait sur le marchepied, une jambe à l'intérieur de la voiture, donnant de petits coups de pied dans les tibias de Schabold. Doucement, pour commencer.

– Voilà comment je vois les choses : des flics se font tuer tous les jours. Et si c'est mon tour ? Ça ne sera pas pire. Je m'amuse. Je tiens mon homme. Attrapez ça ! Et encore ça !

– Arrête ! Arrête ! cria Schabold.

– Chiche, que vous ne me tuerez pas ! Allez, gros lard !

Schabold retomba lourdement à l'autre extrémité de la banquette. Douser s'y glissa à sa suite. Schabold soufflait et expirait bruyamment.

– Tu... ne peux pas... m'embêter comme ça ! Laisse-moi, laisse-moi tranquille !

– Est-ce qu'on vous a déjà étranglé, Schabold ? On va essayer ça !

Avec un rugissement d'ours, Schabold tendit un bras pour repousser Douser qui s'agrippait à lui comme un cafard. Il lança dans sa direction le revolver déchargé, et le manqua. Douser lui administra un nouveau coup de pied dans les tibias.

– On s'énerve, hein ? Excellent !

Douser dansait autour de lui.

– Vous commencez à vous énerver, Schabold. C'était fatal. Vous vous énervez, et vous allez mourir ! Vous êtes comme une huître privée de sa coquille, tout blanc et tout mou à l'intérieur !

Schabold partit droit devant lui de sa démarche pesante. Douser contourna la voiture à toute vitesse.

– Vas-y ! C'est à toi de jouer.

Le gros homme s'était emparé d'un rocher assez lourd qu'il tenait à deux mains, comme un ballon, à la manière des filles qui jouent au basket. La pierre rebondit avec un bruit sourd sur l'aile de la voiture. Douser l'esquiva et partit en courant. Beuglant de rage, Schabold, dont les poumons sifflaient sous l'effort, galopa lourdement derrière lui. Il avait perdu tout contrôle. L'instinct de conservation avait été emporté par une fureur aveugle, bestiale. Il grinçait des dents.

– Douser, Douser, sale petit morpion!

L'un chassant l'autre, ils se livrèrent, dans le sable qui s'enfonçait sous leurs pieds, à un ballet étrange et irréel, rythmé par le bruit des vagues, et avec les étoiles pour seuls témoins. Plus loin, à un demi-mile, un collier de lumières étincelait au bord de l'eau : le Luna Park de Venice qui les appelait.

Il était deux heures du matin quand ils arrivèrent à la jetée de Venice, la langue pendante tant ils étaient hors d'haleine. Le petit port était sombre et désert.

Schabold, le souffle court, avait maintenant adopté une démarche rapide mais circonspecte.

– Ah, fit-il, ce que je peux te détester, minable petit salopard.

Entre les piliers, sous les planches de la jetée, dansaient les vagues chargées de sel. Les pieds de Schabold étaient pesants, épais, fatigués, vieux, traînants.

Douser voletait autour de lui comme un oiseau-mouche, se posant une seconde à portée des bras tendus de Schabold pour s'éloigner aussitôt.

Douser ne restait pas en place.

Quelque part jaillit la lumière violente, criarde, d'un manège. Les yeux aveugles de Schabold s'y fixèrent, faisant surgir des ténèbres salées des chevaux pétrifiés sur leurs axes de cuivre. Un orgue de Barbarie se racla la gorge. Douser fit joyeusement volte-face. Les chevaux se mirent à tourner, animés d'une vie tressautante, et Douser avec eux, pris dans la ronde de l'univers.

– Viens m'attraper, gros lard!

Schabold s'exécuta, mais le plancher du manège, dans son mouvement imperturbable, le rejeta de côté. Il tomba, et l'instant d'après on entendit quelqu'un arriver en courant. La torche du gardien éclaira sa panse énorme et son visage ruisselant de sueur.

– Eh, vous, là-bas!

Schabold se remit sur pied pour lancer à l'homme un coup terrible. Rien ne devait à présent le distraire de son but. Le gardien de nuit trébucha, se releva, et fila en hurlant au secours.

– Tu viens de tuer un homme, Schabold! railla Douser en s'approchant, s'éloignant, s'approchant à nouveau pour s'esquiver.

L'orgue mécanique criait avec lui. Schabold se mit à pleurer de frustration. Il tendait des doigts courroucés, comme s'il avait pu ainsi, et par sa seule volonté, abolir ce monde tournoyant où toutes les valeurs basculaient et où tous les chevaux se gaussaient de lui.

Le manège s'immobilisa. Avec une sorte de bêlement inarticulé, Schabold, les bajoues tremblotantes, se hissa à bord, simplement pour que ce monde se remette en mouvement, et en vie. Hurlant, cramponné à l'univers tournoyant, il ne parvenait pas à voir Douser, ne distinguait qu'une ombre en fuite dans le lointain, au fond d'un corridor d'épouvantable musique, telle un oiseau qui s'évanouit à jamais.

On trouva Schabold à l'aube, assis sur le plus gros

des chevaux de bois de Venice, montant, et descendant, et tournant, la musique beuglant à ses oreilles, et lui, montant et descendant au rythme lourd, mécanique et un peu léthargique du manège. Schabold aimait bien les chevaux. Il refusa de descendre.

Il repoussa d'un coup de talon l'agent qui tentait de lui faire abandonner sa monture. Un autre agent reçut son pied dans l'estomac et il en mordit un troisième.

On le mit donc en prison.

Assis sur le bureau du sergent, quelques jours plus tard, Douser se laissa aimablement raconter toute l'histoire par ce dernier.

– La prison l'a rendu dingue. On l'avait condamné pour trouble de l'ordre public, c'est tout. Mais il a donné un coup de pied à un agent. Puis il en a rajouté. Il secouait ses barreaux, donnait des gifles aux gens. Il a déchiré tous ses vêtements, jeté ses bagues en diamant, gueulé et fini par casser un bras à un gringalet en disant que le gringalet s'appelait Douser. Ouais. Douser, figure-toi ! Il a fini, aussi, par *tout avouer*. Le marché noir, les vols, les assassinats. C'était comme s'il avait voulu se décharger d'un poids qu'il avait sur l'estomac, et qui l'étouffait.

Le Douser branlait philosophiquement du chef.

– C'est bien ce que je disais. Nous portons tous en nous le germe de notre châtiment. Schabold n'a jamais connu la réalité au cours de son existence. Il maintenait entre lui et la vie un rempart de graisse et de gardes du corps. Que lui est-il donc arrivé ? Moi. J'étais réel. Je faisais mal. J'étais la mort, la réalité qui irrite, le genre de choses qu'il n'avait jamais réellement connues. Il ne pouvait pas me fuir. Alors, il est retombé en enfance en piquant une crise comme un vrai bébé. C'est le genre gros mou : les gens comme lui, quand ils se cognent à l'existence, redégringolent tout en bas de la pente, et on les remonte avec un ruban autour du cou. Franchement, sergent, c'est triste.

Douser se laissa glisser du bureau.

– Et voilà. Il y a plus d'une façon de coincer un type. On peut le laisser faire lui-même le travail. Je ne suis bon qu'à ça. Je ne suis pas un fin limier. Mais je sais comment embêter les gens. Ma valeur, c'est ma capacité de nuisance. Au revoir, sergent.

– Où tu vas, comme ça? demanda le sergent.

Douser fronça les sourcils.

– Eh bien, j'ai lu dans le journal, ce matin, que Dutch Corelli arrivait au train de treize heures quinze... Je pensais aller à sa rencontre et lui balancer un peu de boue à la figure pour étudier ses réactions. Ça peut toujours servir.

– Tu risques de te faire bousiller, Douser.

– Ma foi, je n'y ai jamais pensé! remarqua le petit homme.

Déjà, il s'éloignait en courant sous le soleil, et le sergent se laissait retomber sur son fauteuil, en secouant la tête et en jurant doucement.

(Titre original : *Half-Pint Homicide*.)

JAMAIS TROIS SANS QUATRE

– Je vous demande pardon, dit le Douser, mais vous avez l'air d'un criminel.

Le gentleman tiré à quatre épingles jeta un regard sur ses gants immaculés, ses chaussures étincelantes et son pardessus à soixante-dix dollars négligemment porté sur un bras. Puis le gentleman tiré à quatre épingles fixa Douser Mulligan et fit mine de s'esquiver.

– Mais du genre intellectuel, bien sûr, se hâta d'ajouter Douser pour ne pas froisser l'homme. Ce qui se fait de mieux, dirai-je. (Douser examina la coupe du costume). Parfait. Parfait. (La coupe de cheveux). Jolis cheveux gris, taillés et peignés. Le col de chemise est propre. Bon.

– Allez-vous-en, dit le gentleman.

– Certainement pas, répondit Douser.

– Si vous ne partez pas, dit le gentleman, je ferai appel à la police.

– Ce n'est pas votre genre, observa le Douser. L'emploi de cette expression, « faire appel », indique que vous vous exprimeriez avec une petite voix si douce, si correcte, qu'aucun policier digne de ce nom n'y prêterait attention. Il faut *gueuler* pour appeler les flics. Et vous, monsieur, vous n'êtes pas du genre à gueuler. Vous détestez la publicité, fuyez le devant de la scène, craignez d'être remarqué. Non, non, pas de scandale.

Des yeux verts du gentleman, serrés entre ses paupières, filtra une lueur d'amusement. Il devait avoir la cinquantaine. Une main gantée se crispa sur le pommeau de la canne; il semblait se demander s'il n'allait pas s'en servir pour chasser Douser hors du square. Puis il laissa échapper un léger rire :

– Allez-vous-en, petit bonhomme.

– Non, s'entêta Douser. Tant que vous n'aurez pas reconnu que vous êtes un criminel.

– Très bien, si cela peut vous faire plaisir, je suis un criminel. Content?

Douser cligna des yeux.

– Pas vraiment. De cette façon, cela manque de sel. D'habitude, les gens ne veulent jamais l'admettre. Il faut que je leur donne des coups de pied dans les tibias ou que je leur morde les chevilles. Je me donne du mal, croycz-moi. Mais vous... Voilà qui est nouveau. Un type capable de reconnaître qu'il n'est qu'une crapule pomponnée... Je serai désolé de vous mettre en prison.

– C'est votre intention? interrogea l'homme en posant un impeccable chapeau gris sur son impeccable chcvelure grise.

Douser haussa les épaules.

– Je n'ai pas le choix. Vous êtes mauvais. Mais enfin, si vous acceptiez de vous repentir, nous pourrions peut-être nous entendre!

Le gentleman, debout, dépassait à peine Douser, qui était lui-même de très petite taille. Derrière lui on apercevait les arbres du square dans la lumière du crépuscule, les fourrés, les bancs occupés par de nombreux promeneurs, les groupes de politiciens amateurs en train de discuter, les taches jaunes des taxis dans le flot de la circulation, la foule des piétons. Et au-delà, les néons rouges et jaunes du théâtre et les enseignes lumineuses des magasins. Le gentleman pencha la tête de côté.

– Vous êtes un drôle de petit bonhomme, pas déplaisant au fond.

– Voilà qui est drôle. En général, les gens me détestent.

– Vous prendrez bien un café avec moi ? dit le gentleman. Je m'appelle Earl Lajos et suis avocat. J'aimerais savoir ce que vous avez en tête.

– Vice versa, – et c'est le vice qui m'intéresse, dit Douser. Nous pouvons discuter un peu et je déciderai si je vous envoie en prison ou pas. D'accord ?

– Très bien, très bien, répondit Lajos.

Et ils sortirent du square, d'un même pas.

Les crevettes fixaient Douser du fond de son assiette et Douser leur renvoyait leur regard comme s'ils étaient de la même famille. Lajos maniait ses couverts avec délicatesse, coupant, piquant, mâchant avec calme et célérité, hochant la tête en observant Douser qui expédiait sa nourriture comme un incinérateur en miniature.

– Vous avez un insigne de détective ? demanda l'avocat.

– Je n'ai que mon cœur, sous ma chemise, répondit tristement Douser. Le procureur m'a coincé il y a deux ans et il m'a collé au musée des Espèces disparues. Dans la sous-catégorie des détectives privés.

– Voilà qui me met à l'aise, remarqua Lajos en éperonnant avec une froide précision une crevette à laquelle il régla son compte d'une mâchoire impitoyable, molécule par molécule. J'ai entendu parler de vous, Mr... Douser, c'est bien cela ? Oui, le Douser, comme on vous appelle. Vous... irritez les gens. Bien que vous n'ayez plus aucune autorité légale vous... causez problème aux criminels. Je me souviens de l'affaire. Votre frère, policier, tué à San Francisco il y a quelques années. Il semble que cela vous ait porté au cerveau. Un charmant petit bonhomme, mais obsédé par les délinquants en tout genre.

Lajos croisa sa fourchette et son couteau au-dessus de son assiette nettoyée, et se pencha vers Douser avec entrain.

– Dites donc, que diriez-vous d'attraper *trois* criminels ? Pas un. Pas deux. Mais trois. Comptez. (Il leva trois doigts manucurés).

– Trois, souffla le Douser. Explique-toi, mon grand !

Lajos tripota son verre d'eau.

– Bien entendu, vous n'en aurez trois que si vous me garantissez l'impunité et si vous m'assurez que je n'aurai pas le moindre ennui.

– C'est ce que je craignais, soupira Douser en se renfrognant. Trois pour un. Un bon marché. Je préférerais quatre, bien sûr, mais je n'aurai même pas ces trois-là si je ne marche pas dans votre combine. (Il se mordit la lèvre). Marché conclu, mais pour une durée limitée.

L'homme fronça les sourcils. Douser enchaîna aussitôt :

– Je peux seulement garantir que je n'exercerai aucune violence sur vous pendant trois, – mettons, quatre ans.

Lajos sourit aimablement.

– Mais d'abord, reprit Douser, donnez-moi les noms des criminels. Je ne veux pas de ringards, pas de produits de deuxième choix !

– Je m'y engage, dit Lajos. Les trois types en question sont des criminels de premier choix, garantis purs et dorés sur tranche. Ils se nomment respectivement : Calvin Drum, le grand acteur d'Hollywood, William Maxil, candidat à l'élection du prochain District attorney [1], et Joey Marsons, spécialiste des paris et des courses de chevaux.

– Mon Dieu ! s'exclama Douser. J'ai peine à y croire ! Serrons-nous la main, Mr. Lajos, serrons-nous la main !

Ils se rendirent à Beverley Hills dans la grosse décapotable de Lajos. Lajos fournit quelques détails, montrant comment étaient reliés les trois susnommés, en sorte que chacun aidait, chacun protégeait l'autre. Mais pour finir, il avoua :

– Ces gentlemen me font ombrage. Si on m'en débarrasse, cela me simplifiera la vie. Je vous aiderai à rassembler des preuves contre eux, Mr. Mulligan.

– C'est amusant, remarqua Douser, badin. Ces trois oiseaux-là, je les ai à l'œil depuis pas mal de temps. J'ai même fait quelques recherches sur eux, pour tout dire.

– Vraiment ? s'étonna Mr.Lajos, comme s'il ne l'avait pas su.

La maison de Lajos était une haute falaise blanche entourée d'arbres sombres. Ils laissèrent la voiture dans l'allée pavée de briques et se dirigèrent vers le bâtiment où ils pénétrèrent, d'abord dans le vestibule, puis dans une pièce. Tout se passait en douceur, et Douser était prêt à n'importe quoi.

Une porte claqua, on entendit le bruit d'un verrou, et Douser pensa : « Chouette, chouette, un guet-

1. District attorney : entre le procureur et le juge d'instruction, fonction qui n'a pas d'équivalent en France.

apens. J'aurais dû m'en douter. Comme c'est excitant ! »

MM. Drum, Maxil et Marsons, levant un œil sinistre au-dessus de leur partie de black jack, virent Douser debout devant eux. A en juger par leurs regards, le visiteur était déjà un homme mort. Mr. Lajos, derrière Douser, sortit un rutilant petit revolver et l'appliqua, oh, si délicatement ! sur la nuque de Douser. Drum, l'acteur, cria gaiement : « Surprise ! » Ensuite, il écrasa une cigarette king-size à moitié fumée, ce qui la transformait en une cigarette normale.

– Vous êtes en retard.

– C'est que, répondit Douser, nous nous sommes arrêtés en chemin pour rendre visite à votre femme.

Les sourcils noirs de Drum se dressèrent en accent circonflexe.

– Quoi ?

Lajos se mit à rire.

– Ne l'écoute pas, Drum. Ce n'est pas vrai.

– Jolie femme, avec ça, dit Douser.

– Si vous avez embêté Elice..., articula Drum très lentement.

– Eh oui, Elice ! s'exclama Douser, qui disposait maintenant d'un nom.

Ses petits yeux noirs et brillants parcoururent la pièce carrée et mal éclairée, évaluant rapidement les distances entre les fauteuils, les fenêtres, la porte, les hommes assis autour de la table. Click-clic-click. *Spang*. Quatorze pouces par seize par trois par...

Il s'éloigna du revolver appliqué sur sa nuque comme s'il s'était agi d'un jouet et s'assit dans un fauteuil, se renversa confortablement en arrière.

– On règle l'affaire tout de suite, Lajos, ou bien on leur sert d'abord notre baratin ?

Maxil se tenait à la droite de Douser, dans un costume trop large, avec son double menton et sa grosse bedaine, mais sans beaucoup de graisse sur tout le reste de sa personne. Ses yeux blancs et protubérants ressemblaient à deux petits ventres tout pâles au milieu de son visage fatigué. Il avait des lèvres boudeuses et un aspect mal lavé. A la gauche de Douser, c'était le nerveux, le chevalin, le trépidant Marsons, qui ne cessait de battre les cartes sur la table. Et en face, de l'autre côté de la table, était assis Drum, le parfait bellâtre.

– Dites donc, les gars, commença Douser, on a de sacrés projets pour vous. (Il fit claquer ses lèvres). Lajos et moi, on travaille pour le ministère public et pour le conseil municipal – pas vrai, grand-mère?

Lajos se rapprocha fébrilement de Douser.

– Je vous en prie, tenez-vous tranquille.

Douser ignora cette petite interruption.

– D'abord, on vous élimine, mes gros lapins, ensuite... c'est que, voyez-vous, Lajos n'a pas très envie de jouer les deuxièmes violons pour des gars comme vous, et...

Le joli petit revolver toucha l'oreille droite de Douser.

– Oui, monsieur, lança Douser en conclusion.

Lajos le toisait. Son mince visage aristocratique exprima une certaine nervosité lorsqu'il s'adressa à ses amis.

– Ne croyez pas un mot de ce qu'il dit. Il ment. Je l'ai trouvé dans le square, comme nous l'avions prévu. J'ai fait les cent pas jusqu'à ce qu'il me remarque. Il a mordu à l'hameçon. Je lui ai promis trois criminels... et nous voici. C'est simple.

Douser émit un petit rire.

– Bande de pigeons!

Maxil mâchonnait un cigare.

– Ça va, Douser. On te connaît. On a entendu parler de toi, de ta façon t'embêter les gens, de leur chercher des crosses. Tu ne peux pas nous dresser les uns contre les autres. On est tous de bons copains, pas vrai, les gars ?

– Mais oui, certainement, bien sûr, ouais, ah-oh, dirent-ils d'une seule voix sans excès de ferveur.

– Tu ne peux pas nous diviser, affirma encore Maxil, comme s'il voulait renforcer sa propre conviction.

– C'est vrai, reprit le chœur, sur le même ton.

– Tu ne peux pas nous avoir avec tes boniments, dit Maxil.

– Tu ne peux pas, répéta le chœur.

Douser tira son siège jusqu'à la table, laissant ses mains sur la nappe où elles allaient et venaient, accompagnant ses paroles, comme d'alertes petites araignées.

– Mes amis, pouvez-vous croire un instant que je serais tombé dans un piège aussi grossier que celui-ci ? Que j'aie pu me laisser prendre aux bobards cousus dc fil blanc de la grand-mère Lajos ? Moi, Douser ? Vous savez que je vaux mieux que ça, les gars. Je me fiche peut-être de vivre ou de mourir, d'accord, mais je ne m'amènerais pas le nez au vent et sans me douter de rien sur un coup comme celui-là. Réfléchissez une seconde.

Il leur accorda un temps de réflexion. Lajos avalait péniblement sa salive. Drum, l'acteur, calcina les joyaux de la couronne qui ornaient le col d'une cigarette king-size. Marsons faisait claquer son jeu de cartes. Maxil se tâtait le ventre de ses mains étonnamment grandes.

Douser poursuivit :

– Si j'ai sauté dans cette fosse aux lions, mes enfants, c'est pour une seule raison. C'est parce que Lajos m'a allongé quelques jolis billets verts.

Les « enfants » tendaient l'oreille. Douser ajouta, très vite :

– Et s'il me descend maintenant, il prouvera simplement qu'il était bien coupable et qu'il voulait m'empêcher de parler.

Les yeux de Lajos n'étaient plus que deux petites pierres précieuses aux reflets verts. Saisis d'impatience, les doigts manucurés se crispèrent sur la crosse du revolver.

Douser sortit du papier à cigarettes et une blague à tabac. Il entreprit posément de rouler une cigarette. Il avait déjà imprimé la forme d'une gouttière à la feuille de papier destinée à recevoir le tabac, quand il murmura : « Y a un foutu détective dans un de ces foutus romans policiers qui faisait ça tout le temps. Chaque fois qu'il passait un ange dans la conversation. Et, bon sang, je n'ai jamais compris pourquoi. Il s'appelait Sam Spade, si je me souviens bien. »

La grande pièce carrée les enfermait dans un voile de fumée. Ils attendaient.

Lajos renifla avec délicatesse, arrondissant ses mignonnes narines.

– C'en est fini de nos projets. Je t'avais prévenu, Maxil, pour Douser, je t'avais bien dit qu'on ne boxait pas un papier tue-mouches. On n'aurait jamais dû le faire venir ici. Il est dans cette pièce depuis deux minutes, et, regardez – regardez – par tous les dieux, il nous dresse déjà méthodiquement les uns contre les autres. Vous voyez, vous voyez?

– Je vois, dit Maxil, l'air somnolent, les yeux presque clos.

Marsons, d'un ongle, fit crisser une série de cartes.

– Finissons-en. Voilà des années que ce type se mêle de ce qui ne le regarde pas et qu'il embête tout le monde. On a dit qu'on le tuerait avant qu'il ne s'en prenne à nous, alors, tuons-le. On ne va tout de même pas le laisser ficher en l'air tous nos plans pour l'élection du printemps prochain!

Drum se mit à jurer, et cela le rendait si séduisant...

– Oui, c'est ce que je dis. On veut le tuer, tue-le donc!

Qu'a donc une souris qui puisse faire glapir les éléphants? se demanda Douser à mi-voix. Il jeta la cigarette à demi roulée. Faut que j'apprenne ce truc un jour, bon Dieu! Il lança un coup d'œil en direction de Maxil.

– Vous vous présentez pour le poste de District attorney. En tant que District attorney, vous aurez le contrôle des jeux, notamment à l'intérieur des studios. Marsons est votre bras droit, votre homme à tout faire. Drum assurera le contact avec les acteurs et les actrices. C'est une jolie petite affaire que vous avez préparée là. Et en cas de problèmes, nous avons recours au « Chanel Numéro Cinq » et au Super Vernis à Ongles, n'est-ce pas, Mr. Lajos?

Douser se renversa sur son siège en se frottant les mains.

– *Mais*, s'écria-t-il, Mr. Lajos avait d'autres projets. Il se serait bien vu District attorney! C'est pourquoi ce soir même, en venant ici, il m'a donné mille dollars d'acompte, avec la promesse de neuf cents autres à venir!

– Pourquoi nous dire tout ça? demanda Maxil, les yeux toujours ensommeillés. Pourquoi ne pas exécuter ton boulot? Pourquoi ce bavardage?

– Il se trouve que je déteste Mr. Lajos. Je n'aime pas les gens qui veulent toujours vous doubler. A mon avis, il mérite de se faire doubler lui aussi.

– Mais comme tu t'y prends, intervint Maxil, tu y laisseras ta peau.

– J'accepte les risques. Je devrais être mort depuis longtemps. Je crois qu'il y a un moyen de nous entendre, les gars, si vous me donniez des tuyaux sur d'autres criminels que vous n'aimez pas, et que vous me laissiez les attraper. Je déblaie la route devant vous, vous me fichez la paix et je vous fiche la paix. C'est une proposition que je vous fais. Tout ce que je demande, c'est de m'accorder Lajos, parce que celui-là, je vous le jure, c'est un véritable artiste du coup de poignard dans le dos.

– Ça paraît intéressant, comme proposition. Tu ne trouves pas, Maxil? déclara Drum.

– Peut-être, répondit Maxil, lent à s'émouvoir, mais y parvenant peu à peu. Tu ferais n'importe quoi pour attraper des criminels, pas vrai, Douser?

– N'importe quoi. Y compris en protéger deux ou trois, si ça me permet d'en pincer une douzaine. Il faut accepter certains sacrifices.

Pendant cette conversation, Lajos s'était redressé, de plus en plus pâle et de plus en plus indigné, cherchant quelque chose à dire mais ne trouvant pas les mots. Tout le monde réfléchissait beaucoup trop.

– Il ment, s'écria Lajos d'une voix aiguë.

– Appelez Rochester 6 - 11, et demandez Bert. Bert vous dira tout.

Maxil posa sur le téléphone un regard amoureux. Lajos, surprenant ce regard, se mit à tourner autour de la table en couinant.

– Nous n'avons pas l'intention d'appeler qui que ce soit! Pas la moindre intention.

Un demi-pouce de cendre grise et rosâtre tomba de l'extrémité de son cigare.

– Appelle Rochester 6 - 11..., dit finalement Maxil à Marsons.

– S'il touche à ce téléphone, déclara Lajos, dressé sur ses ergots, je laisse tout tomber ! Fini pour moi, terminé ! On ne peut plus se fier les uns aux autres !

– C'est simplement pour vérifier, protesta Maxil.

Lajos ouvrit la bouche toute grande, ses mâchoires claquèrent, il secoua la tête.

– Très bien ! Appelle ! Fais ce numéro ! Vas-y donc !

Marsons composa le numéro et resta quelques secondes à écouter le bourdonnement électrique à l'autre bout de la ligne. Quelqu'un décrocha, interrompant le bruit. Douser, le petit bonhomme, se tenait sagement assis. Drum se penchait en avant comme dans une scène d'amour. Maxil écoutait avec ses gros yeux noyés dans la graisse.

– Bert ? lança nerveusement Marsons.

Le récepteur du téléphone pendait de sa main, au milieu du silence, si bien qu'on pouvait entendre la voix de Bert, minuscule, quelque part au-dessus d'eux, dans la fumée, très loin.

– Ouais, fit la voix de Bert.

Marsons cligna vivement des paupières.

– J'appelle au sujet de quelque chose qui s'est passé ce soir, Bert.

– C'est pour les mille dollars ? demanda Bert.

Lajos avala sa salive. Ses joues pâlirent ainsi que les petites rides autour de sa bouche. Maxil écrabouilla son cigare. Marsons faillit laisser choir le combiné téléphonique. Drum lâcha un juron. Douser souriait.

– Je les garde ici, pour Douser, dit encore Bert, jusqu'à ce qu'il vienne les prendre. Pour sûr, que c'est de l'argent vite gagné.

Maxil raccrocha. Un long silence suivit.

– Ce n'est pas vrai, déclara Lajos, regardant Maxil, puis Drum, puis Marsons. Douser ment!

– Prends-lui son revolver, Drum, ordonna Maxil.

Drum se leva, contourna la table.

– Ne t'approche pas de moi, protesta Lajos. C'est un coup monté. Il faut que vous m'écoutiez, soyez réguliers, un peu de démocratie!

Drum continuait à avancer. Il ne pensait pas que Lajos tirerait. Lajos ne le pensait pas non plus. Ce fut, semble-t-il, un geste instinctif. Un aboiement bruyant sortit du canon, avec une flamme rouge et bleu de la taille d'un petit doigt.

– Han! fit Drum.

Ce fut la meilleure réplique de son existence. Il resta debout, une balle dans le ventre.

Marsons jeta ses cartes qui s'abattirent sur la table en bruissant comme un vol de pigeons. Lui, demeura pétrifié sur son fauteuil. Douser se déplaça légèrement, juste assez pour se mettre à l'abri.

Lajos, incrédule, regardait le trou causé par la balle.

– Je ne voulais pas faire ça, murmura-t-il, abasourdi. Tenez. (Il se recroquevilla sur lui-même, horrifié). Tenez, prenez-le. (Il jeta l'arme que Marsons attrapa). Je ne voulais pas faire ça! Je ne suis pas coupable! C'est un accident! sanglotait-il.

Drum se tenait debout, mais la Mort, un peu plus bas, coupait et arrachait les fibres et les racines de la vie. Puis la Mort s'en fut en criant : « Ecartez-vous! » et Drum s'abattit tout d'une pièce comme un cèdre géant. Inerte et muet, il resta étendu à leurs pieds.

Un de moins! se dit Douser avec satisfaction. *Deux, en réalité. Le premier, mort, et le deuxième, coupable d'homicide! Oh, joie!*

Tout le monde tremblait maintenant. Même Maxil. Marsons faisait penser aux flancs de quelque pur-sang agité de frissons. Lajos était tombé sur le sofa qui occupait un angle de la pièce, chiffonnant son costume sur mesure, inondant sa cravate à dix dollars, sanglotant comme une femme. Douser était excité et impatient de la suite, comme au cirque.

– La ferme! cria Marsons à Lajos.

– Ça suffit comme ça, Lajos, mon vieux, renchérit Maxil.

Et, comme les sanglots continuaient de plus belle, il se retourna vers Douser, qui sentit son cœur danser dans sa poitrine sur des pointes de feu.

– Tu es venu ici pourquoi, réellement, Douser?

– Pour vous rencontrer, les gars, et connaître d'autres criminels.

Maxil alluma son cigare, comme plongé dans d'anciens souvenirs ou échafaudant des théories.

– Tu risquerais ta vie pour ça?

– Je l'ai déjà risquée, pour moins que ça. De cette façon, j'agis de l'intérieur. Avant, j'étais à l'extérieur. Cette fois, c'est mieux.

– Ton histoire, dit Maxil en posant l'idée avec lenteur et adresse sur la pointe rougeoyante de son cigare, ton histoire ne tient pas debout. Si Lajos avait décidé de nous piéger, pourquoi être arrivés ici, lui et toi, comme si de rien n'était, au lieu de foncer en tirant dans le tas?

Le cœur de Douser bondit dans quatre directions différentes. C'était le moment de rouler une cigarette. Il extirpa son tabac et son papier, et se mit à tortiller le tout, réfléchissant à grande vitesse mais sans aboutir nulle part. Puis il parla.

– Nous avions d'abord l'intention d'entrer et de

vous prendre par surprise. C'est ce que voulait Lajos. Il vous aurait descendus, vous et Marsons, puis il aurait mis l'arme dans les mains de Drum et il aurait descendu Drum avec votre revolver, il aurait appelé les flics et il se serait taillé. Il avait besoin de mon aide pour le cas où il aurait pris peur. Il s'imaginait que j'étais du genre à casser la figure à tout le monde.

Maxil l'avait écouté en mâchonnant son cigare. Lajos cessa de sangloter le temps de dire : « Il... il ment... ».

Douser éclata de rire.

– Vous essayez de sauver votre peau. Drum, avec son beau profil de cinéma, Drum est mort, et voyez qui l'a tué. Pas moi. Ni vous, Maxil. Mais *lui*. Ça sent très mauvais, ça, dites donc. Essayez un peu d'étouffer une affaire comme *celle-là*, braves gens.

Maxil hocha pesamment la tête.

– Tout de même, il y a quelque chose qui ne va pas du tout. Pourquoi Lajos n'a-t-il pas continué à tirer après avoir abattu Drum ? Pourquoi ne pas m'avoir descendu, moi, et puis Marsons ?

Douser tripotait sa cigarette et dut reconnaître :

– Là, vous n'avez pas tort. Vous n'avez pas tort.

Maxil partageait cette opinion et l'exprima.

– Lajos a tout de suite lâché son revolver. Il n'avait pas l'intention de tirer sur Drum. C'était un accident. Pour moi, Douser, la vérité, c'est qu'il voulait seulement *vous* voir mort. Comme nous l'avions projeté. Il vous a amené ici pour vous tuer, et vous vous êtes mis à parler. Nous avons un sac de ciment, en bas, et un bateau à Santa Monica, pour vous emmener nourrir les poissons...

– Un accident, mon œil ! s'écria Douser. Le vieux a craqué. En chemin, il n'arrêtait pas de chuchoter : « J'espère que j'y arriverai, j'espère que je ne vais pas craquer! » Il voulait vous doubler, et vous ne pouvez pas prouver le contraire. Ecoutez, Maxil, désormais je marche avec vous. Pour l'heure, reconnaissez-le, vous êtes dans de sales draps, de très sales draps. Comment ferez-vous pour étouffer le meurtre de Drum?

– Je vais vous tuer, et je mettrai mon revolver dans la main de Drum, et celui de Lajos dans la vôtre, répondit Maxil.

– Je n'ai jamais d'arme sur moi, riposta Douser.

– Vous en aviez une ce soir.

– Je déteste les armes à feu. Les flics le savent. Qu'ils me retrouvent avec une arme, et ils sauront qu'il y a quelque chose qui cloche. Ils vous emmèneront, ils s'occuperont de vous, – et vous savez parfaitement que Lajos, ici présent, se dépêchera de tout leur lâcher... Et vous, dans tout ça, qu'est-ce que vous devenez?

Maxil semblait inquiet.

– Je suis ouvert aux suggestions.

– Tuez Lajos. Chargez-le du meurtre. Il n'est plus bon à rien. Vous ne pouvez pas lui faire confiance.

Lajos céda à une nouvelle crise d'hystérie.

– C'est une bonne idée, dit Maxil. Merci.

– A votre service.

– Non! hurla Lajos.

Les choses allèrent vite. Clickety-clickety – le bon vieux sang chaud, les bons vieux cris d'excitation. La pièce se chargea d'une émotion explosive. Maxil changea de position sur son fauteuil.

– Non! hurla Lajos.

Douser suggéra de l'abattre avant qu'il ne devienne trop hystérique, Maxil hocha la tête, pointant un revolver et réfléchissant tout contre le barillet bleu étincelant. Réfléchissant, réfléchissant, réfléchissant. Le revolver était pointé sur Lajos.

– Non! fit Lajos d'une voix rauque, animale.

– Qui est le patron, ici? demanda Douser. Vous, ou lui? Allez-y, Maxil, tirez!

Maxil tira.

Douser se dressa dans ce monde déboussolé qui tournoyait sur lui-même.

– Marsons, vous avez une arme? s'enquit-il.

– Ouais, répondit Marsons, tapotant l'étui sous son aisselle.

– Pointez-la sur moi pendant que je parle, Marsons. Allez-y. Sortez-la, pointez-la. Voilà. C'est très bien.

Douser évalua les distances et les temps de réaction des uns et des autres, puis il prit une série d'inspirations sèches et précipitées.

– Dites donc, Marsons, vous ne trouvez pas bizarre la façon dont les choses se sont passées?... Tant de gens abattus?

– Assieds-toi, Douser! ordonna Maxil.

Tout le monde semblait énervé, incertain, en pleine confusion. Drum, étendu de tout son long sur la moquette, ne pensait pas une seconde qu'il était mort. Oh non, pas le grand, le seul et unique Calvin Drum! Lajos n'acceptait pas non plus l'idée du retour au néant. Il avait un visage ridiculement indigné et courroucé, fixé à cette chose de plus en plus froide qui était son corps. Drum et lui étaient morts incrédules, et sans comprendre comment diable une telle chose avait pu leur arriver. Ce n'était pas juste!

– Marsons, regardez autour de nous, lança Douser d'une voix éloquente.

Il fixait tour à tour chaque objet de ses yeux noirs et brillants.

– Drum est mort. Et pourquoi? Parce que Lajos

l'a descendu ! Bon, mais qui a dit à Drum de prendre ce revolver des mains de Lajos ? C'est *Maxil* ! Maxil savait que Lajos était à cran, nerveux comme un chat malade, et qu'il risquait de tirer. Mais il a tout de même dit à Drum de prendre l'arme. C'était une condamnation à mort ! Regardez Drum ! Mort ! Ensuite, pour faire bonne mesure, Maxil descend Lajos. Mais, mon vieux, c'est clair comme le jour ! Tous vos copains sont morts. Bizarre, non ?

– Douser ! cria Maxil en se redressant.

– Attention, Marsons ! glapit Douser, qui courait partout, maintenant, tel un furet, mesurant les distances, braillant, virevoltant, esquivant. Tirez sur Maxil ! Tirez sur Maxil avant qu'il ne vous descende !

Douser disparut derrière Marsons, s'en servant comme d'un bouclier au moment où Maxil tirait. La balle, destinée à ce feu follet de Douser, vint percer la cuisse de Marsons.

– Oh, Maxil, ordure ! gémit Marsons au comble de la douleur et de la confusion, comprenant son infortune.

Emporté par la souffrance, il pressa trois fois la gâchette. Trois balles frappèrent Maxil et le rejetèrent dans son fauteuil où il examina son nouveau ventre de ses doigts curieux et incrédules. « Mon Dieu, pensa-t-il sans doute, à l'instant de mourir, jusqu'ici j'avais un nombril et maintenant, *regardez ! J'en ai quatre ! On vient de m'en faire trois de plus !* »

Douser émit un grognement, enfonça ses doigts dans les épaules de Marsons, l'attira en arrière, dégagea ses genoux d'une secousse, et tomba sur le côté en roulant sur lui-même. Il entendit le revolver tomber et rebondir, et Marsons jurer amèrement. A nouveau debout, Douser lança un coup de pied dans la figure interloquée de Marsons qui s'immobilisa en chien de fusil. Un grand calme envahit le champ de bataille. Debout, Douser, stupéfait, réalisa que, pour la première fois de sa vie, il voyait autant de cadavres réunis dans une seule pièce.

Sifflotant comme le font les détectives dans les romans policiers, mais un peu faux, il quitta les lieux.

•

Le téléphone du drugstore avala la pièce de Douser pendant que celui-ci composait un numéro.

– Allô! Bert? Tu as fait du bon boulot, ce soir, Bert. Du très bon boulot.

– Ça va, Douser, ne me remercie pas. A ton entière disposition. Quand on est gardien de nuit comme moi, on finit par en avoir par-dessus la tête de balayer et de passer la serpillière du soir au matin, tout seul. Est-ce que j'avais bien retenu mon petit laïus?

– Parfaitement. Et n'oublie pas, Bert : tous les soirs à partir de maintenant, tu dis la même chose.

Bert s'éclaircit la gorge.

– C'est au sujet des mille dollars? Je les garde ici en attendant que Douser vienne les prendre.

– Très bien, Bert. Bonne nuit, Bert.

Douser raccrocha. Il rayonnait. En quittant le drugstore, il tira de sa poche le papier à cigarette et le tabac. Il essaya de rouler une cigarette. Puis il jeta le tout par terre et le piétina d'un talon rageur.

– J'ai rien à en fiche! Un jour, j'apprendrai.

Un homme s'approcha, qui avait une tête de détrousseur de banques. Douser le regarda fixement et s'empressa de s'approcher.

– Eh, M'sieur! vous n'auriez pas une cigarette?

(Titre original : *Four-Way Funeral*.)

UNE LONGUE NUIT D'OCTOBRE

Tous les types sont sortis ensemble de l'immeuble : Gomez, Tony, le Baron, le Sandeman de Califa, et les autres. Tony sautillait à mon côté, et il n'en finissait pas de tirer sur mon bras jusqu'à ce que je lui dise d'arrêter s'il ne voulait pas que je lui fasse cracher ses tripes. Tony a ri, la bouche ouverte, en montrant ses grandes dents blanches et pointues, et il est allé taper sur le bras du Baron. Ça n'a pas plu au Baron qui a frappé violemment l'épaule de Tony. Celui-ci a poussé un cri et s'est mis à menacer de descendre à coups de poing Sam qui était complètement imbibé de rhum.

C'était une de ces soirées d'octobre où beaucoup de choses peuvent arriver. Où des gens se font blesser sans que nul ne s'en soucie. Nous attendions que Rudy Verdugos se montre. Il était de l'autre côté de la rue, où un juke-box diffusait une musique bleu, vert, rouge et violet comme les lumières qui s'échappaient de sa carapace en matière plastique. Nous nous dandinions sur place, exhibant nos manchettes amidonnées et nos sandales orange. J'avais ma nouvelle chemise noire.

– Salut.

Verdugos s'avança dans un grand manteau de sport, tout noir, drapé autour de son corps, autrement dit, autour d'un ramassis d'os de poulet, mais Verdugos, c'est un cerveau, et on l'aime bien.

On s'est tous mis à scander : « Rudy, Rudy, Rudy ! » Il est plus âgé que nous.

Il a dit : « Fermez-la ! » en souriant. Il avait des traits aussi fins qu'un rat, avec de petites dents effilées comme des aiguilles.

– Qu'est-ce que vous fichez, les gars ?

– On t'attendait, Rudy.

– Ouais ? Eh bien, *regardez*.

On a tous regardé les trucs en cuivre sur sa main.

– Qu'est-ce que c'est ? a demandé quelqu'un.

– Eh, bande d'abrutis, a dit Tony, c'est un coup-de-poing américain, ça peut toujours servir.

– Pour taper sur les casseurs, quand ils s'amèneront pour déchirer nos habits de *pachuchos* [1], a dit Verdugos, très calme, avec une lueur dans les yeux. C'est rien, ça. J'ai des relations.

Ils ont tous répété : « Dis donc, Rudy... » Moi, j'observais en silence.

– Restez avec moi, vous vous ferez de l'argent de poche, leur a dit Verdugos, avec le plus grand sérieux.

A cet instant précis, on a vu arriver trois ivrognes qui descendaient Temple Street en chantant à tue-tête. Verdugos les a suivis d'un œil mauvais.

– Sales gringos, a-t-il dit, il va y avoir du grabuge, ce soir, si vous voulez mon avis.

On a fait : « Ouais... »

J'ai dit :

– J'ai lu dans le journal qu'hier soir, sur les quais,

1. Petits marlous élégants. *(N.d.T.)*

les *pachuchos* avaient attaqué un marin avec un couteau.

– Faut pas croire ces journaux, a répliqué sèchement Verdugos en me lançant un regard étincelant. On a le droit de vivre, non?

On a tous acquiescé. « Bien sûr, Rudy, bien sûr. » On était mal à l'aise. Je me suis senti seul. Brusquement, j'avais l'impression de ne pas connaître ces types. De ne rien connaître du tout. Tony, et Gomez, et Verdugos, et le Baron. Avec leurs cheveux collés sur la nuque en mèches luisantes comme des plumes.

Quelqu'un a hurlé. Comme ça. Des gens se sont mis à courir comme des cancrelats autour de l'immeuble à trois étages, et des flammes ont jailli du sous-sol. Des flammes pareilles à de grands doigts rouges escaladant les vieilles planches sèches et décolorées. J'ai entendu crier *mamacita.*

J'ai hurlé. J'ai foncé vers la maison.

– Voilà, M'man, voilà M'man!

Quelqu'un d'autre a rugi :

– Appelez les pompiers!

Je me suis retrouvé avec un tuyau d'arrosage entre les mains. Des gens couraient tout autour de moi. Maman était descendue du deuxième étage, et elle me criait après.

– Freddie, Freddie, fais attention! Ah, fais attention!

Il y a eu une sorte de sifflement quand l'eau a touché le bois brûlant.

J'ai entendu une sirène au loin et un moment plus tard le grondement métallique annonçant l'arrivée des véhicules. Les pompiers se sont répandus partout, je me suis mis en retrait pour laisser le passage aux cataractes d'eau.

Verdugos et les autres observaient la scène depuis

le trottoir d'en face. Mama s'est accrochée à moi en clamant :

– Quelqu'un est resté coincé dans la cave ! Il y a un corps !

Je me suis cramponné à Mama. Nous avons essayé de voir quelque chose à travers la fumée. Les manches à incendie se tordaient et se chevauchaient dans la cour déserte comme une nichée de gros serpents agonisants. J'avais l'impression qu'il en allait de même avec mes boyaux.

Cinq minutes plus tard, les hommes remontaient la victime.

– Qui c'est ?

Au balcon du premier étage, Fannie Florianna faisait tout un raffut en tapant lourdement des pieds.

Impossible de dire de qui il s'agissait en voyant ce corps étendu devant nous, ruisselant, enfumé, carbonisé. La tête était comme du charbon de bois.

Les pompiers ont vidé les poches du cadavre et lu son nom à haute voix. C'était Pesquarra, celui qui faisait des bougies parfumées pour Olvera Street.

Maman, à côté de moi, se balançait d'avant en arrière.

– Il avait une femme et ils attendaient un enfant. Et maintenant, il est mort. Oh...

Je suis descendu à la cave. Tout était redevenu calme, les pompiers furetaient plus loin dans les sous-sols, et je me suis enfoncé dans l'humidité et l'odeur de brûlé. La fumée me suffoquait.

J'ai trouvé ouverte la porte en fer de la chaudière, d'où sortait une odeur de chair et de cheveux brûlés. Ça venait *de l'intérieur*, et c'était si violent que ça m'a frappé le nez comme un coup de poing. J'ai tendu la main et j'ai tiré une mèche de cheveux humains que j'ai fourrée dans ma poche. Les pompiers étaient trop affairés pour me remarquer.

Là-haut, la femme de Pesquarra venait de voir son mari avec son nouveau visage. Je crois qu'on n'avait jamais entendu pousser des cris pareils.

J'ai frissonné. Quelqu'un avait fourré Pesquarra dans la chaudière, la tête la première. Puis l'avait ressorti, l'avait déposé dans un coin de la cave et avait mis le feu. La chose avait toutes les apparences d'un accident.

J'ai jeté de l'eau et des cendres sur la chaudière. Je ne savais pas pourquoi je faisais ça, je ne savais même pas ce que je faisais. Puis j'ai remonté les escaliers en titubant, comme un fou.

– Qu'est-ce qu'il se passe? a crié Mama en m'examinant de la tête aux pieds en une fraction de seconde.

J'ai répondu :

– Rien. Laisse-moi tranquille.

Je ne cherchais rien de précis en descendant à la cave. C'était comme ça. J'étais curieux, simplement.

J'ai laissé tomber Mama et je me suis retrouvé dans l'entrée de l'immeuble. Il y régnait une odeur de chou et de gens. Je n'ai pas eu de mal à entrer dans la pièce qu'occupait Pesquarra. Mais je me suis demandé comment j'avais fait pour trouver mon chemin dans cette fumée.

Je chancelais.

Je ne savais pas ce que j'étais venu chercher.

Pesquarra était parti, et il n'aurait plus jamais le souci du loyer à payer. C'était un type si paisible, si gentil. Il ne parlait jamais à personne. Il ne voulait pas d'ennuis. C'est pourquoi je m'imaginais que je trouverais peut-être quelque chose qui me permettrait de...

J'ai allumé l'électricité. Il y avait des rangées de bougies parfumées empilées, par couleur, les unes sur les autres, et...

Quelqu'un a appuyé sur le commutateur; la lumière s'est éteintc. J'ai senti tous mes poils se dresser en même temps. Je me suis glissé derrière une table qui m'a paru longue de plusieurs kilomètres. La porte s'était ouverte dans l'obscurité. Il y avait quelqu'un, là, debout, qui attendait. Je n'étais pas le seul à être venu visiter la chambre de Pesquarra.

Un animal, quand il est acculé, sait toujours ce qu'il doit faire. Moi aussi, ce jour-là, je l'ai su tout de suite. Je me suis entendu dire d'une voix sifflante qui m'a paru appartenir à quelqu'un d'autre :

– J'ai un couteau. N'entrez pas. Allez-vous-en!

La personne qui se tenait là, dans l'encadrement de la porte, est restée immobile un court instant. Puis la porte a claqué. J'ai entendu des pas rapides qui s'éloignaient dans le corridor. Il m'a semblé, aussi, entendre tinter des clochettes.

Je n'étais pas pressé de le suivre. J'ai attendu dans le noir, le temps de reprendre mes esprits, le temps que s'évapore la sueur dont j'étais inondé.

La lumière est revenue. Cinq minutes ne s'étaient pas écoulées depuis que j'avais recommencé à chercher quand un nouveau bruit est venu m'interrompre. Des hurlements dans la rue. Je suis sorti en toute hâte de chez Pesquarra, j'ai couru jusqu'à l'escalier d'incendie et j'ai regardé en bas.

De l'autre côté de la rue, là où des flots de musique s'échappaient du *Lucky Spot*, un homme était étendu sur le trottoir avec, sur la tête, un truc rouge jeté là par quelqu'un. Deux hommes couraient à toutes jambes, silencieusement, vers le bas de la rue, à la poursuite d'un troisième personnage qui n'a pas tardé à disparaître dans l'entrée d'un immeuble.

Les voitures des pompiers repartaient. Tous les locataires de l'immeuble s'attroupaient là pour regarder. Pietro Massinello et ses chiens, avec sa chemise multicolore ornée de clochettes. Sam, maigre et ivre, avec ses yeux chassieux. Gilbert Ramirez, tout en muscles et en force brutale. Verdugos, avec son museau pointu de rat. Et les autres gars. Je me suis demandé lequel d'entre eux avait tué Pesquarra. Et pour quel motif.

Mama m'a appelé, haut et fort, comme on siffle la fin d'une partie.

Je suis monté pour le dîner.

Il n'y a rien de tel que le chili cuisant à gros bouillons bien rouges sur le fourneau de la cuisine. Rien de pareil à une pyramide d'enchiladas fumantes et odorantes dressée sur la table entre les bouteilles de vin débouchées, rien de comparable au cri de Mama qui nous appelle, nous les gosses, à venir manger.

Nous avons approché nos chaises et nous avons vidé à coups de cuiller les assiettes de chili, les poivrons, les haricots, le porc. Tout le monde s'est empiffré. Sauf moi et Joe, mon frère. Il restait debout devant la fenêtre à regarder en bas, dans la rue.

Mama m'a dévisagé.

– Qu'est-ce que t'as donc, Freddie? (Elle m'a tendu le plat de chili.) Prends-en un peu.

Le chili ressemblait à du sang.

– ... ci, M'man.

J'ai repoussé ma chaise pour m'éloigner de la table. J'avais mal au cœur.

– Qu'est-ce qui s'est passé, en bas?

– Les pompiers, ils sont tous partis, *si*, m'a dit Mama, satisfaite.

Papa mangeait vite, avec des mouvements de moustache.

– Il n'y a pas beaucoup de dégâts. Sauf pour

Mr. Pesquarra. Il va falloir envoyer des fleurs. Quel accident...

J'ai dit :

– Un accident, rien de plus?

– Bien sûr. Qu'est-ce que ça pourrait être d'autre?

– Rien, sans doute. Qu'ont dit les flics?

– Ils ont dit que c'était la chaudière. Un court-circuit, ou un truc comme ça. C'est tout.

J'ai reniflé. Je me revoyais jetant de l'eau et des cendres dans le foyer pour recouvrir l'odeur de chair et de cheveux brûlés. Je ne savais même pas pourquoi je l'avais fait, sinon, peut-être, pour que Mme Pesquarra ne sache pas qu'on avait poussé son mari là-dedans la tête la première.

Joe était toujours planté devant la fenêtre, son visage très pâle incliné de profil comme un camée finement ciselé. C'était un visage marqué par la tristesse. Il chantait des chansons mélancoliques et jouait très bien de la guitare, sur des rythmes lents. Moi, je n'arrivais pas à le comprendre. J'aimais les airs de jazz. Quand Mama s'est lamentée parce qu'il ne mangeait rien, il a dit :

– Il va y avoir du grabuge, ce soir, *mamacita*. Ce soir, et toute la semaine. Je suis bien content de ne pas être un *pachucho*.

J'ai rougi, j'ai senti mes oreilles qui devenaient brûlantes et j'ai passé mes doigts dans mes longs cheveux noirs.

– Je ne suis pas un *pachucho*! ai-je protesté. Ce n'est pas parce que j'aime bien ces types...

Joe m'a toisé de haut, tristement. Il vivait dans cette maison comme un étranger silencieux.

– Que je t'attrape avec un de ces manteaux de zazou, et je te l'enlèverai de mes propres mains, a-t-il dit.

– Taisez-vous tous les deux, a dit Papa, et il s'est remis à mastiquer. Mama s'est approchée de Joe et elle a regardé par la fenêtre avec lui. Elle a dit :

– Les casseurs... tu crois qu'ils vont venir, ce soir?

– Je n'en sais rien. (Joe observait la rue.) Ils ne seront pas très nombreux. Des manifestants ordinaires, des gens qui aiment ce genre de choses. Ils étaient cinq cents, hier soir, à Bell Gardens. Ils ont mis dix *pachuchos* à poil et ils les ont balancés dans une benne à ordures. Dans la bagarre, il y a eu des gens blessés. Tout ça n'est pas bon pour nous, les Mexicains, *mamacita.*

J'ai dit :

– On leur cassera leur sale gueule! et j'étais aussi rouge que le chili dans les assiettes. Ils n'ont pas le droit de nous taper dessus simplement parce qu'on ne s'habille pas comme eux!

– Freddie!

Je me suis tu, tremblant. Et puis, soudain, ça m'a pris. J'ai tout lâché.

– Regardez!

J'ai sorti la mèche de cheveux calcinés de ma poche et je l'ai jetée sur la table. « Regardez ce qu'ils ont fait à Pcsquarra ! »

– Qu'est-ce que c'est que ça? a demandé Mama.

Joe et elle se sont approchés.

Je leur ai raconté ce que j'avais découvert. C'était comme si j'avais coupé l'électricité dans la pièce. Les grands yeux sombres de Mama ont paru s'enfoncer dans son visage aux traits creusés, soudain tout pâle, et ses doigts sont venus se crisper contre sa bouche. Joe a avalé sa salive et Papa s'est arrêté de manger.

J'ai ajouté d'une voix forte :

– Vous voyez de quoi ils sont capables, ces casseurs? C'est un assassinat!

– Non, je ne peux pas croire ça d'eux, a soupiré Mama.

Joe a saisi la mèche et a examiné, serrant les dents, les cheveux posés dans la paume de sa main. Je n'ai pas voulu interrompre ses pensées.

– Ils ne feraient pas une chose pareille, a dit Mama.

Je n'en étais pas certain. C'est bizarre, les choses qu'on peut dire, quand on est en colère, sans réellement y croire. C'était une chose à dire. A l'entendre, elle paraissait presque vraie.

Joe a dit :

– Il faut prévenir la police.

Je me suis levé.

– Non, ils m'arrêteraient. C'est à cause de moi qu'ils ne savent pas qu'on a mis Pesquarra dans la chaudière la tête la première. Ça servirait à quoi de le leur dire maintenant? Ils n'attraperont personne.

– Excusez-moi, a dit Papa.

Il s'est précipité hors de la pièce, sur le balcon, pour rendre son repas.

Mama s'est laissée tomber lourdement sur une chaise.

– Mais où va donc ce monde? Que devons-nous faire?

Papa est revenu et il est resté debout dans l'encadrement de la porte, le visage congestionné, fixant tour à tour chacun d'entre nous. Il a lentement déclaré :

– On a dit que c'étaient des Allemands qui essayaient de provoquer des émeutes. Peut-être que Pesquarra avait quelque chose à voir avec eux. Peut-être qu'il savait des choses qu'il n'aurait pas dû savoir. On n'a pas vu un seul étranger dans les parages aujourd'hui. Ne nous hâtons pas de conclure. Ce sont peut-être des *pachuchos* qui l'ont tué. Attendons jusqu'à demain matin...

J'ai claqué la porte. J'ai redescendu les escaliers, avançant à travers les odeurs sombres et épaisses, les odeurs de graisse. J'essayais de m'exciter contre les casseurs, mais toute ma fureur était passée. Papa avait raison. Celui qui savait où se trouvait Pesquarra, quel qu'il fût, ne pouvait être un étranger. C'était quelqu'un de l'intérieur, un termite. La même personne qui était revenue devant la porte de Pesquarra, et à qui j'avais fait peur quand je m'étais mis à crier. Cette personne était l'assassin.

Quelqu'un montait l'escalier à grandes enjambées, venant à ma rencontre. Un grand corps tout en muscles m'a croisé.

– Eh! Freddie!

Gilbert Ramirez a continué à grimper de sa démarche pesante. Je l'ai suivi des yeux, perplexe. Lui, pensai-je... Lui, peut-être?

La rue était à nouveau pleine de bruit. Par une fenêtre du hall d'entrée, j'ai vu s'avancer les casseurs. Une cinquantaine de types environ, dans les dix-huit ou dix-neuf ans, et quelques-uns un peu plus âgés, tous avec l'air de durs, suivis par une foule de deux cents personnes. A ce spectacle, j'ai senti mes muscles se nouer et un froid glacial m'envahir à hauteur de l'estomac. Mais j'étais aussi furieux. Je savais ce qu'ils cherchaient.

Je voulais hurler, lancer une brique. La porte de Fannie Florianna était grande ouverte et chaque centimètre carré d'espace était occupé par son imposante personne. Son visage rond et rose exprimait l'inquiétude.

– Tu ferais mieux d'entrer, qu'ils ne te voient pas.

Elle parlait très vite, en chuchotant. Une si petite voix sortant d'une aussi grosse femme. Je suis entré.

Ses cartes astrologiques s'étalaient à travers la pièce, recouvrant tout de leur blanc neigeux. Les cancrelats, dans l'évier, sautaient comme des puces. Il y avait un lit, soigneusement recouvert, n'ayant pas servi depuis des années. Elle dormait toujours dans le grand fauteuil, assise.

Fannie a refermé la porte.

– Mes vibrations me disent qu'il va y avoir du vilain ce soir. Le Bélier rencontre le Taureau, et coïncide avec les Gémeaux. C'est une conjonction fatale. Il vaut mieux aller se coucher de bonne heure.

– Je n'ai pas besoin de tes cartes pour savoir ça.

Elle est allée en se dandinant jusqu'au monumental fauteuil et elle a dit, en fermant les yeux, sur le ton de la confidence :

– Je le savais, qu'il allait se passer des choses. Il se passe tant de choses. Et tout ça pour une même cause.

Je n'ai rien répondu. Je savais qu'elle n'était faite que d'oreilles, à peu de chose près : deux cent quatre-vingt-dix livres d'oreilles. Et pour le reste, une perspicacité animale. Les gens lui tournaient autour comme les planètes autour d'un soleil. On lui apportait à manger, on la flattait, on la courtisait. Même les souris étaient prêtes à lui donner leur fromage parce qu'elle en connaissait gros sur elles.

Quelqu'un s'est avancé dans le hall. J'ai retenu ma respiration et j'ai écouté. Fannie a fait de même. Quelqu'un se tenait devant la porte, à l'extérieur, dans le long du corridor.

On a frappé et Fannie a dit : Entrez. La porte s'est ouverte dans un tintement de clochettes. Pietro Massinello s'est avancé de sa démarche dansante, son crâne chauve renvoyant la lumière, ses chiens jappant à ses pieds chaussés de sandales.

Il s'est incliné et il a lancé : « Bonjour, ma reine! » avant de poser délicatement sur la table une assiette de salade tout assaisonnée. « Pour vous, Majesté. » Je n'ai pas pu m'empêcher de rire. Avec lui, on ne sait jamais où finit le sérieux et où commence la comédie. Il courtisait Fannie, lui aussi, comme tout le monde. Y compris moi. Je me chargeais de ses commissions car elle m'avait surpris, un jour, en train de fumer, et elle l'aurait dit à *mamacita* si je ne m'étais pas montré coopératif.

Sur la chemise de Pietro les clochettes étincelaient, émettant une petite musique ininterrompue. Je l'ai regardé fixement. Je me souvenais que l'inconnu qui avait tué Pesquarra s'était enfui dans un bruit de clochettes.

– Je dois me retirer maintenant, a chanté Pietro en valsant avec un chien dans ses bras. Je danse dans Main Street sur la musique de mon phonographe afin de recueillir de l'argent pour les pauvres. Qui sont les pauvres? Moi. Je mets du gras sur mes joues, et des clochettes sur mes caleçons. J'espère que ma salade te plaira!

Florianna a soupiré en regardant la porte se refermer.

– Ce soir, le monde est sans pitié.

Son énorme postérieur se mouvait avec la lenteur et la majesté d'une montagne.

– Toutes ces histoires entre casseurs et *pachuchos*... Tu sais que ça a commencé ici, dans cette maison, bien sûr?

J'ai fait : « Ah? »

Elle a fermé les yeux, mi-espiègle, mi-sournoise.

– Tu t'imagines que tout ce grabuge est arrivé comme ça. Ah, non! Il faut des gifles pour que des choses pareilles voient le jour. Comme on gifle les nouveau-nés.

J'ai demandé :

– Qui est responsable?

– On me paye pour la fermer. Si tu me payes un peu toi aussi, je pourrai peut-être t'en apprendre un peu plus.

J'ai répliqué :

– Tu parles! C'est Verdugos? Il aime bien ça, le grabuge.

– Non. Lui, il est payé par d'autres, peut-être. Plus forts et plus secrets que lui. Payé pour dire ce qu'il dit, pour faire ce qu'il fait.

J'ai remarqué :

– Il y a un bruit qui court comme quoi les nazis provoqueraient des émeutes. C'est ça?

Elle a cligné paresseusement ses paupières, comme un hippopotame.

– Peut-être. Il y a un tas de peut-être. C'est rudement amusant, d'en savoir aussi long et d'en dire aussi peu.

– Oh, tu racontes n'importe quoi!

Je l'avais touchée. Elle a mordu à l'hameçon. Elle a fourré sa grande main dans la poche de sa robe avec un gloussement.

– Tu crois que j'invente et que je parle sans preuves? Regarde.

Elle a sorti un papier qu'elle a déplié.

– N'y touche pas. Reste où tu es, et regarde ce qui est écrit.

J'ai regardé et j'ai sifflé doucement.

– C'est de l'allemand!

Je ne comprenais rien à ce qui était écrit. Elle a

remis prestement le papier à sa place, dans les plis de sa robe, et elle en a sorti autre chose. C'était découpé dans du tissu. Une croix gammée. Elle a dit :

– Mes calculs astrologiques m'aident bien. Ils me disent où chercher, sous la conduite des étoiles. J'ai trouvé ça, et le papier aussi, chez *quelqu'un*!

– Quelqu'un qui habite ici?

– Oui. Tu crois que les grands nazis habitent dans nos quartiers? Non. Ils viennent de temps en temps, avec leurs grosses voitures, pour voir comment se débrouillent leurs agents, ça oui. Ils donnent de l'argent à leurs malheureux agents. Et celui qui déchaîne les troubles est parmi nous, il parle et il se conduit comme tout le monde. C'est quelqu'un que nous connaissons. Quelqu'un que nous voyons tous les jours. J'ai trouvé tout ça chez lui, en suivant les indications que je lisais dans les astres.

J'ai tendu la main, vivement, et j'ai crié :

– Chez qui?

Florianna a refermé ses gros bras sur le papier en piaillant :

– Pousse-toi! Tu n'auras pas ça! Si tu me touches, je crie! Je dirai à la police que j'ai trouvé la croix gammée et les papiers nazis dans la chambre de ton père!

Je me suis reculé tandis que l'insigne nazi disparaissait dans la cachette où se trouvait déjà le papier. Tout ce qui venait de se passer dans cette maison, cette tension, cette inquiétude, ce drame qui couvait... tout cela dans ce papier qu'elle gardait sur elle. Je me suis levé et je l'ai fusillée du regard.

– Comment peux-tu rester assise ici, quand des gens se battent dans les rues pour des trucs pareils?

– Qu'est-ce que ça peut me faire? Mon monde, à

moi, est ici, et je suis au centre de ce monde-là. Je me fiche bien des gens qui sont au-dehors. Qu'est-ce qu'ils ont fait pour moi?

Elle s'est penchée en avant, et elle a souri.

– Bien sûr, si tu peux te procurer un peu d'argent...

Discuter n'aurait servi à rien. Je suis reparti, et je suis resté un instant devant la porte, la main crispée sur la poignée. Je pensais : « Maintenant je peux arrêter les émeutes et les bagarres. Je peux révéler la vérité aux gens, et ils cesseront de se haïr les uns les autres. » Ouais... était-ce tellement certain?

Déjà, les incendies font rage. Il est peut-être trop tard pour les éteindre.

Je suis rentré d'un bond pour annoncer : « Je reviendrai avec de l'argent! », avant de ressortir en claquant la porte. Je mentais. Je n'avais pas le moindre argent. Il m'a semblé entendre des pas s'éloigner en remontant l'escalier du hall.

Pour le moment, les rues étaient calmes. Je me suis attardé dans le hall, à écouter ce silence qui s'établit chaque fois que les casseurs font une descente.

Et là, seul dans l'obscurité, j'ai réalisé que personne d'autre que moi ne savait *réellement* que Pesquarra avait été assassiné. M'man et Papa, et Joe étaient au courant; mais c'était *moi* qui avais fourré mon nez là-dedans. Florianna savait aussi, peut-être, mais ça ne servait à rien. J'ai frissonné. J'ai traversé le hall en courant, toujours dans le noir, j'ai trébuché sur quelque chose, un corps, j'ai poussé un hurlement, puis je me suis ressaisi.

Ce n'était que Sam, dégageant un léger parfum de rhum, étendu inconscient sur le sol, l'air vieux et sale, et tout ridé dans son sommeil.

J'ai couru dehors, sous un réverbère. L'immeuble, soudain, était trop grand, trop sombre. Ils n'étaient pas si nombreux, à habiter là-dedans. Et l'un d'eux savait tout sur les émeutes et les manifestations, il poussait les *pachuchos* à les provoquer. Et Florianna le connaissait.

Et si c'était Pietro, lui qui dansait et chantait avec ses chiens aboyeurs? Peut-être que Pesquarra avait découvert que Pietro était un nazi, qu'il avait menacé de tout dire à la police, et que Pietro l'avait précipité dans la chaudière? Ou Verdugos? Il était malin, et rapide, toujours tenté par l'argent. Ou Sam, peut-être, lui qui aimait tant boire? Et pourquoi pas Gilbert Ramirez? Si grand, si gros, si bête... mais peut-être qu'il était malin, lui aussi, sous ces apparences?

La pierre m'a frappé à l'épaule.

J'ai failli tomber. Les autres pierres m'ont manqué, en sifflant.

J'ai couru.

Cinq casseurs se sont mis à courir derrière moi.

– Voilà un de ces sales *pachuchos* qui ont frappé Pete!

J'ai foncé dans une ruelle, contourné une clôture, traversé une cour à toutes jambes, sauté par-dessus une autre clôture, et le bruit de leurs jurons et de leurs souffles haletants s'est perdu derrière moi. Je me suis caché derrière un buisson, et j'ai attendu. Mon cœur cognait dans ma poitrine. Accroupi, je titubais encore.

Ils allaient et venaient, furetant et flairant partout comme des bêtes de l'ombre, mais l'ail et le chili que j'avais avalés me protégeaient, et ils n'entendaient pas non plus les battements de mon cœur dont le vacarme emplissait pourtant l'univers.

Au bout d'un moment, lassés de leur chasse, ils ont quitté les lieux.

J'ai patienté encore un peu avant de refaire le chemin en sens inverse, à travers clôtures et impasses. Puis je me suis arrêté et j'ai tendu l'oreille. Je distinguais, au loin, des cris, le bruit de pas précipités. L'émeute venait de reprendre. A deux rues de là.

J'ai rampé jusqu'à l'entrée de notre immeuble.

Quelque chose a attiré mon attention vers l'escalier qui descendait à la cave d'incendie. Quelque chose par terre, au bas des marches.

C'était Joe.

C'était si facile de le trouver. Si facile de comprendre qu'il ne se disputerait plus jamais avec moi, Joe qui gisait là, recroquevillé sur lui-même, le crâne ouvert par une large plaie dont le sang, déjà, se coagulait.

Je suis tombé à genoux et je l'ai agrippé à deux mains. « Joe! Joe! » Oh, Seigneur, le monde devenait fou. Et moi j'étais au centre des choses, incapable de me ranger d'un côté ou de l'autre. Tout me tombait dessus et me secouait comme un tremblement de terre. Joe était descendu à la cave pour s'assurer que j'avais dit vrai à propos de Pesquarra. L'assassin l'avait vu traîner par là et il l'avait tué, de peur que Joe n'appelle les flics.

On penserait que c'était encore un coup des casseurs. Un accident parmi d'autres. Une histoire dans ce genre-là. Comme pour Pesquarra. Brûlé parce qu'il en savait trop sur ces émeutes. Et Joe – tué – parce que j'avais fourré mon nez là où il ne fallait pas. On n'arrêterait jamais personne pour ça.

Et moi, là-dedans?

Quelqu'un, dans cette maison, quelqu'un qui courait d'un pied léger et silencieux le long de ces corridors, de ces escaliers, me guettait pour m'achever. Voilà qui ferait les gros titres des journaux, demain matin, qui mettrait de l'huile sur le feu, qui rendrait les gens encore plus enragés qu'ils ne l'étaient déjà.

J'avais enfin choisi mon camp. Joe, étendu là, me le signalait sans prononcer un mot. Il me disait quel côté était le bon. Non pas celui de Verdugos et de ceux de sa bande, qui le suivaient sans poser de questions : ceux-là ne pensaient pas. Ils avaient de l'air plein la tête, et rien d'autre. Ils ne comprenaient pas ce qu'ils faisaient, en aidant les nazis.

J'ai touché la main de Joe. « Je suis avec toi, Joe. Ma parole. Tu peux me croire. Je regrette qu'on se soit disputé. Oh oui, je le regrette, Joe. Si seulement je ne t'avais pas dit... »

Je me suis levé. J'ai pris l'escalier de derrière et j'ai gravi les marches, rageusement et sans savoir où j'allais, jusqu'au moment où je me suis retrouvé devant la porte de Fannie Florianna, ma main sur la poignée. Pour elle, il n'y avait pas de secrets. Ivre d'une colère froide, les poings serrés, les mâchoires crispées, je la forcerais à me dire qui avait assassiné Joe. Je lui ferais cracher le morceau, même s'il fallait la tuer pour ça.

J'ai poussé la porte dc sa chambre, et mon sang s'est glacé.

C'était facile. Encore plus facile que pour Joe.

Florianna était par terre, sur le dos, au beau milieu de la pièce, et son visage était d'un blanc de craie marqué de taches bleues. Pour le médecin qui l'examinerait, elle serait morte d'un arrêt du cœur.

Je n'ai pas eu grand-peine à vérifier que l'insigne nazi et le papier avaient disparu.

Debout devant elle, j'ai réfléchi à ce qui s'était passé. J'ai regardé son lit. Elle n'y avait pas dormi depuis des années. Elle ne pouvait pas se coucher, son obésité l'empêchait de respirer à l'horizontale.

Quelqu'un était entré, l'avait poussée et l'avait maintenue la face contre terre.

Cela suffisait largement. Ni coups, ni strangulation, ni balles, ni matraque. Il n'y avait qu'à maintenir Fannie Florianna par terre et à attendre que sa propre graisse l'étouffe, que son visage rose et rond comme la lune vire au bleu.

Encore un accident. Le tout exécuté proprement et sans bavure. Trois meurtres qui avaient tous l'air d'être des accidents.

Il ne restait plus que moi.

Au-dessus de moi, au deuxième étage, j'ai entendu quelqu'un composer un numéro de téléphone. J'ai ouvert la porte très doucement, l'oreille aux aguets, et j'ai saisi quelques mots chuchotés.

– ... Police, oui... Envoyez une voiture. Il y a un cadavre dans l'entrée. Les casseurs, oui...

J'ai gravi les marches quatre à quatre, sans me soucier du bruit que je faisais.

Quand j'ai atteint la cabine téléphonique, l'appareil était resté décroché et se balançait au bout de son cordon. Quelqu'un s'éloignait en courant. J'ai hurlé en direction de cette ombre. Il y avait une vingtaine de portes derrière lesquelles se dissimuler. L'ombre s'est évanouie.

Je suis retourné à la cabine téléphonique, et j'ai raccroché.

A ce moment-là, j'ai tout compris. J'ai su qui avait tué Pesquarra. J'ai su qui était le nazi, et à quel point il s'était montré habile pour agir sans être vu. D'abord, Pesquarra. Puis, Joe. Puis, Florianna.

Et maintenant... moi.

L'assassin avait bien manigancé toute son affaire. *Ils* – les casseurs – sont arrivés par l'escalier. Ils m'ont attrapé avant que j'aie pu faire un geste pour me sauver. Ils étaient une vingtaine. Ils avaient des têtes d'écoliers, ou de collégiens en vadrouille, décidés à se payer du bon temps.

– Attrapez le sale *pachucho*, attrapez-le!

– Il y en a d'autres là-dedans? Sortons-les!

– Frappez à toutes les portes! Il faut les trouver et les attraper!

– Eh, là-dedans, ouvrez!

Ils m'ont tiré en bas des escaliers et jusque dans la rue. Dans une lumière éblouissante. Il y avait des centaines de voitures les unes derrière les autres, tous phares allumés. La circulation était bloquée, et des milliers de gens, un raz de marée humain, qui discutaient, qui hurlèrent quand on m'a poussé dehors.

L'assassin leur avait dit qu'il y avait un *pachucho* dans cet immeuble, et ils étaient venus me chercher. L'assassin était maintenant parmi la foule, lui aussi, en attente, allant et venant au milieu des autres, semblable à eux, anonyme. J'ai essayé de le voir.

Je me suis débattu. J'ai lancé des coups de pied et des coups de poing. J'ai crié jusqu'à ce que ma voix s'enroue. Ils m'ont frappé sur les dents, mes lèvres se sont mises à saigner et à gonfler, tandis que j'essayais de leur dire : « Attendez... je suis de votre côté, maintenant! Prenez mes vêtements, lâchez-moi, mais surtout, laissez-moi appeler la police! Je sais qui a tué mon frère! C'est en rapport avec les nazis! Vous ne le savez pas. Oh, mon Dieu, faites qu'ils me lâchent! »

Mais il y avait tellement de bruit. Coups de klaxon, cris des gamins, froissements de tôles, sifflets stridents... et la foule qui se pressait pour voir à quoi ressemblait un authentique *pachucho* en train de se faire étriper vivant. J'étais poussé de l'un à l'autre en une ronde infernale. Je suis tombé et quelqu'un m'a envoyé son pied dans le ventre. Je me suis accroupi, et quelqu'un a lancé une pierre qui m'a frappé dans le dos. Je me suis mis à ramper le long du mur, sous les huées, et une autre pierre m'a touché à la jambe. Et je pensais : *je suis de votre côté, je vous en prie, laissez-moi être de votre côté !*

Il y a des moments, dans une guerre, où on ne vous laisse pas changer de camp.

La police est arrivée. Une voiture de patrouille a surgi en trombe, toutes sirènes hurlantes, répercutées en écho par les façades des immeubles.

La foule s'est écartée pour leur livrer passage. Dans le désordre général, j'ai réussi à me dégager et j'ai foncé vers l'entrée de l'immeuble. Un type m'a barré la route, je l'ai frappé comme un fou de mon poing nu, et il est tombé. J'ai continué à avancer, en sanglotant. Mes vêtements étaient en lambeaux, je courais avec un goût de sang dans la bouche, et j'ai vu Joe, qui gisait là, toujours, attendant qu'on l'emporte à la morgue, et j'ai couru encore et encore, dans un cauchemar sans fin. J'ai trébuché sur une clôture et rampé derrière d'épais fourrés, où je me suis allongé, le visage contre terre...

Il a fallu attendre presque minuit avant que la police dégage la rue. Les hurlements des sirènes ne cessaient de s'éloigner et de se rapprocher.

Ils sont venus et ont emmené Joe. J'ai entendu Mama hurler. J'ai tressailli, comme si des crochets m'avaient déchiré les poumons. *Oh, Mama, si seulement je pouvais tenir ta tête contre moi maintenant. Si seulement je n'avais rien dit à Joe, il serait encore en vie à l'heure qu'il est.*

Mais je ne pouvais pas encore la rejoindre. J'avais une tâche à accomplir. La nuit n'en était qu'à la moitié, et je n'en avais pas encore fini. Je me suis relevé en chancelant, et suis revenu par les arrière-cours et les rues silencieuses, sans voir quiconque. Je me suis dirigé ver le *Lucky Spot*, là où il y avait le juke-box. Comme je me tenais debout devant la porte, le patron du bar a levé les yeux et m'a aperçu.

– Tire-toi d'ici, petit. (Mes habits déchirés ne lui plaisaient pas). Tu es mineur, et la police va débarquer.

C'est à peine si je l'ai entendu. J'examinais tous ceux qui se trouvaient dans la salle.

Verdugos était là, en compagnie d'une blonde, installé à une table, avec des canettes de bière devant eux. Verdugos riait.

Sam était là, maigre et les yeux tuméfiés, pas rasé, le visage en sueur. Il était en train de se verser un verre de rhum, debout au bar.

Pietro Massinello était là, avec ses chiens et ses clochettes, les chiens, assis sous la table, lapant une flaque de liqueur, et lui avec sa chemise éclatante et résonnante. Les clochettes rendaient un son joyeux qui n'avait rien de gai. Le juke-box bramait *La Compañera.*

Moi j'étais là, debout.

Et il y avait Gilbert Ramirez aussi, gigantesque, l'air abruti, et soûl. Le lieu tout entier semblait animé d'une pulsation, comme une coupure au bras qui commence à suppurer et à lanciner.

J'ai regardé Verdugos, et j'ai vu qu'il buvait. De la bière.

J'ai regardé Pietro Massinello. Il ne buvait jamais. Il se contentait de chanter et de danser et de faire l'idiot.

Sam buvait du rhum, comme toujours. Un rhum spécial, que personne d'autre ne buvait jamais.

La musique s'est arrêtée, et je suis resté là comme une mouche dans une toile d'araignée. La sueur dégoulinait sur mes joues et je clignais des yeux pour y voir plus clair.

Sam s'est retourné et il est allé en traînant les pieds jusqu'au juke-box, où il a mis une pièce dans la fente, mais sans la pousser. Puis il a posé son regard trouble sur les vingt-quatre numéros correspondant à des airs. J'ai attendu. Puis je me suis avancé, derrière lui, jusqu'à n'être plus séparé que d'un mètre, et j'ai dit : « Sam. »

Il s'est retourné.

J'ai poursuivi :

– Tu bois du rhum?

– Bien sûr que je bois du rhum.

– Je ne connais personne d'autre qui boive du rhum, par ici.

Il a cillé. Je sentais que tous, dans la salle, avaient les yeux sur moi, qu'ils me tenaient entre leurs regards imbibés.

– Bien sûr, a dit Sam, bien sûr, je bois du rhum. Et alors?

J'ai avalé ma salive, mordu mes lèvres.

– Et alors, avant la dernière descente de casseurs, tu as appelé la police.

Sam tourna la tête d'un côté, puis de l'autre.

Je lui ai dit :

– Tu as été assez malin. Tout le monde te prenait pour un débile, un poivrot, une épave imbibée d'alcool. Un bon camouflage. Personne ne soupçonnera jamais un vieux poivrot. Prenez un type comme Verdugos. Lui, *il a l'air* malhonnête. Mais un type comme toi? Non. Non!

– Tu plaisantes?

Mais il semblait gêné.

– Ferme-la. Laisse-moi finir. Tu as appelé les flics, et tu leur as dit qu'il y avait un cadavre, Joe, mon frère. Tu as appelé les flics pour qu'on mette ça sur le dos des casseurs. Après quoi, tu es redescendu par l'escalier de derrière, et quand tu as vu la bande qui revenait, tu l'as envoyée là-haut chercher un autre sale *pachucho*! Moi! Tu es un assassin, Sam!

– Tu n'as pas de preuves, tu ne peux rien me reprocher, bon Dieu!

J'arrivais à peine à parler.

– Lorsque tu as téléphoné, Sam, tu as laissé des postillons de salive dans l'appareil. C'est ce que tout le monde fait, en téléphonant. On laisse le récepteur humide. Mais toi, tu y as laissé une odeur de rhum, Sam! Tu es le seul, dans cet immeuble, à boire du rhum!

La tête de Sam était affreuse à voir.

– Ça ne prouve rien du tout. Pourquoi j'aurais tué Joe, moi?

J'ai dit :

– Pesquarra. En premier. Il menaçait de parler aux flics de toi et des nazis, de leur révéler comment tu provoquais des bagarres entre les races... tu avais un tas de raisons de le tuer. J'étais chez lui, quand tu es revenu pour vérifier qu'il n'avait rien laissé qui puisse servir de preuve contre toi. Tu avais fauché une des chemises à clochettes de Peter, pour qu'on te prenne pour lui dans le cas où on t'entendrait. Ensuite... il fallait que tu te débarrasses de moi. Tu as vu Joe traîner autour de la chaudière. Tu savais que je lui avais parlé. Donc, tu l'as tué, et tu as dit à la police que c'étaient les casseurs...

Sam a fait un mouvement, et j'ai brandi le poing.

– Tu as supprimé Joe, et tu t'es arrangé pour qu'on mette ça sur le compte des émeutes. Voilà ce que tu étais chargé de faire, au départ. Tuer un Mexicain, et rendre les Mexicains furieux. Et puis, à l'occasion, tuer un Blanc, pour rendre les Blancs furieux contre les Mexicains. De la provocation à l'émeute. Joe est mort.

Le patron a commencé à contourner son bar pour venir vers nous. J'ai dit :

– Après quoi, tu as éliminé Florianna, parce que tu as eu peur que les flics, ou moi, n'arrivions à la faire parler. Tu l'as poussée par terre, elle ne pouvait plus respirer, et elle est morte. Encore un accident, c'est tout.

J'ai pris une profonde inspiration.

– Ainsi, il ne restait plus que moi à rôder dans la maison. Tu as essayé de te servir de moi comme tu t'étais servi de Joe, pour exciter les nazis à déclencher des émeutes qui mettent la ville à feu et à sang, à dresser les Blancs contre les Noirs. Mais moi, j'ai filé, Sam. J'ai filé, et tu as commis l'erreur de laisser cette odeur de rhum dans le récepteur du téléphone ! Et voilà comment on sait ce que tu es, Sam. Tous ces morts, rien que pour ça... Sam. Tu crois que ça valait le fric, Sam ? Est-ce que...

Sam a fourré une main sous sa chemise, se préparant à en tirer quelque chose. Mais il avait bu un verre de trop. J'ai sorti mon couteau le premier. J'ai frappé à l'instant où il appuyait sur la gâchette. La balle a heurté la vitrine qui a volé en éclats.

Sam a paru s'étrangler, il a regardé la lame plantée dans sa poitrine avec l'air de se demander ce qu'elle faisait là. Il ne semblait pas souffrir le moins du monde.

Puis il s'est incliné légèrement, en essayant

d'agripper le couteau. Il a laissé tomber son revolver qui a retenti sur le sol. Tout le monde regardait Sam suffoquer; il s'est affalé contre le juke-box. Le poids de son corps a poussé la pièce qu'il venait d'y déposer, et le mécanisme s'est enclenché...

Sam s'est écroulé au pied de l'appareil, sans rien dire, un flot de sang jaillissant de ses lèvres.

Quelqu'un appelait la police. Je suis resté là, debout, frissonnant, et j'ai fondu en larmes en appelant ma maman.

La musique du juke-box a éclaté, à plein volume.

Elle aurait dû être gaie, dans ce silence.

Elle ne l'était pas.

Et maintenant je suis couché dans mon lit, dans ma chambre au dernier étage. Demain, c'est l'anniversaire de Joe. Il aurait eu vingt et un ans. Et j'écoute, du fond de mon lit, l'eau tomber goutte à goutte d'un robinet que je ne pourrai jamais fermer, car ce n'est que mon cœur qui n'en finit pas de battre et de saigner.

Puis une musique envahit ma chambre. Recouvrant le bruit de mon cœur, une musique que je ne peux oublier.

C'est celle qui s'est échappée du juke-box quelques minutes après la chute de Sam dans une flaque de sang. La musique qu'il avait payée avec son argent allemand, et qui avait continué à jouer dans un vacarme de tonnerre longtemps après sa mort.

Je ne peux pas casser ce disque. Oh, *madre mia!* Moi, tout seul, je suis incapable de casser ce disque!

(titre original : *The Long Night.*)

MONSTRUEUSEMENT VÔTRE

C'était impensable! Raoul, horrifié, refusait d'y croire, et devait pourtant admettre la réalité, constater que son système nerveux tout entier était secoué de convulsions. Au-dessus de lui, très haut, très loin dans le vent et dans la nuit, claquaient les bannières rouges, bleues et jaunes du cirque; la Femme-la-plus-grosse-du-monde, l'Homme-Squelette et autres phénomènes sans jambes ou sans bras le regardaient de leur perchoir avec toute la haine et toute la violence qui leur étaient propres dans la vie quotidienne. Raoul entendit Roger se saisir du couteau planté dans sa poitrine.

– Roger, ne meurs pas! Tiens bon, Roger! hurla Raoul.

Ils reposaient côte à côte sur l'herbe chaude, et on avait jeté sous eux une pelletée de sciure odorante. A travers les pans de la tente principale, qui battaient comme les ailes de quelque monstre préhistorique, Raoul apercevait, tout au sommet, la passerelle d'où Deirdre, telle un merveilleux oiseau, s'élançait chaque soir dans le vide. Son nom, comme un éclair, illumina ses pensées. Il ne voulait pas mourir. Il voulait Deirdre, et rien d'autre.

– Roger, tu m'entends, Roger?

Roger parvint à hocher la tête, le visage déformé par la souffrance, méconnaissable. Raoul regarda ce visage : les traits fins, aigus, la pâleur, l'arrogante beauté, les yeux sombres profondément enfoncés, le pli cynique de la lèvre, le grand front, les longs cheveux noirs – et regarder Roger était pour lui comme de fixer sa propre mort dans un miroir.

– Qui t'a fait ça? balbutia Raoul en approchant, non sans peine, sa bouche tremblante de l'oreille de Roger. L'un des monstres? Les Cyclopes? Lal?

– Je... je... n'ai rien vu, sanglota Roger. Rien vu. Sombre. Sombre. Quelque chose de blanc. Très vite. Sombre.

Il respira dans un râle.

– Ne meurs pas, Roger!

– Egoïste, siffla Roger. Egoïste!

– Comment pourrais-je être autrement? Tu sais très bien ce que je ressens! Egoïste! Qu'est-ce qu'on peut attendre d'un homme à qui on enlève la moitié de son corps, de son âme, de son existence, une jambe amputée, un bras arraché? Egoïste, Roger. Oh, mon Dieu!

L'orgue s'interrompit, laissant échapper sa vapeur, et Tiny Mathews, qui s'était exercé jusqu'alors, arriva en courant le long de la tente, à travers l'herbe haute de l'été.

– Roger, Raoul, que s'est-il passé?

– Allez chercher le docteur, vite, le docteur! bredouilla Raoul. Roger est gravement blessé. On l'a poignardé!

Le nain partit à toutes jambes avec un cri aigu, comme une souris. On eut l'impression qu'il mettait une heure à revenir avec le docteur. Celui-ci se pencha sur Roger et arracha la chemise bleue ornée de sequins du torse maigre et luisant.

Raoul gardait les paupières serrées.

– Docteur! Il est mort?

– Presque, répondit le docteur. Je ne vois pas ce que je pourrais faire.

– Moi, oui, chuchota Raoul en attrapant la veste du médecin et en la tordant dans sa main comme pour tordre le cou à sa peur. Servez-vous de votre bistouri!

– Non, protesta le médecin. Il n'y a pas d'asepsie possible ici.

– Si, si, je vous en supplie, séparez-nous ! Vite, un coup de bistouri avant qu'il soit trop tard! Il faut me délivrer! Je veux vivre! Je vous en prie!

L'orgue fumait, sifflait et haletait, ceux qui étaient juchés là observaient la scène. Des larmes s'échappèrent des paupières crispées de Raoul.

– Je vous en prie, il n'y a pas de raison pour que nous mourions tous les deux!

Le docteur prit sa trousse noire. Les spectateurs ne détournèrent pas les yeux quand, déchirant le tissu, il mit à nu les minces épines dorsales de Raoul et de Roger. Une dose de sédatif fut injectée, et produisit son effet.

Puis le docteur se mit au travail sur la fine membrane qui avait maintenu soudés l'un à l'autre Raoul et Roger depuis le jour de leur naissance, vingt-sept années plus tôt.

Roger reposait sans rien dire, mais Raoul cria.

Pendant des jours et des jours, la fièvre ne le lâcha pas. Pleurant sans cesse sur sa couche inondée de sueur, il regardait par-dessus son épaule pour parler à Roger, mais... *Roger n'était pas là! Roger ne serait plus jamais là!*

Roger *avait été là* pendant vingt-sept ans. Ils marchaient ensemble, tombaient ensemble, ils s'aimaient et ils ne s'aimaient pas, l'un d'eux étant comme l'écho de l'autre, le miroir légèrement déformé par la nature perverse de l'autre. Dos à dos, ils avaient affronté le monde. Et maintenant Raoul se sentait comme une tortue sans sa carapace, comme un serpent à jamais privé de son armure d'écailles. Il n'avait pas de mur auquel s'appuyer pour se protéger. Le monde l'encerclait désormais, et se ruait sur lui pour le frapper dans le dos!

– Deirdre!

Il criait son nom dans sa fièvre, et il finit par la voir, penchée au-dessus de son lit, ses cheveux noirs tirés sur les tempes et retenus derrière ses oreilles par un nœud étincelant. Dans sa mémoire, aussi, elle tournoyait des centaines de fois sur sa corde lisse, tout au sommet de la tente, le corps moulé par son costume.

– Je t'aime, Raoul. Roger est mort. Le cirque a pris la route pour Seattle. Quand tu seras rétabli, rejoins-nous là-bas. Je t'aime, Raoul.

– Deirdre, ne t'en va pas, toi aussi!

Des semaines passèrent. Il lui arriva plus d'une fois de veiller jusqu'à l'aube, avec le souvenir de Roger, tout près de lui comme avant. « Roger? » Silence. Long silence.

Puis il regardait derrière lui et se mettait à pleurer. Il y avait là, désormais, un vide. Il devait apprendre à ne plus jamais se retourner. Combien de mois s'écoulèrent-ils ainsi aux extrêmes confins de la vie? Il n'aurait su le dire. La souffrance, la crainte, l'horreur, l'habitaient et il revint au monde en silence, seul, un et non plus deux. Il fallait bien recommencer à vivre.

Il essaya, mais en vain, de se rappeler le visage de

l'assassin. Il se força à ressusciter les jours qui avaient précédé l'assassinat... Roger insultant les autres monstres, son refus farouche de s'entendre avec qui que ce soit, et même avec son propre jumeau. Raoul se rembrunit. Les monstres haïssaient Roger, alors que Raoul les laissait indifférents. Ils avaient exigé que le cirque se débarrassât des jumeaux une fois pour toutes!

Eh bien, il n'y avait plus de jumeaux. L'un gisait au lit. L'autre en terre. Et Raoul, allongé, réfléchissait en faisant des projets, s'imaginait de retour au cirque, participant au spectacle, pour traquer l'assassin, pour vivre sa vie, pour retrouver le Père Dan, le propriétaire du cirque, pour embrasser Deirdre à nouveau, revoir les monstres et scruter leurs visages afin de découvrir lequel d'entre eux lui avait fait cela. Il ne dirait à personne que lui-même n'avait *pas* vu, cette nuit-là, le visage du tueur, à cause des ténèbres qui régnaient. Il laisserait l'assassin mariner dans son jus, à se demander si Raoul n'en savait pas plus qu'il ne l'avait dit.

C'était un chaud crépuscule d'été. Comme il traversait la piste d'une démarche maladroite, une infinité d'odeurs animales aux relents acides lui sautèrent aux narines. Il apercevait la première étoile. Dérouté par cette liberté nouvelle, il se retournait sans cesse pour s'assurer que Roger suivait bien.

Raoul s'aperçut que, pour la première fois de sa vie, on l'ignorait! Roger et lui, ensemble, avaient toujours et partout attiré des foules. Les gens, maintenant, se contentaient de contempler les banderoles aux couleurs criardes, et Raoul constata, avec un pincement au cœur, que la banderole sur laquelle il figurait avec Roger avait été retirée. Cela créait un espace vide, comme une dent manquante. Raoul fut affecté de ce brusque mépris, mais, au même moment, une sensation d'individualité jusqu'alors inconnue l'envahit.

Il pouvait courir ! Il n'avait plus besoin de dire à Roger : « Tourne là ! », « Attention, je tombe ! » Et il n'aurait plus à supporter les commentaires acariâtres de Roger : « Maladroit ! Non, non, non, par là. Je veux aller par là. Allons ! »

Un visage congestionné apparut à l'entrée d'une tente.

– Pas possible ! Je veux être damné si...Raoul !

L'homme plongea en avant.

– Raoul, tu es revenu ! Je ne te reconnaissais pas, vu que...

Il regardait par-dessus l'épaule de Raoul.

– Bon Dieu de bon Dieu, sois le bienvenu !

– Salut, Père Dan !

Assis sous la tente de Père Dan, ils trinquèrent. Le directeur était un petit Irlandais à la crinière flamboyante et qui gueulait beaucoup.

– Bon Dieu, mon gars, ça fait plaisir de te voir. J'étais désolé de te laisser derrière nous, mais il fallait que le spectacle continue. Et cette pauvre Deirdre, Seigneur ! Elle était malade de t'attendre. Bon, bon, arrête de gigoter comme ça, tu la reverras bien assez tôt. Goûte-moi ce cognac.

Père Dan fit claquer ses lèvres.

Raoul vida son verre et l'alcool lui brûla la gorge.

– Je n'aurais jamais cru que je reviendrais. La légende dit qu'un siamois ne peut jamais survivre si son frère meurt. Le docteur Christy a dû faire du bon travail, avec son bistouri. La police ne t'a pas trop embêté, Père Dan ?

– Pendant deux jours. Ils n'ont rien pu prouver. Ils en ont après toi aussi ?

– J'ai passé toute une journée à discuter avec eux avant de venir ici. Ils m'ont laissé partir. De toute façon, je ne tenais pas à leur parler. C'est une affaire entre Roger et moi, et l'assassin.

Raoul se laissa aller contre le dossier de son fauteuil.

– Et maintenant...

Père Dan avala péniblement sa salive.

– Et maintenant... murmura-t-il.

– Je sais à quoi tu penses, dit Raoul.

– Moi ? s'étonna Père Dan en partant d'un rire un peu forcé et en appliquant une grande tape sur le genou de Raoul. Tu sais bien que je ne pense jamais !

– Le fait est, et tu le sais aussi bien que moi, Papa Dan, que je ne suis plus un siamois, poursuivit Raoul. – Sa main tremblait. – Je ne suis plus que Raoul-Charles DeCaines, sans emploi, sans aptitudes particulières sinon pour le gin-rummy, médiocre joueur de saxophone, et capable de débiter quelques blagues plus ou moins drôles. Mais je pourrais monter la tente, Père Dan, ou vendre des tickets à l'entrée, ou nettoyer le crottin, ou encore, un de ces soirs, sauter sans filet du trapèze le plus haut : tu exigerais au moins cinq dollars l'entrée. Mais il faudrait trouver tous les soirs un nouvel artiste, pour ce numéro-là !

– Tais-toi donc ! s'écria Père Dan en devenant encore plus rouge qu'il ne l'était déjà. Quelle honte de pleurer ainsi sur soi-même ! Je vais te dire ce que tu peux attendre de moi, Raoul DeCaines : du travail, et du plus dur ! Tu ramasseras la bouse des éléphants et le crottin des chameaux, et... plus tard, peut-être, quand tu seras devenu costaud, je te permettrai de t'exercer au trapèze avec les Condiellas.

– Les Condiellas !

Raoul, incrédule, ouvrait de grands yeux.

– Peut-être ! J'ai dit peut-être, et rien de plus, grogna Père Dan. Et j'espère bien que tu briseras ce cou de poulet, ma parole ! Tiens, bois, mon gars, bois donc !

Il y eut un bruit à l'entrée de la tente, la toile s'écarta et livra passage à un Hindou au visage sombre, au regard fixe d'aveugle.

– Père Dan ?

– Je suis là, répondit Père Dan. Entre donc, Lal.

Lal hésita, fronçant ses narines délicates.

– Il y a quelqu'un d'autre ici ? – Son corps se raidit. – Ah ! – Les yeux aveugles luisaient. – Ils sont revenus. Je sens leur odeur.

– Il n'y a que moi, intervint Raoul qui frissonnait, le cœur battant.

– Mais non, insista Lal avec douceur, je vous sens tous les deux.

Il tâtonnait dans ses ténèbres, son petit corps finement ciselé se mouvant dans ses vieux habits de soie. Le poignard qu'il utilisait pour son numéro luisait à sa ceinture.

– Oublions le passé, Lal.

– Après toutes les insultes de Roger ? riposta Lal de sa voix douce. Ah, non ! Après que, toi et lui, vous nous avez volé la vedette du spectacle, après que vous nous avez traités comme des malpropres, au point de nous forcer à déclencher une grève contre vous ? Oublier tout ça ?

Les yeux de Lal n'étaient plus que deux fentes minuscules.

– Raoul, tu aurais intérêt à t'en aller. Si tu restes ici, tu ne seras pas heureux. Je parlerai à la police de la banderole déchirée, et tu ne seras pas heureux du tout.

– La banderole déchirée?

– Celle qui était accrochée au-dessus de l'entrée du cirque, avec un portrait de Roger et toi peint en rouge et jaune et rose, et avec les mots « LES FRÈRES SIAMOIS! » Un soir, il y a un mois, j'ai entendu un bruit de toile déchirée dans l'obscurité. Je me suis précipité dehors et je me suis pris les pieds dans la banderole. Je l'ai montrée aux autres. Ils m'ont dit que c'était votre portrait, et qu'on l'avait déchiré au beau milieu, pour vous séparer. Tu ne seras pas content que je raconte ça à la police. J'ai gardé la banderole déchirée dans ma tente...

– Qu'est-ce que j'ai à voir avec ça? demanda Raoul irrité.

– Toi seul peux le dire, répliqua tranquillement Lal. C'est peut-être du chantage. Mais si tu t'en vas, je ne dirai pas qui a déchiré la banderole ce soir-là. Tandis que si tu restes, je serai peut-être obligé d'expliquer à la police pourquoi, plus d'une fois, tu as souhaité que Roger soit mort, et que tu t'en sois débarrassé.

– Dehors! rugit Père Dan. Sortez d'ici! C'est l'heure du spectacle!

La porte de toile se souleva et retomba. Lal était parti.

Le chahut éclata à l'instant précis où ils finissaient la bouteille. Les lions rugissaient et secouaient leur cage, les barreaux vibraient comme des dents de fer déchaussées. Les éléphants barrissaient et trompetaient, les chameaux bondissaient vers le ciel en soulevant des nuages de poussière, l'électricité était coupée, des dompteurs et des soigneurs couraient en criant, des chevaux s'étaient échappés de leurs boxes et fonçaient au galop tout autour de la ménagerie, répandant le tumulte. Les clameurs des lions dominaient ce tohu-bohu. Père Dan lâcha un juron, jeta sa bouteille qui se fracassa à ses pieds, et se rua dehors à son tour, sacrant, agitant les bras, attrapant au passage des hommes de la troupe, braillant des ordres à leurs oreilles étonnées. Quelqu'un hurla, mais son hurlement se perdit dans le vacarme général, le piétinement et les cavalcades en tout sens des animaux. Le cri de terreur provenant des mille gorges de la foule qui attendait aux guichets monta comme une vague; des gens partirent dans tous les sens, des enfants se mirent à glapir!

Raoul attrapa un piquet de tente et s'y agrippa tandis qu'un groupe de chevaux passait en trombe à côté de lui.

Au bout d'un moment, la lumière revint; les aides rassemblèrent tous les chevaux en cinq minutes. Papa Dan, transpirant, congestionné et plus mal embouché que jamais, estima qu'il n'y avait que peu de dégâts, et tout redevint calme. Personne n'avait rien, sauf Lal, l'Hindou. Lal était mort.

– Venez voir ce que les éléphants lui ont fait, Père Dan! appela quelqu'un.

Les éléphants avaient marché sur Lal comme sur un petit tapis d'herbes tressées; son fin visage était profondément enfoncé, aplati dans la sciure, silencieux et cramoisi.

Raoul, secoué de nausées, se détourna en serrant les mâchoires. Dans la confusion qui s'ensuivit, il se retrouva soudain devant la tente des phénomènes, là où il avait vécu avec Roger dix années de leur cauchemardesque existence. Il hésita, puis écarta les pans de toile et entra.

C'était toujours la même odeur, chargée de souvenirs. La bâche grise pendait comme un ventre mélancolique des poteaux bleus. Et au-dessous, disposées en rectangle, les vieilles estrades à la peinture écaillée offraient chacune à la lumière crue des ampoules électriques son fardeau de misère; ici de la graisse, là de la maigreur, ou des êtres sans jambes, sans bras, sans yeux... Les ampoules bourdonnaient dans l'air, comme de gros insectes déversant leur lumière sur les visages figés et maussades des monstres humains.

Ceux-ci fixèrent Raoul de leur regard vide, puis il vit leurs yeux qui cherchaient vivement à apercevoir Roger derrière lui, et ne le trouvaient pas. Aussitôt il sentit, dans son dos, la cicatrice et les points de suture qui s'enflammaient. Roger surgit de sa mémoire. La voix de Roger, lançant aux monstres des méchants surnoms qu'il avait trouvés pour chacun d'eux : « Eh, Zeppelin! » pour la Femme-la-plus-grosse-du-monde. « Salut, Loucheur! » s'adressait au Cyclope. « Et toi, l'Encyclopedia Britannica! » désignait l'Homme-Tatoué. « Et toi, la Vénus de Milo! » offensait la femme blonde privée de bras. Six pieds de terre semblaient encore insuffisants pour étouffer la voix insolente de Roger. « Salut, P'tit-Bout! » lança-t-il à l'Homme-sans-jambes posé comme à l'accoutumée sur son coussin de velours écarlate. Raoul mit brusquement sa main devant sa bouche. Avait-il dit cela *tout haut*? Ou était-ce seulement la voix cynique de Roger qui lui résonnait en tête?

Le Tatoué, avec toutes ces figurines peintes sur son corps, évoquait une foule agitée.

– Raoul! s'écria-t-il joyeusement.

Il bandait ses muscles avec fierté, et les tatouages se mettaient à faire des cabrioles, offrant un vrai spectacle de cirque. Il tenait bien droite sa tête au crâne rasé, car la Tour Eiffel, le long de son épine dorsale, ne devait jamais plier. Sur chacune de ses omoplates passaient des nuages bleus vaporeux. Il rapprochait ses omoplates, en riant, et annonçait : « Regardez ! Il va y avoir de l'orage au-dessus de la Tour Eiffel ! Ah ! »

Mais les yeux perfides des autres phénomènes lançaient comme des aiguilles vers Raoul pour tisser autour de lui un véritable rideau de haine.

Il secoua la tête.

– Je ne vous comprends pas, vous tous ! Avant, vous nous haïssiez, Roger et moi, pour une raison précise : nous avions plus de succès que vous, nous attirions plus de spectateurs, nous avions des salaires plus élevés. Mais maintenant... comment pouvez-vous me haïr encore, *moi* ?

Le Tatoué réussit presque à cligner l'œil qu'il avait sur le nombril.

– Je vais te le dire. Ils te détestaient quand tu étais encore plus anormal qu'eux. – Il se tut une seconde, émit un gloussement. – Et maintenant, ils te détestent parce que tu n'as plus rien de monstrueux ! – Il haussa les épaules. – Moi, je ne suis pas jaloux. Je ne suis pas un monstre. – Il leur jeta, tout en parlant, un regard indifférent. – Ils n'ont jamais aimé ce qu'ils étaient. Ils font un numéro, mais ce n'est pas eux qui l'ont inventé : ce sont leurs glandes. Moi, c'est à mon esprit que je dois tout ça : les canonnières roses sur ma poitrine, les filles des Iles sur mon ventre, et mes doigts tout fleuris ! C'est différent, une affaire entre moi et moi. Chez eux, ce n'est qu'un misérable accident de la nature. Félicitations, Raoul, pour ton évasion.

Un soupir s'éleva de la douzaine d'estrades, violent, coléreux, comme si les phénomènes venaient de comprendre que Raoul serait le premier d'entre eux, et le seul, qui échapperait à leur condition abjecte de créatures monstrueuses livrées à la curiosité des foules.

– Nous ferons la grève! protesta le Cyclope. Roger et toi, vous avez toujours été une source d'ennuis pour nous. Maintenant, c'est Lal qui est mort. Nous ferons la grève pour obliger Père Dan à te chasser!

Raoul entendit sa propre voix éclater.

– Je suis revenu parce que l'un d'entre vous a tué Roger! D'ailleurs, le cirque était ma vie, et il l'est toujours, et Deirdre est ici. Aucun d'entre vous ne peut m'empêcher de rester et de chercher qui a tué mon frère, à ma façon, et en y mettant le temps qu'il faudra.

– Nous étions tous dans notre lit cette nuit-là! gémit la Femme-la-plus-grosse-du-monde.

– Oui, oui, c'est vrai, c'est vrai, renchérirent les autres à l'unisson.

– C'est trop tard, s'écria le Gratte-ciel, tu ne trouveras jamais rien!

La Femme-sans-bras se mit à lancer des coups de pied moqueurs.

– Ce n'est pas moi qui l'ai tué. Je ne peux pas tenir un couteau, sauf avec mes pieds, en me couchant sur le dos!

– Moi, je suis à moitié aveugle! dit le Cyclope.

– Et moi, je suis tellement grosse que je ne peux pas bouger! gémit la Femme-la-plus-grosse-du-monde.

– Taisez-vous, taisez-vous!

Raoul n'en pouvait plus. Furieux, il se précipita hors de la tente et partit en courant dans l'obscurité. Et soudain il l'aperçut, debout dans l'ombre, qui l'attendait.

– Deirdre !

C'était elle, l'être tout de blancheur venu de l'espace, la créature ailée qui franchissait le vide chaque soir, et tournoyait cent fois sur elle-même avec la précision d'une hélice, accompagnée par la voix stridente du Monsieur Loyal : « ... Quatre-vingt-huit ! » Un tour. « Quatre-vingt-neuf ! » Un autre tour. « Quatre-vingt-dix ! » Son puissant bras droit, bosselé de muscles durs, ses doigts osseux agrippaient la corde lisse ; les poignets, le coude, le biceps halaient le torse, et le pied minuscule et léger se levait et s'abaissait en cadence sur les roulements de grosse caisse qui saluaient chacune de ses révolutions...

Debout contre les étoiles, appuyée du bras droit à l'un des poteaux qui soutenaient la tente, elle se penchait en avant, dressée sur ses pointes pour distinguer Raoul qui, dans la pénombre, ouvrait, serrait, ouvrait le poing d'un geste machinal.

– Ils t'ont embêté, n'est-ce pas ? chuchota-t-elle en passant près de lui mais sans le regarder, fixant déjà de ses yeux brillants tout cet appareillage clinquant de plates-formes et de nacelles sur lesquelles elle allait s'élancer. Mais tu sais, j'ai de l'influence, moi aussi. Je fais un numéro qui compte dans le spectacle. Papa Dan m'écoute. J'aurai mon mot à dire, chéri.

Elle s'était détendue en prononçant ce mot de « chéri ». Sa main crispée retomba le long de son corps. Elle attendit, les yeux à demi clos, que Raoul la prenne dans ses bras.

– Quelle façon de t'accueillir ! soupira-t-elle. Je suis désolée, Raoul.

Elle se tenait tout contre lui, chaude et vivante.

– Oh, chéri, ces huit semaines ont été pour moi comme dix années.

Tout contre elle, dans sa chaleur, il se sentit bien, et resserra son étreinte. Pour la première fois de sa vie, Roger n'était pas là pour murmurer derrière lui : « Oh, pour l'amour du ciel, Raoul; dépêche-toi un peu ! »

A neuf heures précises, ils se tenaient debout, côte à côte, dans l'allée conduisant à la piste. La fanfare éclata. Deirdre embrassa Raoul sur la joue.

– Je reviens dans cinq minutes, Monsieur Loyal, annonça-t-elle. Raoul, tu vaux mieux que cela, il ne faut pas rester avec les monstres. Demain, tu répètes avec les Condiellas.

– Tu ne crois pas que les monstres vont me détester si je les laisse tomber ainsi ? Ils ont déjà tué Roger. Si je leur porte encore ombrage, c'est moi qu'ils auront !

– Au diable les monstres, au diable tout ce qui n'est pas toi et moi, déclara-t-elle, pétrissant de ses doigts de fer une corde enduite de résine.

Puis elle entendit la musique qui annonçait son entrée en piste, et son regard se voila.

– Chéri, est-ce que tu as déjà vu un moulin à prières de moine tibétain ? C'est une roue dont chaque tour envoie au ciel une prière – *oom mani padme hum.*

Raoul fixait des yeux la plus haute corde, à laquelle elle se balancerait dans un instant.

– Chaque soir, Raoul, chaque fois que je tournerai là-haut, cela voudra dire je t'aime, je t'aime, je t'aime. Encore et encore...

La musique s'intensifiait.

– Autre chose, ajouta-t-elle très vite. Promets-moi d'oublier le passé. Lal est mort, il s'est suicidé. Père Dan s'est arrangé pour présenter l'affaire à la police sans te mettre en cause, alors, dépêche-toi d'oublier tout ça, c'est trop triste. Pour la police, Lal était aveugle, et il a été tué dans la confusion générale, quand l'électricité a été coupée et que les bêtes se sont échappées.

– Lal ne s'est pas suicidé, Deirdre. Et sa mort n'a pas été un accident.

Raoul avait du mal à parler, à la regarder.

– En me voyant revenir, le véritable assassin a été pris de panique et il a cherché à se couvrir. Lal avait des soupçons, il avait donc une double raison de tuer. On a poussé Lal sous les pattes de ces éléphants pour me donner à penser que mon enquête était terminée, qu'elle n'avait plus lieu d'être. Mais ce n'est pas le cas. Elle ne fait que commencer. Lal n'était pas du genre à se suicider.

– Mais il haïssait Roger.

– Comme *tous* les monstres. Et puis, il y a cette histoire de banderole déchirée.

Deirdre s'attardait là. Mais déjà on l'appelait en piste pour son numéro.

– Raoul, si ce que tu dis est vrai, alors ils te tueront toi aussi. Si l'assassin a agi pour brouiller les pistes et s'il voit que tu continues à le traquer...

Elle dut partir en courant, se précipiter vers la musique, les applaudissements, le tumulte. Elle s'élança, monta, monta, de plus en plus haut.

Une fleur aux larges pétales flotta un instant dans la pénombre et vint se poser sur l'épaule de Raoul.

– Ah, c'est toi, le Tatoué.

La Tour Eiffel fléchissait. Les fleurs jumelles voletaient autour du Tatoué, comme en proie à une violente tempête.

– Les monstres, chuchota-t-il d'un ton sinistre. Ils se sont traînés chez Père Dan!

– Quoi?

– Ouais. La Femme-sans-bras fait des moulinets avec son gros pied, et elle crie! Le Cul-de-Jatte agite ses bras, le nain est monté sur une table, le Gratte-ciel se cogne la tête contre la toile du plafond! Ils sont fous de rage. La Femme-la-plus-grosse-du-monde va éclater comme un melon pourri, et l'Homme-Squelette va tomber en morceaux comme un xylophone cassé, je t'assure!

»Ils disent que tu as tué Lal et qu'ils vont te dénoncer à la police. Les flics viennent tout juste de discuter avec Père Dan, et il les a convaincus que Lal était mort accidentellement. Mais maintenant, les monstres veulent que Père Dan te chasse, et s'il refuse, ils menacent de se mettre en grève et de tout raconter aux flics par-dessus le marché. Alors, Père Dan a dit que tu te grouilles d'aller le voir sous sa tente, *tout de suite*. Bonne chance, petit!

Père Dan fixa d'un air furieux le verre de whisky qu'il venait de se verser, puis toisa Raoul.

– Ce n'est pas ce que tu as fait ou que tu n'as pas fait qui compte, c'est ce que les monstres *croient*. Ils sont en ébullition. Ils disent que c'est toi qui as tué Lal, parce qu'il connaissait la vérité sur la mort de ton frère.

– La vérité! s'écria Raoul. *Quelle est* la vérité?

Père Dan se détourna, incapable de le regarder en face.

– C'est que tu en avais marre, marre d'être attaché à Roger comme un cheval à un arbre, et que tu... que tu as tué ton frère pour te libérer... Voilà ce qu'ils disent!

Il se leva brusquement, comme mû par un ressort, et ses pieds arpentèrent la sciure.

– Je ne le crois pas. Pas encore.

– Mais, cria Raoul, *mais* ça valait peut-être la peine d'essayer. C'est bien ce que tu veux dire, n'est-ce pas?

– Ecoute, Raoul, il suffit de raisonner un peu. Si c'est l'un des monstres qui a tué Roger, comment se fait-il, bon Dieu, que toi, tu sois encore vivant? Pourquoi ne t'aurait-il pas tué aussi? Pourquoi s'exposer à être démasqué par toi? Il n'aurait pas pris ce risque pour tes beaux yeux. Bon Dieu! Ce n'est pas l'un des monstres qui a tué Roger.

– Peut-être qu'il a pris peur. Peut-être voulait-il me voir vivre, et souffrir. Ce serait vraiment ironique, tu ne crois pas, plaida Raoul perplexe.

Père Dan ferma les yeux.

– Je crois surtout que j'y perds mon latin!... (Il leva la main.) Et cette histoire de banderole déchirée trouvée par Lal – celle qui vous représentait, ton frère et toi... Elle montre que quelqu'un voulait la mort de Roger mais pas la tienne. Alors, c'est peut-être que tu as payé l'un des monstres pour exécuter le travail, peut-être que tu n'as pas été assez gonflé pour t'en charger toi-même? (Père Dan allait et venait à pas précipités.) Et une fois sa mission accomplie, ton ami assassin a triomphalement déchiré votre image en deux!

Père Dan se tut un instant pour reprendre son souffle, scruter le visage pétrifié, meurtri de Raoul.

– Très bien, s'écria-t-il, mettons que je sois soûl. Mettons que je sois cinglé. Mettons que tu ne l'aies *pas* tué. Il n'en est pas moins vrai que tu dois t'en aller. Même si je t'aime beaucoup, Raoul, je ne peux pas prendre un risque pareil. Je ne peux pas me priver, à cause de toi, de toutes ces attractions.

Raoul se leva, mais il tenait à peine sur ses jambes. La tente semblait se balancer autour de lui.

Le sang battait follement à ses tympans. Il s'entendit dire d'une voix étrange :

– Donne-moi encore deux jours, Père Dan. C'est tout ce que je demande. Quand j'aurai trouvé l'assassin, les choses se calmeront, je te le promets. Et si je ne le trouve pas, je m'en irai. Je te le promets aussi.

Père Dan fixait d'un œil morose la pointe de sa botte enfoncée dans la sciure.

– Eh bien, disons deux jours. Mais c'est tout. Deux jours, et pas plus. Tu n'es pas un type qui se laisse abattre facilement, n'est-ce pas, mon cher jumeau numéro deux?

Ils sortirent à cheval de la ville endormie, attachèrent leurs montures près d'une rivière, discutèrent sérieusement et s'embrassèrent en toute sérénité. Il lui parla de Père Dan, de la banderole déchirée, de Lal, et du danger de ce qu'il avait entrepris. Elle lui prit le visage entre ses mains, les yeux levés vers lui.

– Chéri, allons-nous-en. Je ne veux pas qu'on te fasse du mal.

– Encore deux jours, pas plus. Si je découvre l'assassin, nous pourrons rester ici.

– Mais il y a d'autres cirques, d'autres endroits où aller.

Dans ses prunelles grises, il lisait l'inquiétude qui la tourmentait.

– Je suis prête à abandonner mon travail pour notre sécurité. (Elle le saisit par les épaules.) Dis-moi : Roger compte-t-il tellement pour toi?

Sans lui laisser le temps de comprendre ses intentions, elle le fit pivoter dans l'obscurité, bloquant ses coudes entre les siens, pressant son dos fin et musclé contre l'épine dorsale couturée de Raoul. Et elle chuchota tout bas dans sa nuque :

– Je t'ai tout à moi maintenant, pour la première fois. Ne me quitte pas.

Elle relâcha lentement sa prise, lui permettant de se retourner et de la reprendre dans ses bras avant d'ajouter d'une voix très douce :

– Ne me quitte pas, Raoul. Il ne doit plus y avoir d'obstacles entre nous...

Le temps, instantanément, repartit en arrière. Raoul entendit en esprit la voix de Deirdre demandant, un jour, à Roger, pourquoi Raoul et lui n'avaient jamais tenté une opération chirurgicale. Et la tête de Roger émergea comme une souche à la dérive au-dessus des pensées tumultueuses du rescapé pour rétorquer à Deirdre avec un petit rire sec : « Non, ma chère Deirdre, non. Il faudrait être deux à accepter une telle opération. Et moi, je refuse. »

Raoul embrassa Deirdre, s'efforçant d'oublier les remarques amères de Roger. Mais quand il évoqua son premier baiser avec Deirdre, c'est la voix dure de Roger qui résonna à nouveau : « Embrasse-la comme ça, Raoul ! Attends, laisse-*moi* te montrer ! Vous permettez ? Non, non, Raoul ! Tu es tout sauf romantique ! Voilà qui est mieux. Ça ne vous gêne pas si je m'évente ? » Un gloussement. « Il fait un peu chaud. »

– La ferme, la ferme, la ferme ! hurla Raoul.

Il se secoua avec une violence qui le ramena brutalement au présent, – dans les bras de Deirdre.

Le lendemain matin, il s'éveilla animé d'un incontrôlable désir de fuir, d'aller chercher Deirdre, de faire ses bagages, de sauter dans un train et de filer, de filer tout de suite, de tout plaquer à jamais. Il allait et venait dans sa chambre d'hôtel. Partir, songeait-il, s'en aller et ne jamais en savoir plus sur la mort de cette moitié de lui-même ensevelie dans un cimetière à une centaine de miles de là. Mais il *fallait* qu'il sût.

Midi sonna. Saltimbanques et troubadours, monstres, phénomènes, acrobates, aboyeurs et clowns enfarinés vinrent s'asseoir les uns à côté des autres, autour des planches qui leur servaient de tables, tandis que Raoul mangeait sans conviction un plat de viande en sauce. Il y *avait* un moyen de trouver l'assassin. Un moyen *infaillible.*

– Ce soir, je remettrai l'assassin aux mains de la police, annonça Raoul dans un murmure.

Le Tatoué faillit en laisser choir sa fourchette.

– Tu parles sérieusement?

– Passe-moi la petite pyramide qui a du blanc sur le dessus, interrompit quelqu'un.

Le gâteau passa devant le visage sombre de Raoul.

– Depuis le jour où je suis revenu, reprit-il, j'ai attendu mon heure en observant l'assassin. J'ai vu sa figure, la nuit où il a tué Roger. Je ne l'ai pas dit à la police. Je ne l'ai dit à personne. J'ai attendu – tout simplement attendu – de trouver le bon moment, le bon endroit pour ne pas rater mon coup. Je ne voulais pas que la police fasse mon travail à ma place. Je voulais l'avoir moi, et à ma façon.

– Ce n'était pas Lal, alors?

– Non.

– Tu as laissé Lal se faire tuer?

– Je ne pensais pas qu'on allait le tuer. Il aurait dû se tenir tranquille. Je regrette pour Lal. Mais je le vengerai ce soir. Je livrerai moi-même à la police le cadavre de l'assassin. Et j'aurai agi en état de légitime défense. Ils ne m'arrêteront pas. C'est moi qui te le dis, Tatoué.

– Et s'il a ta peau le premier?

– Je suis déjà à moitié mort. Je suis prêt.

Raoul se pencha en avant, avec fougue, pour saisir les poignets bleus du Tatoué.

– Tu ne dis rien de tout cela à personne, bien sûr?

– Moi? Moi? Ah, ha, pas *moi*, Raoul.

La nouvelle passa du Tatoué au Zeppelin, à l'Homme-Squelette, aux Cyclopes, à P'tit-Bout et ainsi de suite. Raoul pouvait pratiquement suivre à l'œil nu sa progression. Et il savait que le sort, désormais, en était jeté : soit il aurait cet assassin, soit cet assassin l'aurait. Simple comme bonjour. Acculer un rat dans son trou et le forcer à sortir. Mais s'il ne se passait rien?

Quand le soleil fut couché, il partit rôder dans tous les coins sombres, longer de hautes roulottes peintes en rouge d'où n'importe quoi aurait pu lui tomber dessus et lui pulvériser le crâne. Rien ne tomba. Il s'attarda derrière les cages des félins, où il suffisait d'ouvrir une porte pour lâcher des bêtes aux crocs redoutables sur son échine à peine recousue. Aucun félin ne bondit. Il rampa sous la roue d'un chariot, une grande roue bleue toute décorée, et attendit qu'elle se mette en marche et le tue. La roue ne bougea pas. Les éléphants ne le piétinèrent pas, aucun pilier de tente ne s'abattit sur lui, aucun coup de feu ne fut tiré. Il n'y avait que la musique bien rythmée de l'orchestre qui tonitruait sous les étoiles tandis que Raoul, de plus en plus malheureux et solennel, poursuivait sa marche à la mort.

Il pressa le pas, en sifflant très fort pour ne pas entendre ses propres pensées. On avait tué Roger *pour une raison précise*. Et c'était *pour une raison précise* que Raoul avait été laissé vivant.

Du chapiteau central une vague d'applaudissements lui parvint comme un écho à ses pensées. Un lion se mit à rugir. Raoul se prit la tête entre les mains et ferma les yeux. Les monstres étaient innocents. Il en était certain, maintenant. Si Lal, ou le Tatoué, ou la Femme-la-plus-grosse-du-monde, la Femme-sans-bras ou le Cul-de-jatte avaient fait le coup, ils auraient tué Roger et Raoul. Il ne restait qu'une solution. C'était clair comme le jour.

Il revint en traînant les pieds vers l'entrée des artistes, en bordure de piste. Il n'y aurait ni lutte, ni sang versé, ni accusation, ni cris.

– Je vivrai encore longtemps, se dit-il, envahi de lassitude, mais quelle raison de vivre aurai-je, après ce soir?

A quoi bon rester dans la troupe désormais, avec les phénomènes qui finiraient par l'accepter? A quoi bon connaître le nom de l'assassin? Ah oui, vraiment, à quoi bon? A vouloir à tout prix une chose, il en avait perdu une autre. Il était vivant. Son cœur cognait durement dans sa poitrine; la sueur coulait de ses aisselles, ruisselait dans son dos, sur son front, jusque dans ses mains. Et le fait qu'il soit vivant, cet élan qui était en lui, ces battements de son cœur, ces mouvements de son corps, tout cela était une preuve de l'identité de l'assassin. Il n'est pas si fréquent, se dit-il sombrement, qu'un individu en vie vous conduise à l'assassin, c'est d'habitude le rôle d'un cadavre. Je voudrais être mort. Je voudrais être mort.

Ce soir-là sonnait ses adieux au cirque. Il se retrouva dans l'allée conduisant à la piste, entendit le vacarme d'une musique tourbillonnante, les applaudissements, les rires tandis que les clowns trébuchaient et se contorsionnaient au centre du cercle rouge cerné par les gradins.

Deirdre était debout dans l'allée, telle une apparition, toute de blancheur et d'étoiles scintillantes, nette et pure, avec quelque chose d'un oiseau. Comme il s'approchait, elle tourna vers lui son visage très pâle marqué de deux pétales bleus au-dessous de chaque œil, souvenirs de ses nuits sans sommeil : mais qu'elle était belle! Elle observa la façon de marcher de Raoul, tête baissée.

La musique les portait. Il se redressa sans la regarder pour autant.

– Raoul, demanda-t-elle, qu'est-ce qui ne va pas?

Il répondit :

– J'ai trouvé l'assassin.

Il y eut un claquement de cymbales. Deirdre le dévisagea longuement.

– Qui est-ce?

Il ne répondit pas, il semblait parler pour lui-même, très bas, comme on prie, les yeux fixés sur la foule des gradins.

– On est piégé. On n'y peut rien, quoi qu'on fasse. Avec Roger, j'étais malheureux; sans lui, c'est pire. Quand j'avais Roger, c'était toi que je voulais; maintenant, Roger n'est plus là, et je sais que tu ne seras jamais à moi. Si je ne m'étais pas mis en chasse pour retrouver l'assassin, je n'aurais jamais pu être heureux; maintenant la chasse est terminée, et je me sens encore plus misérable.

– Tu... tu vas donc livrer l'assassin à la police, c'est ça? demanda-t-elle enfin après un long silence.

Il demeura immobile, muet, incapable de penser, de voir ou de parler. Il sentait la musique monter, monter. Il entendit, très loin, Monsieur Loyal lancer le nom de Deirdre. Il frémit au contact des doigts musclés qui l'étreignaient, à la chaleur d'une bouche sur la sienne, sous le choc d'un baiser violent.

– Au revoir, chéri.

Déjà, d'une course légère, elle s'élançait vers la piste recouverte de sciure sous un tonnerre d'applaudissements. Les pans de son costume constellé de sequins miroitants flottaient comme de grandes ailes, et la musique déversait ses notes sur elle tandis que, le visage renversé, elle fixait là-haut ses cordes, son ciel, son paradis. Le filin la souleva de terre et l'emporta, plus haut, plus haut, toujours plus haut. La musique cessa brusquement. Seul un tambour continuait d'émettre, en sourdine, un roulement monotone. Deirdre commença à tourner sur elle-même.

Un homme fit un pas hors de l'ombre en voyant Raoul s'avancer vers lui. L'homme fumait un cigare dont il mastiquait l'extrémité d'un air pensif. Il s'immobilisa à côté de Raoul et ils restèrent un long moment silencieux, les yeux levés.

Cette tache blanche, tout là-haut, prise dans le faisceau d'un projecteur, c'était Deirdre. Les mains tenaient fermement la mince corde de chanvre, le corps se tendait comme un arc, les jambes s'élevaient, s'abaissaient pour décrire chaque fois un large cercle... Et le Monsieur Loyal, de la piste, comptait à tue-tête ses révolutions : « Une... deux... trois... quatre ! »

Elle tournait, tourbillonnait là-haut, Deirdre, encore et encore, tel un papillon blanc tissant son cocon. *Souviens-toi, Raoul, quand je serai là-haut, souviens-toi du moulin à prières...* Les traits de Raoul s'étaient décomposés. *Oom mani padme hum. Je t'aime. Je t'aime. Je t'aime...*

– Elle est jolie, vous ne trouvez pas ? demanda l'inspecteur, à côté de Raoul.

– Oui. Et c'est elle que vous cherchez, répondit

Raoul, ne croyant pas lui-même à ce qu'il lui fallait dire. Je suis encore en vie, ce soir. Voilà la preuve. Elle a tué Roger et déchiré notre portrait en deux morceaux. Elle a tué Lal. (Il passa une main tremblante sur ses yeux.) Elle va redescendre dans cinq minutes environ, vous pourrez l'arrêter.

Ils continuaient à la fixer tous les deux, comme s'ils n'étaient pas entièrement convaincus que c'était bien elle, là-haut.

– Quarante-et-un, quarante-deux, quarante-trois, quarante-quatre, compta l'inspecteur. Eh, qu'est-ce qui vous fait pleurer comme ça? Quarante-six, quarante-sept, quarante...

(Titre original : *Corpse Carnival.*)

UNE DEMI-HEURE D'ENFER

La pièce était dans un état effrayant. Les tableaux avaient été arrachés des murs, les meubles bousculés et renversés. Il y avait de profondes entailles dans les boiseries et sur le papier peint, là où Mr. Caldwell, l'aveugle, avait creusé, gratté, fouillé avec ses ongles. Les dégâts étaient considérables.

Le lieutenant Chris Priory, appartenant à la brigade criminelle de la police municipale de Green Bay, Californie, était debout à côté de moi. Il est resté un long moment silencieux.

Caldwell, dont les lunettes noires avaient été pulvérisées, la partie inférieure de la boîte crânienne enfoncée, gisait contre le mur le plus éloigné, un bras dressé comme pour griffer une dernière fois l'épaisse maçonnerie. C'était un homme jeune, à la peau douce, aux cheveux bruns et bouclés. Mais maintenant qu'il était mort, il n'était pas beau à voir.

– Seigneur! quel désastre! ai-je dit.

Du rez-de-chaussée nous parvenaient les sanglots de la concierge.

Priory s'est tourné vers moi, perplexe :

– Caldwell était aveugle.

– Oui. La concierge m'a expliqué qu'il était arrivé ici le 17 octobre, alors que sa vue déclinait rapidement. Deux semaines plus tard il était complètement aveugle, et il l'est resté depuis. Il y a six semaines de cela.

– Bizarre, a murmuré Priory. Il semble évident que si quelqu'un voulait assassiner Caldwell hier soir, il pouvait le tuer tout de suite, sans passer par tout ce remue-ménage. Il aura bien fallu vingt minutes pour mettre la pièce dans cet état. A quoi bon ? Un aveugle est à la merci du premier meurtrier venu. Il suffit d'un bon coup sur une tête sans méfiance et sans défense pour que...

Priory s'est interrompu pour aller se pencher au-dessus du cadavre.

– Il essayait de partir, de s'échapper, il cherchait une porte avec toute la rage du désespoir, quand il est mort.

J'ai jeté un coup d'œil aux meubles abîmés, aux marques sur les murs.

– A moins qu'on ait tout saccagé pour faire croire à une lutte ?

Priory a secoué la tête.

– C'est uniquement l'œuvre de Caldwell, ou presque. Regardez. Sous ses ongles : des fragments de papier peint, plâtre, une écharde en provenance de la porte, des fils arrachés au dessus-de-lit. Et son pantalon, là, aux genoux, râpé, usé par le frottement. Les pointes de ses chaussures sont écrasées après les coups de pied qu'il a donnés contre la porte fermée à clé.

– Brutalement, ai-je dit.

– Brutalement, oui, a admis Priory. Et regardez son front aussi. Il s'est fait ces blessures-là en se jetant contre le mur, la tête la première. Et cette estafilade sur sa joue, c'est quand il a brisé un sous-verre, et que les éclats l'ont coupé. Les coups mortels lui ont été portés par-derrière, alors qu'il tentait, avec ses doigts saignants, aux ongles arrachés, de creuser un trou dans le mur...

J'avais la gorge serrée.

– En admettant que tout cela soit exact, quel peut être le mobile? Peut-être que l'assassin, ensuite, a cherché de l'argent, des lettres, quelque chose...

Priory s'est penché pour me montrer l'étoffe d'un fauteuil qui avait certes été déchirée par des ongles, mais sans qu'on ait sorti ou fouillé la garniture. Même chose pour le canapé. Le bureau était strié de marques, mais les tiroirs étaient tous fermés, avec des crayons, des stylos, du papier à lettres bien rangés à l'intérieur. Partout, y compris autour et derrière les tableaux, les griffures restaient superficielles. Un homme à la recherche de quelque chose aurait ouvert des brèches dans le plâtre et arraché aux meubles leurs entrailles de coton. Il me fallait en convenir. Les marques, partout, avaient été faites par un homme griffant violemment les surfaces. On n'avait pas cherché à savoir s'il y avait quelque chose derrière les tableaux, et il n'y avait trace nulle part d'une tentative pour soulever la moquette.

Je me suis redressé.

– Vous avez raison. Mais peut-être Caldwell avait-il quelque chose sur lui?

– Dans ce cas, l'assassin n'avait qu'à l'assommer et à s'emparer de cette chose, non? Eh bien, non. L'assassin est quelqu'un de très méthodique, avec beaucoup de sang-froid, il a pris tout son temps. Ou alors, peut-être, était-il obligé de prendre son temps. Peut-être...

– Peut-être... quoi?

Priory a haussé les épaules.

– Allons voir la concierge.

Celle-ci était alitée. Son petit visage décharné et pâle, si pâle, se détachait à peine de l'oreiller chiffonné. Elle a levé la main, d'un geste las, et s'est mise à parler.

– Mr. Caldwell est arrivé il y a deux mois aujourd'hui. Jour pour jour. Il était comme fou. J'avais vraiment de la peine pour lui. Il était en train de devenir aveugle et, deux semaines après son installation dans la chambre, il était dans le noir complet. Je l'ai souvent entendu sangloter, là-haut. Je montais frapper à sa porte – c'était avant, quand je n'étais pas clouée au lit – et il se calmait, il venait m'ouvrir avec ses joues tout humides, et chaque fois que j'essayais de le réconforter, il disait : « J'ai fait une chose horrible. Je sais ce que c'est, maintenant. Oh, mon Dieu, ce noir ! »

– Caldwell était-il son vrai nom ?

– Je n'en sais rien. Il semblait nerveux, aux aguets, comme s'il avait fui quelqu'un. Chaque fois qu'on s'approchait, il criait : « Qui est là ? », et je lui disais : « C'est seulement Miss Tarvey, monsieur », ou « C'est seulement le commis du boucher qui livre une volaille. » Un aveugle normal vous aurait demandé ça poliment. Pas Mr. Caldwell. Il devenait tout blanc, ses mains tremblaient, il sursautait à chaque bruit de pas.

La concierge s'est tue un instant pour reprendre son souffle.

– Je vis toute seule, ici, et Mr. Caldwell était l'un de mes deux locataires. L'autre, Miss Tarvey, travaille la nuit, si bien qu'elle n'était pas là. Ce type, celui qui est venu chez Mr. Caldwell hier soir, avait déjà téléphoné dans la journée. C'est Miss Tarvey qui lui a répondu. Il a demandé où habitait l'aveugle. Il n'a pas donné de nom, il a simplement dit « l'aveugle ». Ça m'a paru bizarre. Et Miss Tarvey lui a dit : Oui, c'est ici, au premier étage, et la voix au téléphone a repris : Quelle porte ? et Miss Tarvey a dit : La première porte sur votre droite. Puis il y a eu un déclic, il avait raccroché sans même dire merci. Et une heure plus tard, à neuf heures, après le départ de Miss Tarvey, cet homme est arrivé et il est entré par la grande porte.

– Il n'a pas frappé avant d'entrer ?

– Non. Il est entré directement. Je me souviens que j'ai appelé, pour savoir qui était là. Il n'y a pas eu de réponse, mais je ne m'en suis pas trop inquiétée. Il a pris l'escalier et il est allé frapper chez Mr. Caldwell. Puis j'ai entendu la porte s'ouvrir, Mr. Caldwell a poussé un cri, j'ai entendu la porte claquer et la clé tourner dans la serrure.

– C'est alors que les bruits ont commencé ?

La concierge a poussé un soupir et elle a fermé les yeux avant de poursuivre d'une voix sans timbre, faible et lointaine, tout en tortillant un coin de sa couverture entre ses doigts.

– Les petits bruits ont commencé. Et moi, au fond de mon lit, incapable de faire quoi que ce soit ! D'abord, j'ai entendu un homme qui marchait. A ses chaussures, je savais que ce n'était pas Mr. Caldwell. Puis j'ai entendu un coup sourd. Mr. Caldwell a crié. Je me suis redressée dans mon lit, et j'ai appelé : « Ça va, Mr. Caldwell ? », mais il ne m'a pas entendue, je pense. Puis quelqu'un a marché, Mr. Caldwell cette fois, il allait vers la porte.

– Il marchait ? Normalement, sans se presser ?

– Oui. Comme on peut marcher quand on traverse un jardin public. Puis l'autre s'est mis à marcher lui aussi, et pendant trois ou quatre minutes on n'entendait plus que leurs pas, là-haut. Moi, je tendais l'oreille.

– Ils allaient et venaient, comme ça?

La concierge, toujours allongée, se concentrait sur ses souvenirs; pour elle, c'était tout frais, encore vivant.

– Oui. Cela faisait un bruit si... si... bizarre, à entendre. Ils marchaient et ils discutaient. Je ne pouvais pas saisir un mot. Mr. Caldwell disait quelque chose, puis l'autre... Puis leur marche s'est accélérée, de plus en plus. On avait l'impression que Mr. Caldwell partait en courant, sur de très petites distances, et que l'autre s'élançait derrière lui. Puis Mr. Caldwell se relevait, se remettait à courir, se cognait à quelque chose, tombait, se relevait, courait, et l'autre qui le poursuivait, en quelque sorte, et à grands pas.

J'ai regardé au plafond. La concierge a passé sa langue sur ses lèvres décolorées, ses yeux se sont encore agrandis, son regard est devenu fixe, affolé, tandis que les souvenirs affluaient.

– Ils allaient, et ils venaient, ils allaient, et ils venaient, de plus en plus vite, de plus en plus vite. Puis ils se sont mis à crier des choses dont je ne me souviens pas, des choses que je ne comprenais pas, tout en marchant, marchant, l'un et l'autre. Puis ils se sont mis à courir. Très vite, on aurait dit des souris mécaniques! C'était si étrange. Moi, j'étais toujours sur mon lit à crier : « Mr. Caldwell, arrêtez, je ne peux pas dormir! » Mais ils criaient plus fort que moi. Puis il y a eu les coups et les grattements, comme s'il y avait eu des rats dans les murs. Les tableaux tombaient. On renversait les meubles comme si on avait dégagé des tonnes de décombres, là-haut, et les lustres, chez moi, se sont mis à trembler! J'ai entendu du verre qui se brisait, une table qui s'écrasait comme un arbre qu'on abat. Puis quelqu'un a tourné la poignée de la porte, vite, très vite. Puis Mr. Caldwell a commencé à hurler. Puis... puis il y a encore eu des galopades...

Elle parlait avec difficulté, le souffle court, le regard pétrifié de panique.

– Il y a eu encore des cris, des chocs, des bousculades, des allées et venues, d'un côté, de l'autre, d'un côté, de l'autre, comme une espèce de pendule géante qui aurait cogné partout dans la pièce; et toujours ces rats dans le mur! Mr. Caldwell s'est écroulé. Je l'ai entendu se débattre, gratter avec ses ongles, creuser, là, vous voyez, *là*! Comme un chien dans un terrier, et il pleurait! Et alors...

La concierge s'est tue un instant, son corps chétif s'est raidi.

– Et alors, j'ai entendu les derniers bruits. Des bruits de coups, sur Mr. Caldwell. Encore, et encore!

Elle s'est détendue, sa nuque est retombée sur ses oreillers. La sueur perlait sur son front, et elle a poussé un profond soupir.

– Tout de suite après, l'homme est redescendu par l'escalier, sans rien dire, et il est parti. J'ai essayé de crier, mais il a fallu six heures pour que Miss Tarvey revienne et appelle la police.

Je me suis assis. Priory lui-même semblait soucieux et fronçait les sourcils.

– Et au milieu de tout ce vacarme, a-t-il demandé, vous avez entendu Mr. Caldwell crier jusqu'à la fin?

La concierge a hoché la tête.

– Voilà qui prouve que Caldwell était en vie, et

qu'il bougeait. L'assassin n'a pas eu beaucoup de temps pour fouiller.

– Non, monsieur. Il est redescendu immédiatement, il a filé.

J'ai allumé une cigarette et j'ai contemplé un instant la flamme de l'allumette.

– Cet assassin semble avoir pris un plaisir immense. Vraiment immense.

– Une demi-heure, que ça a duré, a murmuré la concierge. Trente minutes à marcher et à courir là-haut et à se démener comme des diables dans un bénitier.

– Trente minutes pour s'amuser avec sa victime, ai-je dit.

Priory a émis une sorte de grognement.

– Il y a quelque chose qui cloche.

Il s'est dirigé vers la porte.

– Vous m'excuserez, mais j'ai plusieurs personnes à appeler. Puis je dois aller en ville, j'y passerai quelques heures et j'essaierai de dégoter une souris mécanique. Toi, tu restes ici, et tu veilles à ce que les types de la criminelle passent bien la pièce au peigne fin. D'accord? A bientôt. Et, sois sage.

– Vous plaisantez! ai-je protesté.

Mais Priory avait déjà quitté la pièce.

A son retour, en fin d'après-midi, il rayonnait. Il arpentait la chambre en parlant avec excitation.

– Douglas, suppose que tu sois l'assassin. Tu n'aurais pas grand mal à retrouver la trace d'un aveugle. Un aveugle ne peut pas se cacher très longtemps. Ni courir très vite. Les gens se souviennent de lui. Si tu étais l'assassin, donc, et que la victime habite, disons, la ville voisine, comment t'y prendrais-tu pour le rencontrer?

– Eh bien j'irais en voiture jusque chez lui, je le tuerais, et je quitterais la ville.

– Pourquoi ?
– Si je prenais le train, ou un taxi, des gens risqueraient de me reconnaître. Un chauffeur de taxi pourrait me décrire de mémoire.
– Et en supposant que tu aies une balafre à la face ?
– Raison de plus pour utiliser ma voiture et rentrer chez moi, le crime accompli, le plus rapidement possible, la nuit de préférence, afin que mes voisins eux-mêmes ignorent que je suis sorti.
– Et tu ne mettrais pas une demi-heure pour commettre ce meurtre ?
– Non, me suis-je écrié. Je me dépêcherais d'en finir !
– Ah ! C'est là, précisément, que notre assassin s'est trahi. N'oublie pas qu'il lui a fallu une demi-heure. A cause de cela, je sais à quoi il ressemble ! J'ai arpenté cette rue dans les deux sens en demandant aux gens s'ils avaient vu l'assassin, j'ai interrogé tous les chauffeurs de taxis, j'ai visité tous les dépôts d'autobus. Pour des prunes. L'assassin a *forcément* utilisé sa propre voiture.
– Mais comment pouvez-vous savoir à quoi il ressemble, avec aussi peu d'indices ?
Priory m'a gratifié d'un regard attristé, comme on en jette à un petit chien fidèle mais complètement ignorant.
– Simplement à partir de cette demi-heure. Ça t'épate, hein, Douglas, mon garçon ?
– Pour ça oui ! Vous n'allez pas me dire qu'avec ça, vous avez de quoi coffrer un criminel !
Nous nous sommes serré la main, puis Priory a sorti une liste de sa poche.
– Voici les noms de trois suspects, trois personnes d'ici qui auraient pu tuer Caldwell, mais qui ne l'ont pas fait.

– De qui s'agit-il?

– De gens capables de mettre une demi-heure à commettre un meurtre, a déclaré Priory en jouant avec mes nerfs. Mais ils avaient tous de bons alibis. Je me suis donc rabattu sur mon principal suspect à Orange City. Un jeune homme assez comme il faut du nom de John Melton, qui a été blessé dans la matinée du 16 octobre.

– Et c'est le 17 octobre, le lendemain, que Caldwell est arrivé ici.

– Exact. Caldwell était en fuite après ce qu'il venait de faire. Ce suspect d'Orange City correspond en tout point à l'image que j'ai de l'assassin. La fiche de police ne m'apporte qu'une confirmation. Et j'ai découvert un mobile aussi simple qu'affreux à ce crime. Ce Melton a refusé de dire qui était son agresseur; le nom de Caldwell n'apparaît donc pas, mais la nature même de l'agression dont Melton a été victime ne laisse guère de place au doute. Si nous prenions la voiture pour aller arrêter Melton, notre assassin?

– Vous êtes à ce point certain de ce que vous avancez?

– Absolument. Et je n'ai pas d'autre indice. Pas la moindre trace. Personne n'a vu l'assassin. Personne ne pourra l'identifier physiquement. Il n'y a que cette histoire de souris mécaniques. Si – et j'insiste sur le *si* – si le meurtre s'était produit instantanément, je n'aurais peut-être jamais trouvé la solution. Mais il y avait cette demi-heure. Réfléchis bien, Douglas, pendant que tu me conduiras à Orange City pour arrêter notre homme.

Nous sommes donc allés en voiture à Orange City. Moi, très énervé. Priory, très calme et sûr de son affaire.

A Orange City, une femme boulotte, au visage affable mais fatigué, est venue répondre à notre coup de sonnette. Elle a écouté Priory lui expliquer qu'il s'agissait d'une simple visite de routine, puis elle nous a demandé le calme car John était très fatigué, et elle nous a fait entrer, après avoir ajouté que ces deux derniers mois avaient été un rude choc pour John. Priory a dit qu'il comprenait cela parfaitement et, comme nous pénétrions dans le salon familial d'allure relativement cossu, il m'a indiqué un fauteuil d'un mouvement de tête avant de passer dans la pièce attenante d'où me sont parvenus les échos de sa discussion avec John Melton.

Je commençais à m'impatienter quand, à travers la porte, j'ai entendu Priory dire :

– Pour ne rien vous cacher, Mr. Melton, j'enquête à propos d'un ami à vous du nom de Caldwell.

La voix de Melton était très jeune, claire et assurée.

– Je ne connais personne de ce nom-là, lieutenant.

Priory s'est éclairci la gorge.

– Il avait à peu près votre âge, et il était menacé de cécité, en octobre dernier, quand il est brusquement parti habiter à Green Bay. Est-ce que cela vous dit quelque chose?

Un long silence.

– Ah, vous voulez parler de Bill Calder?

– Calder, Caldwell, c'est presque la même chose. Il était en train de devenir aveugle, n'est-ce pas?

– En effet.

– Et le matin du 16 octobre, au cours d'une discussion à propos de sa cécité, ce Bill Calder – ou Caldwell – ne vous a-t-il pas attaqué?

Après un très long silence, Melton a répondu :

« Oui. » Et à sa voix, soudain, il semblait plus vieux. « Comment pourrai-je jamais l'oublier? »

– Vous étiez amis?

– Nous ne l'avons jamais été. Nous aimions la même femme, si vous voulez le savoir.

– Et comment! Après vous avoir attaqué, Calder-Caldwell est parti s'installer à Green Bay. Il se trouvait dans un état de grande tension émotionnelle, craignant, semble-t-il, que quelqu'un ne le poursuive pour lui faire du mal. Pouvez-vous m'en dire plus sur ce qui s'est passé entre vous ce matin du 16 octobre? Comment cela a-t-il commencé?

– C'était à cause de Doris. Une femme magnifique. Calder, à l'époque, devait l'épouser, mais la maladie dont il souffrait depuis longtemps s'est brusquement aggravée. Il s'est aperçu qu'il était en train de perdre la vue. C'est ce qui l'a rendu presque fou, je suppose.

– Et alors...

– Doris a rompu avec lui. Elle ne voulait pas d'un infirme pour époux. Elle s'est rendu compte qu'avant quelques semaines il serait complètement aveugle, sans espoir de guérison. (Une pause.) Doris et moi nous nous sommes fiancés presque immédiatement après cela.

– A vous entendre, cette Doris ne me paraît pas quelqu'un de très... gentil, a observé Priory.

Melton a laissé échapper un rire chargé d'amertume.

– Pas vraiment, en effet.

– Vous ne vous êtes pas mariés?

A nouveau, le ton amer :

– Non. C'est à ce moment-là que ça s'est passé.

– Que s'est-il passé?

Melton a respiré profondément. J'étais penché sur mon fauteuil pour écouter ses explications.

– J'étais heureux, triomphant, je ne touchais plus terre. Un matin, ce 16 octobre, je suis allé voir Calder – ou Caldwell, si vous préférez. Nous nous étions toujours profondément détestés, et j'ai sans doute trop parlé ce matin-là. Je lui ai dit quelque chose que je n'aurais jamais dû lui dire. Je l'ai littéralement piétiné. J'ai vu que je l'avais touché au vif. Seigneur, si seulement j'avais fermé ma gueule ce matin-là, à l'heure qu'il est je vivrais heureux avec Doris...

Melton semblait éprouver des difficultés à poursuivre. Priory lui a demandé :

– Qu'avez-vous dit à Calder pour qu'il se jette sur vous comme il l'a fait?

– Je l'ai regardé en riant, et j'ai annoncé : « Doris et moi, nous allons nous marier. Elle ne veut pas d'un aveugle! »

– Bonté divine! s'est écrié Priory.

– Oui, a repris Melton sombrement, voilà ce que je lui ai dit. J'ai été idiot. Calder a hurlé : « J'y vois encore assez pour te casser la figure! » et il s'est rué sur moi!

Silence.

– Le lendemain, Calder a quitté la ville. Les policiers m'ont interrogé, mais j'ai préféré ne pas porter plainte, et ne pas leur dire qui m'avait agressé.

– Et Doris n'a plus voulu vous épouser?

– Non. Elle est partie avec un autre.

– Eh bien, on a fini par retrouver Calder, a dit Priory. Il a été assassiné hier soir à Green Bay. Mr. Melton, vous ne vous seriez pas, par hasard, rendu à Green Bay hier soir – après avoir, au bout de six semaines de recherches acharnées, localisé Caldwell?

– Non. Ma mère vous confirmera que je suis resté ici, à me reposer.

– Votre mère vous adore, elle dira n'importe quoi. Elle paiera ce qu'il faudra au chauffeur à qui vous avez dû demander de vous conduire là-bas, a rétorqué Priory. Désolé, mais je vous arrête.

– Où sont vos preuves?

– Des preuves? D'abord, il y a le mobile. Un puissant, un terrible mobile. Mais il y a, surtout, l'état dans lequel nous avons trouvé la chambre de Caldwell, et *le temps qu'il a fallu pour tuer Caldwell.* D'autres indices existent probablement, et ils auraient fini par nous mettre sur votre piste, mais celui-ci, le temps qu'a duré le meurtre, vous désignait directement. J'ai pu vous retrouver tout de suite.

– Je ne comprends pas.

– Pendant une demi-heure, Caldwell et vous-même, vous avez arpenté cette pièce, tombant, vous relevant, griffant les murs, les meubles, les portes, la moquette, décrochant les tableaux et les piétinant, vous précipitant d'une cloison à l'autre, de plus en plus vite, pendant trente minutes au bout desquelles vous avez fini par le coincer et par lui défoncer le crâne avec votre canne!

Je me suis levé de mon fauteuil, tout tremblant.

J'ai entendu Melton balbutier d'une voix brisée, tremblante et rauque:

– D'accord, d'accord. Je m'en fiche! Si je suis rentré chez moi, c'est par hasard! De toute façon, j'avais l'intention de me livrer à la police. Pour moi, désormais, la vie ne vaut plus la peine d'être vécue. Tout ce que je voulais, c'était le trouver, et le tuer! Deux aveugles à tâtons dans la même pièce, l'un qui cherche à fuir, qui s'abrite derrière les tables, les chaises, les canapés, et l'autre qui le poursuit en essayant de le tuer! Une demi-heure à le traquer avant de l'avoir, Mr. Priory!

– Douglas, a appelé Priory à travers la porte, tu peux entrer.

J'ai ouvert la porte. Je suis entré. L'enquête était bouclée.

Mr. Melton se tenait assis, me regardant mais ne me voyant pas, une canne à rayures blanches et rouges, à la pointe lestée de plomb reposait en travers de ses genoux, des cicatrices recouvraient ses paupières tuméfiées, souvenir de ce matin d'octobre où il s'était permis de plaisanter sur la cécité de Caldwell et où Caldwell, ivre de rage, s'était jeté sur lui et lui avait, de ses mains et de ses ongles, crevé les yeux!

(Titre original : *Hell's Half Hour*.)

POUR SAUVER SON MÉNAGE

Le cœur de Charlie Guidney cognait violemment contre sa poitrine quand il parvint au sommet des escaliers. Et il avait tout d'un homme traqué lorsqu'il s'appuya à la rampe et se dit : eh bien, voilà encore un jour de passé. Derrière moi, le bureau. Derrière moi, les machines à calculer. Et devant moi, la perspective d'une bonne soirée. Il tressaillit. Là, au fond de lui, son cœur était comme une calculatrice détraquée qui s'emballait pour afficher un monumental HORS SERVICE. Qu'avait dit, au juste, le médecin?

– Il a besoin de repos, votre cœur. Emmenez-le donc en vacances.

Charlie Guidney, homme pâle et de petite taille, traversa lentement le palier du quatrième étage. Il redoutait le moment où il lui faudrait parler à sa femme de sa santé, de son cœur...

Il cligna des yeux pour chasser la sueur qui perlait à ses paupières fatiguées. Les calculatrices avaient cliqueté toute la journée, comme un million de criquets métalliques emplissant de leur écho les bureaux en enfilade. Mr. Sternwell l'avait harcelé de ses cris. Ce Sternwell, il aurait voulu le tuer. Ne pouvait-il comprendre que Charlie était un malade?

Charlie s'immobilisa devant la porte de son appartement. De l'autre côté l'attendait la femme rousse, à demi vivante, qu'il avait aimée naguère. Serait-elle d'accord pour qu'il parte se reposer? Non. Sa bouche se verrouillait comme une trappe quand il parlait de sa maladie. Une lueur narquoise brillait dans ses yeux et ses lèvres serrées susurraient qu'il allait très bien, qu'il avait simplement besoin de quelques nuits de sommeil supplémentaires.

Il posa une main tremblante sur la poignée de la porte. Ou bien il s'en irait pour de longues vacances, ou bien un jour, dans un accès de fureur légitime, il pousserait Mr. Sternwell par la fenêtre du vingtième étage.

Ah! la monotonie de ces trajets en autobus, de ce travail, de ces conversations sans fin avec Lydia devant des repas toujours à moitié cuits! Il craignait pour son équilibre mental. Il lui arrivait même de caresser l'idée de tuer Lydia. Odieuse, cette façon qu'elle avait de regarder fixement tous les jeunes gens de leur immeuble, comme autant de jouets placés à portée de sa main!

De l'intérieur quelqu'un ouvrit sa porte. Il vit apparaître la tête blonde d'un jeune homme qui le salua, tout surpris de le trouver là.

– Oh, bonjour Mr. Guidney. J'étais venu réparer votre poste de radio.

Charlie regarda Travis s'éloigner, et entra chez lui. Sa femme était affalée sur un divan avec, à la place de la tête, la couverture violemment colorée d'un magazine. Et par-dessus le bruit des pages qu'elle tournait avec une lenteur appliquée, il l'entendit dire d'une voix glaciale: « Tu es en retard. »

Elle l'avait, comme toujours, pris à rebrousse-poil.

– Il n'est que six heures cinq, répondit-il.

– Et demain il sera six heures dix, et après-demain six heures vingt, répliqua-t-elle sèchement, toujours derrière son magazine. Et ainsi de suite, et ainsi de suite!

Il la contourna pour apercevoir son large nez blanc, ses mâchoires fortes, ses yeux bleus luisants comme des éclats de verre.

– Mon cœur, commença-t-il, le docteur...

– Ton cœur, railla-t-elle. Encore ce satané cœur? (Et elle ajouta dans un murmure :) Franchement, tu ne me parais pas à la dernière extrémité, il faut s'y résigner. Pas plus que moi d'ailleurs! Que Dieu me garde.

– Ah! s'écria-t-il, désemparé, tu m'embrouilles avec tes boniments! Ce jeune réparateur de radio, Travis, t'a encore rendu visite.

Elle minaudait, parcourant sans les lire les pages de son magazine. Vraiment, il y avait de quoi le mettre hors de lui. Il balaya du regard le décor lugubre de la pièce, cherchant un moyen de se venger d'elle.

– Regarde, lança-t-il, une souris!

– Seigneur! Où ça? glapit-elle.

Déjà, elle avait levé ses grands pieds au-dessus du sol, son visage pâlissait sous sa tignasse flamboyante et, effrayée, elle cherchait partout.

Il n'y avait pas de souris. Il avait, une fois encore, eu recours à ce vieux truc.

– Puisque c'est comme ça, annonça-t-elle lentement, je retiendrai encore dix dollars sur ta paye cette semaine. Soit tu payes dix dollars, soit tu te débrouilleras pendant une semaine pour préparer toi-même tes repas du soir, comme le mois dernier!

Il resta planté devant elle, sans voix, s'exprimant par gestes, avant d'être capable de parler :

– Nous avons laissé le mariage nous rendre méchants et mesquins. Quittons Los Angeles, Lydia. Peut-être qu'en partant nous recommencerons à vivre. Peut-être que tu redeviendras celle que tu étais...

Il savait que c'était inutile. Lydia était le genre de femme qui prend un malin plaisir à verser de la crème dans votre café si vous l'aimez noir, à mettre la radio à plein volume quand vous avez mal à la tête. Comment lui aurait-il avoué sa maladie et ses aspirations spirituelles? Elle lui répondrait qu'ils n'avaient pas les moyens de voyager pour sa santé. Elle demeurerait là, assise, à le regarder mourir. Il sentit sa tête tourner. Sternwell. Le bureau. Docteur. Lydia. Meurtre. Il hésita. Meurtre. Un instant. Il se redressa, riant en son for intérieur.

– Ferme la porte et accroche ce chapeau dégoûtant, grommela-t-elle.

Il répondit, l'air sinistre :

– Non, ça ne servira à rien, cherchant désespérément quelque chose à dire, je viens de tuer un homme!

Lydia n'eut pas l'air de comprendre.

– *Vraiment?* Il s'appelle comment?

Charlie rougit jusqu'aux oreilles.

– J'ai dit que je venais de tuer un homme! hurla-t-il. Tu-er! Tuer. Assassiner!

– Tuer! s'exclama-t-elle en bondissant sur ses pieds.

Charlie appuya sa tête contre la porte, ferma les yeux. Maintenant il était embarqué, il devait continuer, il n'y avait pas de reculade possible. Vas-y donc, se disait-il frénétiquement, vas-y pour de bon. Dis-le-lui. *Vas-y.*

– Un coup de pistolet en plein cœur, ajouta-t-il comme émerveillé. C'était très joli.

– Oh, Charlie...

– C'était plus fort que moi, insista Charlie. Je n'aimais pas sa gueule. Je ne supporte pas ces gens qui n'ont pas de menton...

– Oh, Charlie, enfin!

– Eh oui. (Il eut un petit rire lent.) « Oh, Charlie, enfin. » Tu peux gémir, ça ne changera rien. Je lui ai flanqué le cœur au creux de la moelle épinière. Il avait l'air tout étonné.

C'était presque comme s'il avait *vraiment* tué quelqu'un. Il imaginait la détonation, le sang, l'excitation. Son cœur battait avec violence. Il parlait d'une voix haut perchée, suraiguë comme les sonneries du réveille-matin qu'on entend dans les cauchemars.

L'effet de ses propos sur Lydia lui plaisait beaucoup. Elle avait totalement oublié son Mr.Travis et sa radio, ct le mépris que lui inspirait son mari. Elle le dévisageait comme si elle avait eu en face d'elle un automate dont elle aurait égaré la clé. Il alla s'asseoir. Ses chaussures laissèrent des traces de boue sur la moquette verte. Lydia tenta de protester. Une moquettc maculée, c'était pour elle quelque chose de plus facile à comprendre que Charlic Guidney assassinant un être humain.

Avec un curieux sentiment de triomphe, il regarda les traces, puis sa femme.

– Tout a explosé d'un seul coup, expliqua-t-il. Il s'est plié en deux sur mon pistolet, comme une marionnette. Dieu, que c'était excitant!

Lydia le fixait de ses yeux aveugles en se tordant les mains, et tout le sang avait reflué de son visage. S'il flanchait maintenant, il n'y aurait plus que le ciel pour l'aider!

– L'idée m'est venue pendant que j'étais au bureau, aujourd'hui. Mr. Sternwell m'engueulait et je me suis dit : il ne devrait pas crier aussi fort. Je n'aime pas ça. Et puis j'ai pensé : à quoi est-il bon en ce monde? Il se fait vieux, et il faudrait que quelqu'un lui cloue le bec... (Il se pencha en avant). Quelqu'un. Mais qui donc? Et tout d'un coup...

Il se désigna lui-même en souriant.

– Moi! Mr. Charles Guidney, gratte-papier. Moi, le gentil, propret, modeste et effacé Charles C. Guidney. Il y avait du sang partout.

Comme Lydia frissonnait, il répéta avec application :

– Du sang partout!

Son épouse présentait à cet instant un visage qu'il ne lui avait pas vu depuis dix ans, un visage débarrassé de tout ce qu'il avait de mauvais. Elle s'inquiétait. Et mentir devenait, soudain, la plus belle invention du monde.

– J'ai quitté le bureau de bonne heure, reprit-il. On ne peut pas acheter de revolver sans permis dans Main Street, et j'en ai donc volé un. J'ai profité d'un moment où le vendeur était dans son arrière-boutique. Puis je suis retourné au bureau, j'ai suivi Mr. Sternwell dans les escaliers et une fois arrivé en bas, je l'ai tué!

Lydia se laissa tomber dans un fauteuil.

– Par conséquent, on me recherche, ajouta-t-il simplement. Il va falloir quitter cette ville, faire un voyage...

– Nous n'avons pas les moyens... commença Lydia. (Puis elle s'interrompit, arrêtée, peut-être, par le souvenir des cinq mille dollars déposés sous son nom à la banque. Qui sait si elle aussi n'avait pas souvent désiré s'en aller, mais sans jamais l'admettre. Elle n'était pas du genre à approuver spontanément les projets de quelqu'un d'autre.)

Ils étaient peut-être à un tournant. Ils pourraient partir ensemble et tout recommencer à zéro, si elle lui emboîtait le pas. Mais si elle le haïssait vraiment, alors elle le dénoncerait à la police, tout de suite, sans perdre une minute. Il saurait ainsi ce qu'il en était de l'amour qu'elle éprouvait pour lui. C'était un test, se dit-il, stupéfait de découvrir des implications auxquelles il n'avait évidemment pas songé en lançant son mensonge. Quelle honte ce serait si elle le dénonçait! Il serait forcé d'avouer la vérité, devant elle, qui le mitraillerait de regards noirs. Elle ferait tout un numéro devant les flics, et ne l'en haïrait que plus.

En attendant, elle était très calme.

– Que veux-tu que je fasse? demanda-t-elle.

– Tu veux dire que tu vas m'aider? Tu m'aimes assez pour partir avec moi?

Elle l'observait d'un œil tranquille. Peut-être soupçonnait-elle le mensonge. Peut-être voyait-elle son mari sous un jour nouveau parce qu'il avait montré assez d'imagination pour inventer toute cette histoire. Peut-être que sa fierté, seule, l'avait empêchée d'accepter ses projets de vacances qu'il méritait, et peut-être, aussi, qu'elle trouvait plaisant de se prêter à ce jeu. Elle se voyait déjà femme de gangster. Il en riait presque.

– Que veux-tu que je fasse? répéta Lydia.

– Je me charge des valises. Va réserver des places pour ce soir, sur le bus pour San Diego! (Il arpentait fébrilement la pièce.) Nous passerons six mois à Mexico et nous oublierons tout ça. Ah, ça te plaira, Lydia.

La mine pensive, elle prit son manteau et son chapeau.

– Et dépêche-toi, ajouta-t-il en lui donnant de l'argent pour les tickets de bus.

Elle sortit en refermant la porte derrière elle. Riant et chantant, Charlie s'empressa de fourrer les vêtements dans des valises. « Elle m'aime ! » murmurait-il, abasourdi. « Il y a donc quelque chose qui *vaut* la peine d'être vécu. Elle *m'aime* bel et bien, elle part avec *moi*. Personne ne compte pour elle, que *moi* ! »

En se rasant, il omit délibérément de reboucher le tube de crème. Il n'essuya pas le blaireau, reposa le bol sans le rincer et négligea de raccrocher correctement la serviette.

Lydia surgit, toute droite, un peu raide même, et très calme à la porte de la salle de bain.

– Voici les tickets, Charlie, annonça-t-elle.

– Tu es en retard, dit-il.

– Je suis désolée, répondit-elle.

– Ne recommence pas, dit-il. C'est inexcusable.

– Il y avait foule, expliqua-t-elle en fixant droit dans les yeux le reflet dans le miroir. J'ai eu de la chance de pouvoir acheter ça. Le départ est à neuf heures précises.

– Lydia, dit-il.

Il hésita, contemplant la cuvette, puis ses propres mains humides avant de relever les paupières pour la regarder.

– Lydia, si tu savais ce que cela représente pour moi. Cette preuve que tu me soutiens...

– Oui, Charlie, oui, murmura-t-elle, neutre.

Une sirène s'éleva, en bas, dans la rue qui s'assombrissait. Charlie ne réalisa pas tout de suite. Puis, levant les mains au-dessus de sa tête, il se rua hors de la salle de bains avec un cri de désespoir d'une atroce ironie.

– Ils vont encercler la maison!

Il enfila son manteau en toute hâte, enfonça son chapeau sur sa tête, attrapa les deux valises, les reposa, saisit les billets des mains de Lydia et chuchota d'une voix pressée :

– Vite. Descendons par-derrière!

Lydia se tenait toujours très droite, regardant un peu de côté, sa tête s'inclina.

– La voiture de police est passée, Charlie, dit-elle.

– Dans ce cas, il vaut mieux descendre par-devant, non? Je crois qu'on aurait l'air bizarre à filer par-derrière. Passe devant, Lydia.

Elle sortit en le précédant. Lui, fit le tour de la pièce adressant des sourires aux murs et au plafond, s'essuyant les pieds sur le canapé qu'ils avaient acheté grâce à un emprunt, et pulvérisant au passage deux sous-verre de mauvais goût. En hochant la tête devant les cadres démantibulés, il se sentit prêt à affronter le monde. A son tour il quitta son domicile et claqua la porte, très fort.

Un gros homme attendait au pied des escaliers extérieurs quand Charlie, ayant soigneusement refermé la porte d'entrée, inspecta les environs d'un regard circulaire. Lydia saisit le bras de Charlie en criant :

– Mr. Kelly!

L'agent Kelly prit l'appel pour un salut et répondit gaiement :

– Ah, tiens, bonsoir à vous, Mr. et Mrs. Guidney!

Lydia trébucha, se tortilla, battit des paupières en braquant la tête vers Charlie, puis vers le policier et s'écria pour finir :

– Oh, Mr. Kelly, je vous en prie, Charlie n'a pas fait exprès de tuer cet homme!

Charlie, abasourdi, un pied posé sur la plus haute marche, attira sa femme pour la repousser en arrière.

– Non, non non... chuchota-t-il, éperdu. Domine-toi!

Mais par-dessus l'épaule de son mari, Lydia implorait le flic :

– Il ne savait pas ce qu'il faisait. Je vous en prie, ne tirez pas!

Kelly, de très loin, s'étonna :

– Il n'a pas fait exprès de faire quoi? Et à qui?

– Rien, rien, monsieur l'agent, dit Charlie en souriant au policier. Vous n'avez pas compris.

Lydia se recroquevillait contre Charlie.

– Il va nous tirer dessus! hurla-t-elle.

Le cœur de Charlie se mit à cogner dans sa poitrine, réveillant la douleur familière.

– Attendez, attendez!

L'agent Kelly, qui avait de grands pieds et une démarche pesante, gravissait lentement les marches.

– Rentre, Lydia, gronda Charlie. Tout va bien. Oh, mon Dieu!

– De quoi parlez-vous, tous les deux? s'enquit Mr. Kelly.

– C'est Mr. Sternwell, il était vieux, et méchant, et il fallait bien que quelqu'un le descende. C'est Charlie qui s'en est chargé! poursuivit Mrs. Guidney, emportée par ses sanglots.

Charlie parvint à la propulser de l'autre côté de la porte, qu'il referma violemment avant de s'y adosser pour confronter l'agent Kelly.

– Eh bien? demanda celui-ci, l'œil sombre et le sourcil froncé.

– Ma femme est nerveuse. Elle... elle croit que... que j'ai tué un homme. Il n'en est rien, monsieur l'agent. Ce n'est qu'une plaisanterie.

– Une plaisanterie, répéta Kelly. Ah, ah! (Il donna un coup de pied dans les valises.) Et ça, bien entendu, c'est votre linge que vous emmenez à la blanchisserie!

Charlie prit un air étonné.

– Du linge? (Ses épaules s'affaissèrent quand il vit les valises à ses pieds.)

– Et, insista Kelly en saisissant délicatement un papier qui dépassait de la poche de Charlie, sous le revers de sa veste, ce petit bout de papier vert, ce ne serait pas un billet de bus pour San Diego par hasard?

– Je vous dis que ma femme raconte n'importe quoi.

– Si vous me disiez ce que vous avez à me dire, répliqua Kelly, obstiné.

Charlie s'indigna.

– Appelez donc le commissariat! Demandez-leur si on a tué un vieil homme dans les trois heures qui viennent de s'écouler!

– Je ne suis pas idiot à ce point-là, observa Kelly. Vous avez peut-être dissimulé le cadavre.

– Ah, franchement, Kelly, est-ce que j'ai l'air d'un monstre? Venez par ici.

Et, l'ayant entraîné deux marches plus bas, il se mit à chuchoter à l'oreille velue du policier à qui il confia toute l'histoire.

– Vous voyez? Et si jamais elle s'aperçoit que c'était un coup monté, je ne pourrai plus jamais relever la tête. Elle est capable de m'écorcher vif.

Un éclair de compréhension traversa la prunelle bleue de Kelly. Il posa sa main sur l'épaule de Charlie pour lui administrer de petites tapes.

– Ah! voilà qui change tout. Je ne vendrai pas la mèche. *Ma* femme, parfois... mais ce serait trop long à vous expliquer. Vous me permettrez tout de même de passer un coup de téléphone, Mr. Guidney?

Charlie éclata de rire.

– Bien sûr, bien sûr, et il donna une grande claque dans le dos épais de Kelly, ils traversèrent la rue ensemble.

La mine détendue, l'agent décrocha le téléphone.

– Ici Kelly. Ouais.

Kelly écoutait.

Charlie sifflait en se balançant d'avant en arrière sur ses talons. Mexico. Le calme. La bonne vie. Un rêve réalisé.

– Ouais, fit Kelly. Bon, voilà, c'est là-dessus que j'enquête. Ecoutez...

Et il leur raconta l'histoire, sans cesser de sourire.

Charlie l'observait.

Soudain, comme de la fumée au vent glacial, le sourire s'évanouit.

– Ah bon?

Charlie avança d'un pas.

– Qu'est-ce qu'il y a, Kelly?

Kelly écouta encore et dit :

– Oh, il a *fait* ça, lui, il a fait ça?

Charlie avalait péniblement sa salive. Il se pencha par-dessus l'épaule de l'agent.

– Quelque chose qui ne va pas? Est-ce que?...

Kelly écouta.

– Oh, sans blague! s'exclama-t-il. Oui! C'est ce que je vais faire.

– Qu'est-ce que vous allez faire, Kelly? s'inquiéta Charlie.

Kelly le fixa et dit, toujours au téléphone :

– Il est ici même, à côté de moi. (Puis il raccrocha.)

Charlie protesta :

– Non, non, non! Ne me regardez pas avec cet air-là!

– Mais oui, Mr. Guidney, ainsi va la vie. Je vous arrête sur-le-champ pour le meurtre de John Pastor, trouvé mort voici une heure d'une blessure par balle qui l'a vidé de son sang. Il a été descendu avec un pistolet de calibre 22, son corps reposait derrière des poubelles, au fond d'une allée d'immeuble, sur Temple Street. C'est seulement à six blocs d'ici, assez près pour me faire penser que...

Charlie lança son pied dans les tibias de Mr. Kelly à l'instant où celui-ci sortait ses menottes. L'agent émit un grognement. Charlie lui donna un coup de poing. Kelly tomba et resta étendu et immobile sur le trottoir. Sa tête, dans sa chute, avait heurté un poteau.

Lydia, transformée en statue de glace, se tenait à l'intérieur, appuyée au mur, quand Charlie ouvrit la porte d'une poussée.

– Charlie, nous ne pouvons pas nous échapper... nous ne pouvons pas. Il fallait être idiots pour essayer.

La mâchoire inférieure de Charlie se crispa.

– Mais il y a du nouveau. Il s'est passé quelque chose. Attends-moi, Lydia! Je reviens!

– Mais... les billets de bus?

– On ne peut plus s'en servir maintenant, cria-t-il. Au revoir, Lydia!

– Charlie, reviens! Où vas-tu?

– Je n'en sais rien!

La porte claqua. Le bruit de ses pas diminua et s'évanouit dans l'allée.

Il faisait nuit. Charlie cheminait dans l'obscurité, se lamentant sur lui-même. Comment avait-il pu en arriver là? Toutes ces années de tranquille médiocrité, et soudain, boom-crash-bang-Jack l'Eventreur! Il frissonna. La main froide du Destin... c'était donc cela?

Il regarda autour de lui. Il se trouvait dans un quartier commerçant aux petites rues mornes où il était souvent venu à pied, avec Lydia, acheter un potage chinois, une boule de pain russe ou une boîte de corned-beef casher. Des boutiques de spiritueux succédaient aux boutiques d'armuriers, aux petits cafés, interrompus par des terrains vagues et des allées mal éclairées où titubaient des ivrognes.

Il y avait ainsi des milliers et des milliers de gens à Los Angeles. N'importe lequel de ceux qu'il croisait en chemin, tout en guettant l'arrivée d'une voiture de police, pouvait être un assassin. Mais comment savoir lequel? Cet homme, là-bas, qui s'avançait en boitant? Cette femme traînant son cabas?

Imbécile, se dit-il. A présent les flics ne voudront jamais croire à ton histoire. Comment expliquer les billets du bus, les valises pleines, la fuite?

Quelle folie de chercher un vieillard inconnu que quelqu'un vient tout juste d'assassiner! De prétendre, à tout prix, retrouver le véritable assassin! Et cela dans une ville d'un million et demi d'habitants!

Le long des rues obscures, la plupart des boutiques étaient fermées, les rideaux baissés. Seules quelques quincailleries et quelques bureaux de prêt restaient éclairés, et leurs propriétaires se tenaient sur le pas de leur porte, cherchant un souffle d'air frais dans la chaleur de cette nuit d'été.

Charlie s'arrêta devant l'une de ces portes.

– On m'a dit qu'il s'était passé quelque chose, par ici?

L'homme auquel il s'adressait croisa les bras.

– Ouais, dans la ruelle, là-bas.

– Un vieil homme, c'est bien ça? Vous savez qui il était? Et qui l'a tué?

– Je n'en sais rien. Un vieux pochard, et puis voilà. Qu'est-ce que vous voulez que ça *me* fasse?

– Vous avez vu quelque chose?

– Rien du tout. J'ai vu des uniformes, et des insignes de flics, et j'ai entendu les sirènes.

Charlie remercia l'homme et reprit sa marche. L'obscurité se referma sur lui. Il avait envie d'arrêter des gens, de les regarder bien en face et de leur dire : « Vous n'auriez pas tué quelqu'un il y a une heure? Non? Merci tout de même. » Et ainsi de suite : « Monsieur, êtes-vous un assassin? » Il entra dans toutes les boutiques encore ouvertes. Personne n'avait vu quoi que ce soit. « Il faisait vraiment chaud ce soir, n'est-ce pas? Peut-être de la pluie pour demain? Si vous cherchez une bonne affaire, entrez donc, monsieur, et regardez! »

Le petit Noir qui vendait des pop-corn se tenait à l'angle de Temple Street et de Boylson Street. Une flamme bleu et jaune dansait dans son cube de verre et les pop-corn voletaient à l'intérieur d'une cage métallique. Il prit la pièce que lui tendait Charlie.

– Le type qu'on a tué? Johnny? Il buvait beaucoup. Il traînait souvent par ici, il dormait dans les entrées d'immeubles. Mais tout de même, il n'y avait aucune raison de le tuer. Il n'avait pas d'argent.

Le petit marchand observait Charlie et des lueurs dansaient au fond de ses yeux.

– Vous le connaissiez?

– Je... j'étais l'un de ses proches parents.

Derrière lui, un trolley dévala la chaussée en

pente avec un vacarme de fin du monde. Avant que le bruit de ferraille ne s'éteigne, Charlie eut le temps de se voir dans son bureau sinistre, additionnant des chiffres à longueur d'année, tapant sur la machine à calculer, s'arrêtant le samedi après-midi et le dimanche, rentrant chez lui dans des autobus bruyants à travers des enfilades de rues monotones, retrouvant Lydia dans leur tombeau de famille à quarante dollars par mois, se chamaillant avec elle pour des vétilles, pour la radio que l'un veut éteindre et l'autre rallumer, pour choisir un film avant d'aller au cinéma, se plaignant de la chaleur, maudissant le froid.

C'est ainsi qu'un soir, rentrant de son bureau, Charlie Guidney songea à tuer Mr. Sternwell, son patron, et que cette idée bouleversa sa vie. D'un coup de feu, il se propulsa, et sa femme avec lui, hors d'un univers de travail quotidien, dans le changement, le mouvement, le chaos.

Mais il n'avait tué personne. Il était dégoûté par l'imagination dont il avait fait preuve. Eh bien, gros malin, se dit-il, si tu n'es pas fou, et si ce n'est pas toi l'assassin, alors *qui* est-ce?

Il reprit sa marche, errant parmi les magasins de quincaillerie, les armureries, les boutiques de troc. « Monsieur, demandait-il, est-ce que quelqu'un vous a acheté un revolver aujourd'hui? Un calibre 22? »

Et les réponses tombaient :

– Vous plaisantez? s'indigna l'un des marchands.

– Non, répondit un autre.

– Ah ça, non! protesta un troisième.

– Cessez de m'embêter, se fâcha le dernier. Il faut un permis pour acheter un revolver. Les gens n'en achètent pas tous les jours.

– Personne n'a demandé à *voir* vos revolvers? Absolument personne?

– Si. Une ou deux personnes, je ne sais plus très bien.

– Aucun de vos revolvers ne manque?

L'homme semblait excédé.

– Non!

Il retourna chez les autres marchands, l'un après l'autre. Il commençait à se fatiguer.

– Vous avez tous vos revolvers? Vous êtes certain qu'il ne vous en manque pas?

– Une seconde, dit le patron de la boutique par laquelle il avait commencé. Je ne le crois pas mais... (Il compta les revolvers exposés en désordre dans son armoire vitrée.) Il n'y en a que huit. Je devrais en trouver neuf. Je recompte : un, deux, trois... (Il fit mine de s'étrangler, les yeux soudain exorbités.) Bon Dieu, il y en a un qui a disparu!

– Vous souvenez-vous de la personne qui a demandé à voir les armes?

– Bien sûr! Bien sûr! Il n'y a eu qu'une personne. Mais c'était quelqu'un qui n'avait pas de permis et qui ne pouvait pas acheter de revolver. Je suis allé dans l'arrière-boutique, et quand je suis revenu, il n'y avait plus un chat. Quand on n'a pas de permis et qu'on veut une arme, on la vole!

– Pourriez-vous décrire cette personne? demanda Charlie.

Le marchand se livra alors à une description extrêmement détaillée du suspect qui aurait dérobé un calibre 22.

Charlie Guidney s'administra à lui-même une claque sonore. Ses genoux se dérobaient sous lui. Le décor du magasin se dissolvait sous ses yeux. Puis l'image du marchand redevint nette.

– Un assassin pourrait voler l'un de vos revolvers, tuer quelqu'un à quelques blocs d'ici, et remettre l'arme à sa place avant que vous ayez constaté qu'elle vous manquait, n'est-ce pas?

– Certainement, certainement... du moins je le pense. Mais on ne m'a rien rapporté. Le revolver manque toujours.

La vue brouillée, Charlie essayait de réfléchir. Ainsi, quelqu'un pourrait prendre un revolver, et s'en servir; les policiers seraient incapables d'identifier l'arme, et l'armurier ne serait pas inquiété non plus, puisqu'on ne penserait pas à vérifier des revolvers que vous avez là depuis des années; on vous demanderait peut-être s'il ne vous en manque pas un, ou si vous avez vendu un calibre 22, mais c'est tout. Il se redressa maladroitement.

– Eh, revenez! appela le marchand.

Paralysé, insensible à tout, Charlie reprit le chemin de son domicile.

Dans la vitrine d'un petit magasin encore éclairé, il remarqua différents spécimens de ces armes qu'on peut acheter sans permis. Il entra, mit de l'argent sur le comptoir, et quand il ressortit sa main caressait une crosse au fond de la poche droite de sa veste.

Il était environ dix heures. Tout en se maudissant lui-même, l'agent Kelly, levant la tête, contemplait les étoiles qui scintillaient au-dessus de la ville quand il entendit un bruit de pas derrière lui. Il fit volte-face et faillit se cogner contre Charlie Guidney.

– Je crois que dès ce soir vous tiendrez votre assassin, Kelly, annonça un Charlie très aimable.

– Vous voilà donc! s'écria Kelly en l'empoignant.

Vous êtes revenu de votre propre volonté, c'est un bon point pour vous, mon gars!

– Vous permettez que je passe faire mes adieux à ma femme?

– Je pense que je peux vous permettre ça, bafouilla Kelly. Allons-y.

Ils s'engouffrèrent dans la cage d'escalier mal éclairée. Charlie posa une main sur la poignée de porte dont le contact lui était si familier.

– Vous voulez bien m'attendre à l'extérieur, Kelly?

Kelly y consentit de grand cœur. Charlie referma la porte. Lydia tourna vivement le bouton de la radio pour couper le son, et fit face à son mari.

– Oh, Charlie! Tu n'as rien! J'avais peur qu'ils tirent...

– Ils ont failli tirer. Ils le peuvent encore...

Elle se laissa retomber sur le canapé.

– Nous ne nous en sortirons jamais. Charlie, pourquoi avoir fait ça?

– Je ne l'ai pas fait.

– Quoi?

Elle écarquilla les yeux.

– J'ai menti. Dcpuis le début, te doutais-tu que je mentais, Lydia?

– Ma foi, non, je ne m'en suis jamais doutée, dit-elle.

– Et tu n'as jamais monté une jolie petite mise en scène, ma chère femme?

– Je ne comprends pas, Charlie.

– Je t'ai envoyée acheter les billets. Tu n'as eu qu'à t'arrêter dans une boutique qui vendait des armes à feu, demander un article que le vendeur devait aller chercher dans son arrière-boutique, voler un revolver, marcher jusqu'à Temple Street, repérer l'un des poivrots qui traînent en permanence dans les petites rues du quartier et dorment dans les coins sombres, l'abattre, puis te rendre jusqu'à la gare routière, acheter les billets, et revenir ici.

» Ensuite, quand tu as vu le policier, tu as joué l'affolement pour mieux pouvoir me dénoncer. Excellent numéro! Mais tu n'avais pas pensé que je pourrais m'échapper pour aller visiter les armuriers. Tu avais l'intention de rapporter l'arme, demain peut-être. Ton témoignage contre moi aurait été accablant. Tu aurais dit que j'étais rentré à la maison en t'annonçant que j'avais tué quelqu'un. Exactement ce que j'ai dit, même si j'ai menti. Tu croyais même que les policiers m'abattraient, avec un peu de chance, au cours de l'arrestation. Les billets de bus, nos bagages tout prêts, le fait que je n'aie même pas prévenu mes employeurs, et que nos amis ne soient pas au courant de nos projets, tout cela constituait autant de charges à retenir contre moi!

– Oh, Charlie! Voyons!

– Moi, en prison pour des années, condamné à mort peut-être, et exécuté, et toi... *libre*! Libre de partir en voyage quand ça te chanterait, avec les billets, et avec ton ami Mr.Travis, en emportant les cinq mille dollars qui sont à la banque, assez d'argent pour choyer cet individu. Finis les ennuis. C'était ça, hein, Lydia?

Il ferma les yeux, serrant très fort les paupières.

– Je suis navré que les choses aient tourné de cette façon. Nous aurions pu être heureux, essayer encore une fois. Et même quand tu as deviné que je te mentais, que je n'avais pas commis ce crime, tu aurais dû faire semblant, jouer le jeu. C'était un rôle amusant, excitant à tenir. Tu m'as donc tant haï, pendant toutes ces années? Tu ne comprends pas que nous avions besoin d'un changement pour nous retrouver?

– Tu es fou! cria-t-elle.

– Un instant, dit-il. D'abord, regarde *ça*, Lydia.

L'arme jaillit de sa poche et il la pointa sur elle en s'avançant d'un brusque mouvement. Elle le regarda fixement, incrédule, avant de retomber une nouvelle fois sur son canapé, hurlant, agitant les bras en un moulinet désordonné.

– Charlie, Charlie, Charlie!

C'était un long cri suraigu.

Quelque chose s'était brisé, avait explosé en elle. Il approcha encore son arme.

– Oui, oui, oui, je l'ai tué! Mais éloigne ça de moi, je t'en prie, sanglota-t-elle.

La porte s'ouvrit sous une poussée violente. Kelly se rua dans la pièce, revolver braqué.

– Ça va, Mr. Guidney, j'ai entendu ce qu'elle a dit! Laissez-la. C'est moi qui vais m'occuper d'elle maintenant. Tendez-moi votre arme.

Charlie se retourna, les yeux toujours fermés. Sa main laissa tomber l'arme dans la paume de Kelly qui le regardait, éberlué.

Le rat blanc aux petits yeux roses et brillants bondit dans la main de Kelly.

(Titre original : *The Long Way Home.*)

UN CERCUEIL DE RÊVE

Depuis plusieurs jours tout un vacarme ponctué de coups de marteau s'élevait du petit atelier où Mr. Charles Braling emportait fébrilement les pièces métalliques et autres marchandises qu'on ne cessait de lui livrer. Mr. Braling était mourant, réellement mourant, et semblait terriblement pressé, secoué qu'il était par d'épouvantables crises qui le faisaient tousser et cracher à en perdre le souffle, d'achever la mise au point de sa toute dernière invention.

– Que fais-tu donc ? lui demanda son jeune frère, Richard Braling, en passant la tête par la porte de l'atelier, irrité par tant de bruit et de remue-ménage, et de plus en plus curieux de savoir ce qui se passait.

– Va-t'en voir ailleurs si j'y suis, et fiche-moi la paix, répliqua Charles Braling qui, à soixante-dix ans, était agité de tremblements, et la plupart du temps entre deux vins. (La main qui tenait le clou au-dessus d'une planche épaisse tremblait, tout comme la main qui brandissait le marteau. Il n'entreprit pas moins de fixer un mince ruban de métal sur une machinerie compliquée, au prix de terribles efforts).

Richard, l'œil mauvais, l'observa longuement. Il y avait de la haine entre ces deux hommes. Il en allait ainsi depuis des années, et le fait que Charlie fût tout près de mourir n'y changeait rien. En vérité, cette perspective réjouissait sincèrement Richard, mais l'agitation fiévreuse déployée par son frère piquait cependant sa curiosité.

– Allons, dis-moi ce que tu fais, insista-t-il, visiblement décidé à ne pas bouger avant d'avoir obtenu une réponse.

– Si tu tiens à le savoir, répondit Charlie en grimaçant un sourire et en fixant un étrange bidule sur la caisse qui se trouvait devant lui, je serai mort d'ici une semaine, et je... je fabrique mon propre cercueil!

– Un cercueil, mon cher! Mais ce truc-là *n'a pas l'air* d'un cercueil. C'est beaucoup trop compliqué. Soyons sérieux, qu'est-ce que tu fais là, *réellement?*

– Un cercueil, je te dis! Un drôle de cercueil, peut-être, mais un cercueil tout de même!

D'un geste circulaire de sa main tremblante, le vieil homme caressa les contours de la caisse.

– Et quel cercueil!

– Mais il serait plus simple d'en acheter un.

– Pas comme celui-là! Tu peux toujours chercher, jamais tu n'en trouveras un comme celui-là. Tu verras: ce sera vraiment quelque chose d'extraordinaire.

– Tu mens, c'est évident. (Richard s'avança d'un pas). Enfin, il fait douze pieds de long, ton prétendu cercueil. Deux fois plus que la normale!

– Ah bon? fit le vieil homme avec un petit rire.

– Et ce couvercle transparent... depuis quand fait-on des cercueils pour regarder à l'intérieur? Ça sert à quoi?

– Oh! laisse tomber, riposta le vieil homme qui soudain semblait plein d'entrain.

Et il se remit à donner des coups de marteau en chantonnant dans sa barbe.

– Ce cercueil est terriblement large, cria le jeune frère par-dessus le bruit du marteau. Il fait peut-être cinq pieds de large; ça ne sert strictement à rien du tout!

– Si seulement je pouvais vivre assez longtemps pour breveter un tel cercueil et le commercialiser, répondit le vieux Charlie, ce serait un cadeau du ciel pour bien des malheureux de par le monde. Grâce à lui, on économiserait, déjà, les dépenses de funérailles. Ah, évidemment, tu ne peux pas comprendre, n'est-ce pas? Suis-je bête! Eh bien, je ne t'expliquerai rien. Mais je peux te dire que si un tel cercueil était produit en grandes quantités, de manière à en abaisser le prix, il permettrait aux gens d'économiser beaucoup, beaucoup d'argent.

– Va au diable, avec ton cercueil! lança le jeune frère avant de se précipiter dehors.

Cette vie n'avait pas été drôle. Jamais le jeune Richard, ce vaurien, ce butor, n'avait subvenu à ses besoins. Tout son argent lui venait de son grand frère Charlie, lequel avait l'indécence de le lui rappeler à tout bout de champ. Richard ne manquait pas de passe-temps, auxquels il consacrait le plus clair de ses journées; il adorait empiler des bouteilles vides dans le jardin – des bouteilles de vins français. « Ils ont de si jolis reflets », disait-il souvent, entre deux gorgées. Personne, dans tout le comté, n'était capable de garder en bouche aussi longtemps que lui et sans en secouer la cendre, un cigare à cinquante cents. Et il savait, comme nul autre, faire bouger ses mains pour que les diamants de ses bagues étincellent à la lumière. Mais ce n'était jamais lui qui payait le vin, les cigares, les diamants, oh que non! Il s'agissait toujours de cadeaux. On ne lui aurait jamais permis d'acheter en personne quoi que ce soit. Il lui fallait tout quémander, jusqu'à son papier à lettres. Et il se considérait comme un martyr, de se trouver ainsi, et depuis si longtemps, redevable de tout envers ce souffreteux de Charlie, son frère aîné. Charlie tirait de l'argent de tout ce qu'il touchait, alors que toutes les entreprises dans lesquelles s'était – mollement – lancé Richard s'étaient soldées par des échecs.

Et voici maintenant que cette vieille taupe de Charlie accouchait d'une nouvelle invention susceptible de l'enrichir encore quand ses os seraient depuis longtemps éparpillés sous terre!

Deux semaines passèrent.

Un matin, le frère aîné se hissa péniblement jusqu'au premier étage de la maison pour y subtiliser le mécanisme du phonographe électrique. Un autre jour, il vida de son contenu la serre qui se trouvait dans le jardin. Puis il reçut une livraison en provenance d'un laboratoire pharmaceutique. Le jeune Richard ne savait toujours pas ce qui se passait et en était réduit à suivre des yeux, par-dessus la cendre de ses interminables cigares, le vieillard qui ne cessait d'aller et venir en marmonnant dans sa barbe, de plus en plus fébrile et agité.

– J'ai fini! cria Charlie au matin du quatorzième jour.

Et il tomba raide mort.

Richard prit le temps de terminer son cigare puis, sans rien laisser paraître de l'excitation qui s'emparait de lui, posa dans un cendrier le mégot et la magnifique colonne de cendre qui devait bien – un vrai record – mesurer deux pouces. Après quoi, il se leva de son fauteuil.

D'abord, il s'approcha de la fenêtre et contempla les rayons du soleil qui rebondissaient plaisamment sur les bouteilles de champagne vides jonchant le jardin comme autant de gros insectes lumineux.

Avec un regard pour le sommet des escaliers où son cher vieux frère gisait paisiblement, étendu de tout son long contre la rampe, il se dirigea vers le téléphone et composa le numéro d'une entreprise de pompes funèbres.

– Allô! le Repos Eternel? Ici la villa Braling. Vous pouvez envoyer une caisse? Oui, pour mon frère Charlie. Oui. Merci. Merci.

Les employés des pompes funèbres venus enlever le corps reçurent les instructions de Richard :

– Ce que vous avez de plus ordinaire. Pas de service funèbre. Qu'on le mette dans un cercueil en pin. C'est ce qu'il aurait préféré, – la simplicité.

Bon! conclut Richard en se frottant les mains. Et maintenant, voyons un peu le cercueil « spécial » que s'était fabriqué ce cher Charlie. Il ne s'apercevra pas, je pense, qu'il n'est pas enterré dans SA boîte. Ah!

Et il pénétra dans l'atelier du rez-de-chaussée.

Le cercueil était devant une porte-fenêtre, son couvercle refermé, et le tout offrait l'aspect net et bien ordonné d'un mécanisme d'horlogerie suisse. C'était un très grand cercueil, posé sur une longue, très longue table, et dont les pieds étaient pourvus de roulettes pour faciliter la manœuvre.

L'intérieur du cercueil, que Richard examina à travers le couvercle transparent, mesurait environ six pieds. Il y avait donc, aux deux extrémités, un espace inutile de trois bons pieds de long. Un espace clos dont il entendait bien percer le secret. Que pouvait-il renfermer?

De l'argent, bien sûr. C'était du Charlie tout craché, cette idée d'emporter sa fortune avec lui jusque dans la tombe et de laisser Richard sans un sou, sans même de quoi s'offrir une bouteille. Le vieux grigou!

Il souleva le couvercle de verre et tâta en vain la paroi intérieure à la recherche de quelque bouton. Mais il y avait, collé sur cette paroi, un petit écriteau portant, soigneusement calligraphié à l'encre sur papier blanc, l'inscription suivante :

LE CERCUEIL BRALING

D'un usage simple et facile. Utilisable indéfiniment par les entrepreneurs de pompes funèbres et par les familles soucieuses de préserver leur avenir.

Richard émit un faible grognement. De qui Charlie se moquait-il ainsi? Il y avait une autre inscription :

MODE D'EMPLOI

Il suffit de placer le corps dans le cercueil

Quelle idiotie! Placer le corps dans lc cercueil. Evidemment! Comment penser à autre chose? Il se pencha pour achever la lecture du mode d'emploi.

Il suffit de placer le corps dans le cercueil
et la musique commencera à jouer.

– *Pas possible!* s'exclama Richard, bouche bée. On ne me fera pas croire qu'il a autant travaillé pour... (Il ressortit de l'atelier par la porte restée ouverte, s'avança sur le terre-plein abrité qui séparait de plain-pied la demeure de son jardin, et appela le jardinier :)

– Rogers!

La tête du jardinier apparut à l'entrée de la serre.

– Quelle heure est-il? demanda Richard.

– Midi, monsieur, répondit Rogers.

– Bien. A midi quinze, vous viendrez me rejoindre ici pour vous assurer que tout est normal.

– Oui, monsieur.

Richard retourna dans l'atelier. « Voyons, voyons », se dit-il calmement à lui-même.

Il ne risquerait rien en s'allongeant dans la caisse, pour faire un essai. Il avait remarqué les petits orifices ménagés sur les côtés pour laisser passer l'air. Et Rogers ne tarderait pas à venir. « Placer simplement le corps dans le cercueil et la musique commencera à jouer. » Ce vieux Charlie, vraiment... quel enfant! Richard entreprit de se hisser dans le cercueil.

Il fallait s'y prendre comme pour entrer dans une baignoire. Il se sentait nu et avait l'impression qu'on l'observait. Il plaça dans le cercueil un pied chaussé de cuir étincelant, s'accrocha au rebord en pliant la jambe à hauteur du genou tout en faisant pour lui-même, à haute voix, quelques commentaires destinés à dissiper le malaise qu'il éprouvait; puis il amena son autre pied et son autre jambe et se tint un instant accroupi, comme un homme qui tâte la température du bain avant de s'y plonger complètement. Enfin, il se laissa glisser dans l'habitacle et s'y étendit de tout son long, non sans émettre quelques gloussements car c'était « tellement rigolo » de faire semblant d'être le mort, de s'imaginer les gens pleurant sur vous à chaudes larmes, les chandelles fumantes jetant des lueurs, la foule s'immobilisant et retenant son souffle à votre passage. Il ferma les yeux et s'efforça d'adopter un air de circonstance, un air de macchabée, mais il retenait avec peine le rire qui montait en lui et lui chatouillait les lèvres. Comme il joignait les mains, les pressant l'une contre l'autre, il les trouva froides.

Whirr! Spung! Un crissement retentit quelque part dans la partie cachée de la grande caisse. *Spung!*

Le couvercle s'était refermé sur lui avec un claquement sec!

Quelqu'un qui serait, à cet instant, entré dans la pièce, aurait pensé qu'un homme en pleine crise de démence se débattait dans un placard, donnant des coups de poing et des coups de pied, hurlant des mots sans suite entrecoupés de cris sauvages! On entendait le bruit d'un corps dansant, se tordant et heurtant les parois; les chocs mats de la chair et des poings sur le bois; les râles étouffés, les chuintements et les sifflements émanant des poumons d'un homme terrorisé. Puis il y eut comme un grand froissement de papier et un cri violent et suraigu qui semblait s'échapper d'une multitude de tuyaux. Ensuite, plus rien.

Richard Braling se détendit, relâcha la tension de ses muscles et se mit à ricaner. L'odeur qui régnait là-dedans n'était pas déplaisante. Les petites perforations latérales lui fournissaient de l'air en quantité suffisante pour le maintenir en vie. « Restons calme », se dit-il. Il n'avait qu'à lever les mains, qu'à pousser, et le couvercle se soulèverait. On ne devrait jamais perdre son sang-froid.

Il poussa. Le couvercle était verrouillé.

Bon. Ce n'était pas une raison pour s'inquiéter. Rogers serait là d'ici une minute ou deux. Il n'y avait rien à craindre.

La musique se mit à jouer.

Elle semblait provenir de la tête du cercueil. C'était une musique d'orgue, lente et mélancolique, qui évoquait des arches gothiques et de hauts candélabres noirs. Elle avait comme une odeur de terre et des chuchotements indistincts se mêlaient aux notes. Son écho se perdait entre d'immenses murailles de pierre. Elle était si triste qu'à l'entendre on avait envie de pleurer. C'était la tristesse des plantes en pot, la froideur des reflets bleus et cramoisis qui tombent des vitraux. C'était le soleil jetant ses derniers feux à l'heure où se lève le vent du crépuscule. C'était une aube grise avec, dans le lointain, le lancinant appel d'une corne de brume.

« Charlie, Charlie, Charlie, espèce de vieil abruti! C'était donc ça, ton drôle de cercueil! » Richard en pleurait des larmes de rire. « Un cercueil à musique! Oh, par tous les saints des saints! »

Il restait étendu, écoutant la musique d'une oreille attentive, car c'était une musique magnifique, et il n'y avait rien d'autre à faire en attendant que Rogers vienne le délivrer. Il laissait errer ses regards, et ses doigts tapotaient distraitement le satin du capitonnage; il croisa les jambes. Il voyait, à travers le couvercle transparent, les rayons du soleil entrer par la haute porte-fenêtre, et des particules de poussière danser dans la lumière. C'était une journée splendide, avec un grand ciel bleu dans lequel s'effilochaient, très haut, de petits nuages blancs.

Le sermon commença.

La musique d'orgue se tut et une voix aimable annonça : « Nous voici tous réunis, ceux qui aimèrent et ceux qui connurent le défunt, pour l'honorer comme il le mérite... »

« Charlie, que Dieu te bénisse, mais c'est *ta* voix ! » s'exclama Richard, aux anges. Des obsèques préenregistrées, Seigneur ! Musique d'orgue et sermon ! Et Charlie se délivrant à lui-même son oraison funèbre !

La douce voix poursuivit : « Nous tous, qui l'avons connu, pleurons en notre cœur la disparition de... »

Quoi ? Richard voulut se redresser, stupéfait. Il n'était pas tout à fait certain de ce qu'il venait d'entendre. Il répéta les mots pour lui-même, exactement comme il les avait entendus : « Nous tous, qui l'avons connu, pleurons en notre cœur la disparition de Richard Braling. »

C'étaient bien ces mots-là. Ce nom-là.

« Richard Braling », répéta l'homme dans le cercueil. Mais enfin, c'est *moi*, Richard Braling !

C'était une erreur, bien sûr. Une simple erreur. Charlie avait voulu dire *Charles* Braling. Evidemment. Mais oui. Bien sûr. Oui. Certainement. Oui. Naturellement. Oui.

« Richard était un homme de bien, reprit la voix. Le meilleur des hommes qu'il nous aura été donné de connaître. »

Mon nom, *encore !*

Richard, très mal à l'aise, recommença à s'agiter dans le cercueil.

Pourquoi Rogers ne venait-il pas ?

Deux fois son nom : difficile de croire à une erreur. Richard Braling. Richard Braling. Nous voici tous réunis. Nous pleurons en notre cœur... Un homme de bien. Le meilleur... Tous réunis. Le défunt. Richard Braling. *Richard* Braling.

Whirrrr! Spunng!

Des fleurs! Six douzaines de fleurs éclatantes, bleues, rouges, jaunes, fraîches et brillantes comme le soleil avaient jailli, brandies par des ressorts dissimulés sous le cercueil!

Le suave arôme des fleurs coupées se répandit autour de lui. Elles se balançaient gracieusement sous ses yeux stupéfaits, heurtant de leurs corolles la glace du couvercle. D'autres apparurent, brassée après brassée, et le cercueil fut bientôt enfoui sous les pétales, dans un nuage de parfums exquis. Des gardénias, et des dahlias, et des pétunias, et des jonquilles, tremblantes sur leurs tiges, toutes éblouissantes.

– Rogers!

Le sermon continuait.

« ... Richard Braling, de son vivant, fut un fin connaisseur de tout ce qui était bon et de tout ce qui était beau... »

La musique soupira, s'éleva, et s'évanouit dans le lointain.

« ...Richard Braling a savouré la vie comme on savoure un vin rare que l'on porte à ses lèvres... »

Une petite trappe s'ouvrit tout d'un coup sur la paroi latérale du cercueil. Un bras de métal brillant en jaillit avec la vivacité d'un ressort. Une aiguille vint piquer Richard au thorax, sans s'y enfoncer très profondément. Il poussa un hurlement. C'était une seringue qui lui injecta une bonne dose d'un liquide coloré avant qu'il ait pu faire un geste pour s'interposer. Puis le bras se replia tout aussi vivement à l'intérieur de la trappe qui se referma avec un bruit sec.

– Rogers!

Une sensation croissante d'engourdissement le

gagna. Voici qu'il ne pouvait plus bouger ses doigts, ni son bras, ni tourner la tête. Ses jambes étaient froides et inertes.

« Richard Braling aimait les belles choses. La musique. Les fleurs », répétait la voix.

Rogers!

Il n'avait pas hurlé, cette fois. Il ne pouvait plus que penser. Sa langue ne bougeait plus dans sa bouche anesthésiée.

Une autre trappe s'ouvrit. Des forceps métalliques en sortirent, guidés par un bras d'acier. Une grosse seringue aspirante vint s'enfoncer dans son poignet gauche.

On le vidait de son sang.

Il entendit, quelque part, le bruit de la petite pompe qui venait d'entrer en action.

« ... Nous regretterons tous Richard Braling... »

L'orgue, à nouveau, émit comme un sanglot, comme un murmure.

Les fleurs, penchées sur lui, le regardaient en hochant leurs jolies petites têtes couronnées de pétales. Six grands cierges noirs, très minces, surgirent à leur tour de la paroi dans laquelle ils étaient dissimulés et se plantèrent derrière les fleurs, surmontés de six flammes brillantes et clignotantes.

Une autre pompe entra en action. Tandis que son sang était ponctionné à son poignet gauche, son poignet droit était percé, maintenu de force, une aiguille s'y insinuait et la deuxième pompe y injectait une solution de formol.

Un coup de pompe, une pause, un coup de pompe, une pause, un coup de pompe, une pause.

Le cercueil bougea.

Un petit moteur s'était mis à ronronner. Le

décor de la pièce glissait de chaque côté du cercueil. Les petites roues tournaient. Nul besoin de porteurs pour ce cercueil. Les fleurs se balançaient gaiement tandis qu'il traversait le terre-plein en direction du jardin sous un ciel bleu et dégagé.

Coup de pompe. Pause. Coup de pompe. Pause.

« Richard Braling manquera à tous ses... »

Musique douce, très douce.

Coup de pompe. Pause.

« Ah! le doux mystère de la vie, au moins... » Chant.

« Braling, le gourmet... »

« Ah! je connais enfin le secret de toute chose... »

De son regard vitreux, Richard fixait désespérément le petit rectangle de papier blanc, là, sur le côté :

LE CERCUEIL BRALING

Mode d'emploi : il suffit de placer le corps
dans le cercueil et la musique commencera
à jouer.

Un arbre passa, au-dessus de lui. Le cercueil traversa le jardin à petite vitesse pour s'immobiliser derrière un massif. La voix continuait à parler, accompagnée par la musique :

« Le moment est venu où il nous faut confier à la terre la dépouille mortelle de cet homme... »

De petites lames étincelantes jaillirent de chaque côté du cercueil et commencèrent à creuser le sol.

Il vit la terre qu'elles projetaient en l'air. Le cercueil s'enfonçait par saccades. Les lames creusaient, le cercueil vibrait, cognait, s'enfonçait, les lames creusaient, le cercueil vibrait, cognait, s'enfonçait...

Coup de pompe. Pause. Coup de pompe. Pause. Coup de pompe. Pause.

« Les cendres redeviendront cendres et la poussière retournera à la poussière... »

Les fleurs éclatantes se penchaient sur lui comme pour un adieu... Le cercueil était maintenant profondément enfoncé. La musique continuait à jouer.

Richard Braling eut une ultime vision des bras articulés du Cercueil Braling se dressant pour ramener la terre sur lui.

« Richard Braling, Richard Braling, Richard Braling, Richard Braling, Richard Braling... »

Le disque était rayé.

Mais personne ne s'en souciait. Personne n'écoutait.

(Titre original : *Wake for The Living.*)

LA DAME DE LA MALLE

Johnny Menlo envoya valser ses chaussures d'un double coup de pied et s'assit, ou plutôt se laissa tomber, sur la première marche de l'escalier conduisant au grenier. Finalement, son professeur, sa préceptrice très privée, ne viendrait *pas*. Il n'y aurait donc *pas*, dans la maison, quelqu'un à lui et rien qu'à lui.

En bas, la réception battait son plein. Les bruits qui montaient semblaient se moquer de lui, – les éclats de rire, le tintement du shaker à cocktails, les bouffées de musique. Johnny avait cru leur échapper en s'asseyant tout là-haut, seul, si seul. Son professeur devait venir. Elle n'était pas là.

M'man et P'pa, occupés – tellement occupés – à boire avec leurs invités, avaient une façon de le regarder qui lui donnait l'impression d'être transparent.

Johnny se réfugia tout en haut des marches, dans le grenier abandonné aux relents de moisissure. Là, régnait un calme poussiéreux, même si, dans la chaleur de l'après-midi, les bruits de la fête parvenaient encore jusqu'à l'enfant pour troubler sa quiétude.

Il jeta un coup d'œil rapide au décor qui l'entourait. Quatre grandes malles étaient posées dans des coins sombres sous des voiles de toiles d'araignées. Un rayon de soleil, perçant les vitres sales d'une lucarne, attira l'attention de Johnny, qui avait l'œil bleu et curieux.

Cette malle, dans l'angle nord, par exemple. Elle était toujours fermée, et sa clé était cachée quelque part. Les fermoirs étaient encore en place, mais la barre de cuivre qui maintenait le tout avait été enlevée.

Johnny s'approcha de la malle et débloqua les fermoirs. Puis il souleva le couvercle. Le grenier, soudain, devint glacial.

Elle se trouvait à l'intérieur.

Le corps, recroquevillé, était jeune et ravissant. Le visage semblait dessiné à la craie sur le tableau noir de la chevelure. Johnny ouvrit la bouche pour respirer profondément, mais le plus silencieusement possible. Seul le parfum vivait encore. La petite morte paraissait aussi seule et abandonnée que lui. Il se sentit plein de compassion. Les greniers sont faits pour les choses négligées, oubliées.

Elle avait, semblait-il, péri étouffée. Quelqu'un avait rabattu le couvercle pesant et hermétique sur ce corps adorable replié sur lui-même. Sa main en exprimait toute la grâce, une menotte posée sur le fin tissu rose de sa robe de cocktail.

Puis il découvrit le papier froissé en boule sur le sol. C'était un fragment de lettre écrit de cette main.

« ... Il faut que tu fasses quelque chose pour moi, après la façon dont j'ai été traitée. Cela ne devrait pas être difficile. Je pourrais être le professeur de Johnny. Cela justifierait aux yeux de tous ma présence dans la maison.

ELLIE. »

Il contempla un instant cette beauté tranquille. On avait l'impression que la jeune fille s'était endormie pendant la réception, qu'on l'avait transportée jusque-là et qu'on avait refermé le couvercle sur elle sans qu'elle se réveille!

Les ténèbres du grenier se resserrèrent autour de Johnny qui se mit à trembler, puis la pénombre se dissipa, le laissant abasourdi. Sa voix s'éleva dans le silence : « C'est vous, mon professeur? C'est vous que je devais avoir pour moi tout seul? Mais on... on vous a tuée? Pourquoi? Pourquoi fallait-il qu'on tue mon professeur? Et qui? »

Bientôt une autre pensée surgit, mobilisant tout son esprit. Lui, Johnny Menlo, de la famille Menlo, venait de découvrir un cadavre. Vrai, ou faux? *Vrai.* Il ouvrit de grands yeux. Désormais M'man et P'pa seraient bien *obligés* de lui prêter attention.

Eh oui! Grand-mère elle-même, qui jouait aux échecs toute la sainte journée avec l'Oncle Flinny, en avalerait son cognac de travers, et elle le regarderait à travers les gros verres de ses lunettes en s'écriant : « Seigneur, à force de fureter partout, cet enfant a fini par trouver quelque chose! »

Mais bien sûr! Mais bien sûr! Johnny cligna des yeux à plusieurs reprises, très vite, et sentit battre son cœur.

Peut-être même que le Cousin William *s'évanouirait* en entendant la nouvelle!

Lui, Johnny Menlo, avait découvert le cadavre. On verrait *sa* photo dans le journal, et non pas, comme d'habitude, celle de Mère souriant de toutes ses dents dans la colonne des potins mondains!

Il enfouit le papier froissé dans sa poche et jeta un dernier regard aux cils joliment recourbés, aux lèvres roses et à la sombre chevelure de La Dame dans la malle. Puis il rabattit le couvercle sur la dormeuse.

Il allait crier. Oui, crier, du haut du grand escalier. Crier jusqu'à ce que le ciel leur tombe sur la tête ! Crier !

Il cria, donc, et plutôt bien.

Du haut en bas de l'escalier, à travers le grand hall, ses cris se frayèrent un chemin entre deux rangées d'invités interloqués. A leur suite, Johnny atteignit l'étincelante robe de cocktail de Mère et s'y accrocha solidement.

– Johnny, Johnny, pourquoi es-tu descendu ? Que se passe-t-il ? Je t'avais bien dit...

Le visage si jeune de Mère se penchait vers lui par-delà le scintillement de la robe. Il agrippa une autre poignée de paillettes. Et hurla :

– M'man, il y a un cadavre dans le grenier !

Des visages se tournèrent vers eux, les yeux braqués, comme ceux des spectateurs d'un stade pendant le match. Mère se raidit, puis se détendit.

– Lâche donc ma robe, mon chéri, tu vas la salir. Regarde tes mains, pleines de toiles d'araignées ! Et maintenant, tu vas filer gentiment dans ta chambre.

Elle lui tapotait le dessus de la tête.

– Mais, M'man ! fit-il d'un ton plaintif, il y a un cadavre...

– Seigneur, murmura quelqu'un, c'est tout son père.

Johnny fit volte-face, furieux.

– Taisez-vous ! Il y a *vraiment* un cadavre !

Mère ne le remarqua pas. Elle s'était tournée vers ses invités, et Johnny n'apercevait plus d'elle que son adorable cou de cygne, le fin menton au-dessus de la gorge palpitante, les doigts arrangeant une mèche de cheveux châtains échappée au-dessus de son oreille.

– Je vous en prie, excusez Johnny, disait-elle. Les enfants ont tellement d'imagination, n'est-ce pas?

Le menton s'abaissa vers lui. Il n'y avait pas la moindre lueur dans ses yeux bleus.

– Tu ferais mieux de retourner là-haut, Johnny.

– Oh, mais, M'man...

Son univers s'écroulait. Les paillettes s'échappaient de ses doigts. Il détestait soudain, jusqu'au dernier, tous ces gens qui le dévisageaient.

– Tu as entendu ce que ta mère vient de dire, Général.

C'était la voix de son père, et cela signifiait que la bataille était perdue. Johnny tourna les talons, lança un dernier regard furieux aux invités et se précipita dans l'escalier, des larmes brûlant ses paupières.

Il fit tourner la poignée de cuivre, à la porte de Grand-mère. Elle était assise devant la grande baie vitrée, en train de jouer aux échecs avec l'Oncle Flinny. Les reflets du soleil rebondissaient sur les verres de ses lunettes. C'est tout juste si elle daigna lever les yeux.

– Excuse-moi, Grand-mère, mais...

Elle agita la canne posée contre son genou décharné.

– Oui?

– Il y a un cadavre dans le grenier, et on ne veut pas me croire...

– Sors d'ici, Johnny!

– Mais, cria-t-il, il y a un cadavre!

– Très bien, très bien! Va donc chercher une bouteille de cognac pour le Cousin William! Allez, file! Dépêche-toi!

Johnny alla chercher le cognac dans la cave à liqueurs, et quand il revint frapper à la porte du Cousin William, il lui sembla entendre, de l'autre côté de la cloison, quelqu'un qui respirait avec peine. Puis le Cousin William chuchota, très vite :

– Qui est là?

– Cognac.

– Ah, parfait, parfait!

Le museau de lapin et le menton fuyant du Cousin William apparurent dans l'entrebâillement de la porte et ses mains douces et blanches se tendirent vers la bouteille.

– Dieu soit loué. Va-t'en, maintenant, et laisse-moi me soûler en paix.

La porte claqua, mais Johnny avait eu le temps d'embrasser d'un bref coup d'œil le désordre qui régnait dans l'atelier de mode du Cousin William – les mannequins debout, raides dans les drapés de soie brillante coupés sur eux et maintenus par des épingles, les dessins à l'aquarelle fixés par des punaises sur les murs de plâtre de capes, de chapeaux, de costumes, les rouleaux de lainages aux couleurs vives entassés les uns sur les autres... La porte se referma sèchement sur tout cela et sur le tête-à-tête fiévreux du Cousin William et de sa bouteille de cognac.

Johnny, en proie à une fureur grandissante, avisa le téléphone placé dans l'entrée. Il songea à M'man et à P'pa qui dansaient maintenant, à l'Oncle Flinny et à Grand-mère penchés sur leur sempiternelle partie d'échecs, au Cousin William en train de vider sa bouteille – et à lui-même, étranger dans cette grande maison bruissante d'échos. D'un geste rageur, il décrocha le récepteur.

– Euh... je voudrais... c'est-à-dire... passez-moi le commissariat de police.

Une voix vint aussitôt couvrir celle de l'opératrice.

– Raccroche ce téléphone, Johnny. Raccroche, et va te coucher.

La voix profonde et bien timbrée, aux accents policés, de son père.

Johnny reposa lentement l'appareil. C'était donc ainsi qu'on le récompensait, lui qui avait découvert un cadavre? Il s'assit et se mit à pleurer, submergé par un sentiment de frustration. Il se sentait en sympathie avec la dame dans sa malle. Cinq personnes venaient de lui claquer le couvercle à la figure! Clac!

Il en était encore à se tourner et à se retourner dans son lit quand la porte de la chambre s'ouvrit doucement pour laisser apparaître la grosse tête bouclée de l'Oncle Flinny. L'Oncle avait des yeux noirs tout ronds, un regard doux et paisible. Il s'approcha tout doucement avec des gestes lents et mesurés pour se poser sur le rebord d'une chaise, près du lit, comme un petit oiseau tranquille, et croisa ses mains fines comme des pattes de volatile.

– Puisque tu es monté te coucher de bonne heure, dit-il, j'ai pensé qu'il valait mieux venir tout de suite te raconter ton histoire. D'accord?

Johnny se sentait trop vieux pour qu'on lui raconte des histoires. Elevé parmi des adultes, ayant très peu de contacts avec d'autres enfants et recevant une éducation très avancée pour son âge, il était habitué à parler avec de grandes personnes et se sentait vraiment très au-dessus de ces contes à dormir debout. Mais il soupira, résigné, et dit :

– Vas-y, Oncle Flinny. Accouche.

– Il était une fois une très belle jeune fille...

Ah! Johnny avait déjà entendu mille fois cette histoire. Il s'agita sous ses couvertures. *Il y avait un cadavre dans le grenier, et voilà ce qu'il lui fallait écouter!*

– Et, poursuivit l'Oncle Flinny, cette magnifique

jeune fille tomba amoureuse d'un jeune chevalier, qu'elle épousa. Ils vécurent heureux des années durant. Jusqu'au jour où un Vilain enleva la jeune femme et s'enfuit avec elle.

L'Oncle Flinny avait l'air triste, et vieux.

– Et alors, l'époux rentra à la maison, coupa Johnny.

L'Oncle Flinny ne l'entendit même pas. Il continua son récit de la même voix douce, étrangement monotone.

– L'époux pourchassa le Vilain jusqu'au fond de la Vilainie. Mais ses prières comme ses efforts restèrent vains. Sa femme était bel et bien partie pour toujours. Pour toujours.

L'Oncle Flinny respirait de façon irrégulière, saccadée. Ses yeux ronds et sombres luisaient. Ses lèvres tremblaient. Il n'était plus lui-même. Il était un autre, quelque part, très très loin au fin fond de la Vilainie. Il se penchait vers Johnny en serrant très fort ses genoux qu'il encerclait de ses bras.

– Mais l'époux continuait à chercher et à chercher encore, car il s'était juré de retrouver le Vilain et de le tuer... et, merveille des merveilles, c'est ce qui finit par arriver! Il frappa le Vilain à mort, mais, ô Dieu du ciel, il s'aperçut alors que le Vilain ressemblait étrangement à sa merveilleuse femme! Et il s'aperçut aussi, avec horreur, que lui-même devenait de plus en plus semblable à un Vilain...

Point final. Johnny, en tout cas, espérait que c'était terminé. L'Oncle Flinny soupirait à côté de lui, impressionné par l'atmosphère qu'il avait créée lui-même avec son histoire. Il en oubliait jusqu'à la présence de Johnny dans la pièce. Ses mains tremblaient et il semblait hors d'haleine. Il restait cloué sur sa chaise.

Johnny frissonna lui-même sans savoir pourquoi.
– Merci. Merci beaucoup, Oncle Flinny. Merci pour cette chouette histoire.
L'Oncle Flinny le regardait sans le voir.
– Hein?
Il se détendit, eut l'air de reconnaître son neveu.
– Ah oui. Quand tu voudras, Johnny. Quand tu en voudras une autre.
– Vous voilà drôlement excité, Oncle Flinny.
L'Oncle Flinny ouvrit doucement la porte pour sortir.
– Oh, mon oncle!
– Oui?
Johnny se mordit les lèvres.
– Rien, mon oncle. Rien.
L'oncle, déjà, se glissait hors de la chambre. La porte se referma sans bruit.
Johnny bondit si rageusement sur son séant que les ressorts du sommier grincèrent. « Quand je pense à tout ce que j'ai dû subir depuis quelques jours pour plaire à cette famille! Ecouter l'Oncle Flinny, faire les commissions de Grand-mère, ficher la paix à Mère, obéir à Père, fournir son cognac à l'Oncle William. Beurk! »
Ils le fatiguaient, tous autant qu'ils étaient. Pourquoi ne pas s'occuper un peu de *lui-même*, pour changer? Il entendait, en bas, les bruits de la fête qui continuait. Il se laissa glisser de son lit et colla son oreille contre la porte pour écouter.
Pendant une heure il entendit toutes sortes de bruits de pas dans les escaliers, comme des battements de cœur de la grande maison. Les pas vifs de Grand-mère et les mouvements saccadés de sa canne évaluant avec précision les reliefs du sol. La démarche traînante de l'Oncle Flinny. Les grandes

enjambées nonchalantes de P'pa. Les allées et venues de M'ma, comme autant de glissades au-dessus des parquets. Le piétinement nerveux, trébuchant, du Cousin William.

Et il y avait des bruits de voix, discutant, se disputant parfois, certaines vibrant d'intensité, d'autres hystériques. Elles se mêlaient les unes aux autres – P'pa très calme, M'ma critiquant, Grand-mère très sèche, le Cousin William pleurnichant, l'Oncle Flinny paisible. Il entendit, à une ou deux reprises, grincer la porte du grenier.

Nul ne vint du côté de la chambre de Johnny. En bas, la fête continuait, ignorant tout ce remue-ménage. La nuit était tombée d'un seul coup avec le froid piquant des soirées d'automne.

Puis tout redevint calme. Johnny, le cœur battant, s'élança dans l'obscurité et gravit les marches poussiéreuses qui menaient au grenier. Il allait leur *montrer!*

La malle, curieusement, ne lui parut pas très lourde. Il était facile de la faire basculer en haut de l'escalier, et de là jusqu'au palier. Une nouvelle poussée sur le palier, et hop, hop, jusqu'au living-room! Eh, oui. Ils seraient bien obligés de le croire, cette fois!

Johnny souleva la malle pour la faire basculer.

Les gens parlaient. De la musique jouait sur le radio-phonographe. M'ma et P'pa se mêlaient à la foule brillante, pareils à deux flammes éclatantes environnées de papillons mondains avides d'y brûler leurs ailes délicates.

C'est au beau milieu de tout cela que retentit la petite voix de Johnny criant du haut des escaliers.

– M'man, P'pa!

Toutes les têtes se tournèrent pour regarder, comme cela se produit dans une réception à l'arrivée d'un hôte de marque.

La femme descendait l'escalier.

Quelqu'un laissa échapper un cri. Probablement le Cousin William. Et tous regardèrent, en reculant, la femme descendre l'escalier dans sa robe de cocktail légère comme une aile de papillon. A vrai dire, elle ne descendait pas vraiment. Elle *roulait*.

Interminablement, elle dévalait les marches, les bras mous, les jambes molles, la tête ballottante, la chevelure noire tantôt fouettant l'air en larges cercles et tantôt se lovant dans les creux, le corps flasque, désarticulé, inerte. Quand elle fut tout en bas, Johnny vint se camper près d'elle.

– Je vous l'avais bien dit. Mère! P'pa, je l'ai retrouvée. Je l'ai retrouvée!

Il n'oublierait jamais, oh non, jamais, le visage de Mère à cet instant, le ton sur lequel elle avait prononcé son nom : « Johnny...! » et la façon dont elle l'avait frappé en pleine figure.

Quelqu'un a dit :

– Appelez la police!

Quelqu'un d'autre, déjà, avait décroché le téléphone et composait un numéro. Le visage de P'pa était calme et gris comme un paysage sous la pluie et il avait, soudain, l'air vieux et fatigué. Johnny, sous le coup administré par sa mère, était tombé contre la rampe et s'y agrippait. Il pensa : « Jamais Elle ne m'avait frappé. Jamais. Elle était toujours aimable et bonne, distraite quelquefois, mais jamais elle n'avait porté la main sur moi. »

C'est alors que la chose se produisit. Tout le monde éclata de rire. Quelqu'un montra le corps du doigt, ils avaient tous des faces congestionnées, ils se tordaient. P'pa riait, lui aussi. Tout en lui riait, sauf ses yeux.

– Par tous les diables, a dit quelqu'un, c'était donc ça le cadavre que l'enfant avait trouvé là-haut ?

– Un mannequin! s'est exclamé un autre invité.

– Mais oui ! C'est un mannequin comme on en voit dans les vitrines. Rien d'étonnant à ce qu'un gosse s'y soit laissé prendre.

Et tous de rire. Une tempête de rires.

« Un mannequin ! » Et le rire qui montait, montait, comme s'il s'était nourri de lui-même.

Johnny, en tremblant, s'approcha à croupetons pour toucher la main abandonnée sur une marche, recula, toucha de nouveau, sentit la froideur de la matière plastique.

– Ce n'est pas le cadavre, dit-il, interloqué, en levant les yeux. (Il secoua la tête, s'écarta du mannequin.) Absolument pas, ajouta-t-il. L'autre corps n'avait rien à voir avec celui-ci. Il était tiède et doux. C'était une vraie femme !

– Johnny !

P'pa ne souriait plus. Mère serrait le poing si fort que ses phalanges étaient toutes blanches.

– Vous pouvez dire ce que vous voudrez. Ce n'est pas le même corps !

Et il se mit à pleurer. Les larmes ruisselaient comme l'averse sur un pare-brise, dérobant à sa vue des pans entiers de l'univers.

– Je sais ce que je dis. C'était une morte, et elle n'était pas en matière plastique !

Il y eut très tard, cette nuit-là, toutes sortes de bruits dans la maison. On discutait derrière des portes fermées. On se disputait. Il crut, à un moment, entendre pleurer le Cousin William. Des pas résonnèrent dans les escaliers, les interrupteurs crépitèrent chaque fois qu'on allumait ou qu'on éteignait l'électricité. Tout le monde finit par aller se coucher et Johnny se dressa sur son séant en rejetant les couvertures. Ce déclic, c'était le Cousin William qui venait de fermer sa porte à clé. Pourquoi donc?... Parce que quelque chose, ou quelqu'un, rôdait autour de la maison?

Johnny sursauta. La poignée de sa porte tournait doucement. La porte s'entrouvrit. Il y avait quelqu'un, là, debout dans la pénombre, qui regardait à l'intérieur de la chambre. Le cœur est une étrange chose. Vif et rapide comme le mercure, il peut être partout à la fois à l'intérieur d'un corps humain. Le cœur de Johnny était comme du mercure.

La porte demeurait entrouverte. Et il y avait toujours cette ombre sur le seuil, scrutant l'obscurité. Johnny ne souffla mot. Et soudain, comme elle était apparue, l'ombre se retira, et la porte se referma. L'enfant se précipita pour tirer le verrou, puis il s'adossa contre la porte, le souffle court, tremblant de tous ses membres. Un court instant plus tard, il sentit une pression s'exercer derrière lui, mais le verrou ne céda pas. Johnny tendit l'oreille. L'ombre était repartie.

Tremblant toujours, Johnny retourna à son lit. « M'man, M'man, dit-il à mi-voix, tu m'en voulais tellement d'avoir fait une scène devant tout le monde? Est-ce que *tu* me tuerais, M'man? Est-ce qu'il y avait quelque chose entre P'pa et la Dame dans la malle, quelque chose qui ne te plaisait pas? Est-ce que tu l'as *tuée* pour cette raison? Qu'est-ce que tu me feras, la prochaine fois que tu me verras en face de toi? Oh, M'man, *ça ne peut pas* être toi!

« P'pa, continua-t-il sur le même ton, *tu* m'as forcé à raccrocher le téléphone. Est-ce que *tu* aurais peur qu'on découvre cette histoire? Peur pour tes affaires, pour ton argent, pour ta réputation auprès des membres du club? Hein, P'pa? C'est toi qui étais là, à ma porte, debout dans le noir, sans rien dire? De tous les membres de la famille, c'était toi mon préféré. Mais maintenant, aujourd'hui, *tu* gardes le silence et tu ne me regardes même pas. »

Et le Cousin William. C'était lui, peut-être, qui avait remplacé le corps par un mannequin pour tromper Johnny. L'un de ses mannequins avait fait l'affaire. La morte avait-elle été la petite amie du Cousin William? Voulait-elle, d'une façon ou d'une autre, créer des ennuis à quelqu'un? Le Cousin William craignait-il, lui aussi, pour sa réputation? Le Cousin William, avec tous ses mannequins et ses toilettes hors de prix pour femmes hors de prix... Etait-ce lui qui avait poussé cette porte un instant auparavant?

Mais il y avait aussi l'Oncle Flinny, ses airs tranquilles et ses contes à dormir debout... Il aimait tant Mère, sa sœur. Il était capable de faire n'importe quoi pour elle, ou pour P'pa, ou pour Grand-mère, ou même pour le Cousin William. Capable de tuer pour protéger cette famille, cette maison?

Et Grand-mère? Penchée toute la journée sur son sinistre jeu d'échecs, à siffler du cognac. Ne vivant que pour la bonne tenue de sa maisonnée. Avec pour seul idéal la position sociale, le bon goût, les mondanités. Supposons qu'une autre femme entre dans cette maison et prétende tout régenter à sa place. Comment réagirait-elle?

Tous! Tous autant qu'ils étaient!

Johnny, frissonnant, se laissa retomber sur sa

couche. Une femme était entrée dans cette vieille demeure pleine de toiles d'araignées, et chacun, soudain, avait pris peur. Il avait suffi *d'une* femme.

Johnny tâtonna sur le plateau de sa table de nuit et y trouva le petit mot griffonné qu'il avait ramassé dans la poussière du grenier. Il n'y voyait pas assez pour lire, mais les mots étaient gravés dans sa mémoire :

« ... Il faut que tu fasses quelque chose pour moi, après la façon dont j'ai été traitée. Cela ne devrait pas être difficile. Je pourrais être le professeur de Johnny. Cela justifierait aux yeux de tous ma présence dans la maison.

ELLIE. »

Johnny se retourna sur son lit.

– Ellie, mon professeur, où es-tu maintenant? dit-il, interrogeant les ténèbres. Endormie et solitaire parmi les mannequins du Cousin William? Jouant aux échecs avec Grand-mère, mais sans bouger? Dans la cave où l'on met le vin à vieillir dans des tonneaux pendant des années et des années? Tu passes la nuit quelque part dans cette grande maison. Mais demain, tu n'y seras peut-être plus. A moins que d'ici là, je te trouve...

Il y avait, à l'arrière de la demeure, un vaste terrain comprenant un verger, un jardin fleuri, la piscine, une salle de bain, les logements des domestiques attenants à l'imposante bâtisse. Le soleil perçait entre une rangée de sycomores et une haute clôture chargée de végétation qui isolait la propriété de la rue. Il y avait là aussi un chêne bien pratique pour se suspendre, l'après-midi, quand on n'a rien de mieux à faire. Ce jour-là, un policier allait et venait juste sous cet arbre, mais sur le trottoir, de l'autre côté de la clôture. Johnny grimpa dans les branches et attendit.

Le policier passa en dessous de lui. Johnny fit un peu de bruit en agitant des feuilles.

– Eh, petit, interpella le policier en levant le nez, prends garde, tu pourrais tomber.

– Je m'en fiche, répondit Johnny. Nous avons un cadavre de femme à la maison, et tout le monde a peur que ça se sache.

Le policier esquissa un sourire.

– Sans blague!

Johnny, sur sa branche, changea de position.

– Je l'ai trouvée dans une malle. C'est quelqu'un qui l'a tuée. J'ai essayé d'appeler la police, hier soir, mais P'pa m'en a empêché. J'ai renversé la malle en haut des escaliers et la dame a dégringolé, mais c'était devenu un mannequin. Ce n'était plus la dame.

– Ah bon? gloussa le policier qui s'amusait bien.

– Mais l'autre, c'était une vraie femme, insista Johnny.

– Quelle autre?

– Celle que j'ai trouvée en premier. Le Cousin William dessine des modèles de robe. Il a changé les corps. Vous auriez vu leurs têtes à tous, ce matin, au petit déjeuner! Ils essayaient d'avoir l'air contents. On se serait cru au cinéma. Mais ils ne m'ont pas eu. Ils ne sont pas contents. Mère a l'air fatiguée et nerveuse comme jamais. Je me demande combien de temps ils pourront tenir, comme ça, avant de se mettre à hurler.

Le policier fronça les sourcils.

– Ma parole, tu parles comme mon fils, avec toutes ses bandes dessinées. C'est criminel, ma parole, tout ce qu'on donne à lire à votre génération.

On vous démolit complètement la cervelle avec ça. Des meurtres. Des cadavres. Ah!

– Mais c'est vrai!

– A bientôt! lança le policier.

Johnny s'agrippait aux branches balancées par le vent. Puis il se laissa choir pour rejoindre le policier.

– Vous devriez venir voir. Ils vont l'emmener, c'est sûr, et si vous ne... on ne la retrouvera plus jamais.

Le policier avait de la patience.

– Ecoute, gamin, je ne peux entrer nulle part sans un mandat. Et qu'est-ce qui me dit que tu ne mens pas?

Voilà qu'il plaisantait, maintenant.

– Vous *devez* me croire, c'est tout.

Le policier tendit la main.

– Bon.

Johnny saisit la main et ils se mirent en route.

– Où allons-nous? demanda Johnny.

– Voir ta mère.

– Non!

Johnny se débattit frénétiquement.

– Ça ne servirait à rien! Elle me détesterait! Et elle mentirait!

Le policier le guida d'une main ferme jusqu'à la porte d'entrée et appuya sur le bouton de sonnette. Une servante apparut d'abord, puis Mère. Son visage était blanc comme du lait, et sa bouche tachait de rouge cette blancheur. L'édifice de sa coiffure à la Pompadour penchait un peu de côté. Elle avait deux poches bleues sous ses yeux qui s'attristèrent soudain.

– Johnny!

– Il vaut mieux le garder à l'intérieur, M'dam. Il pourrait lui arriver quelque chose, à courir les rues.

– Merci, monsieur l'agent.

L'agent la dévisageait. Puis il fixa Johnny. L'enfant ouvrit la bouche pour parler, mais ne put que sangloter. Les larmes ruisselaient sur ses joues quand la porte se referma sur l'homme.

Mère ne dit pas un mot. *Pas un mot.* Elle restait plantée, là, pâle et comme perdue, à se tordre les mains. Et ce fut tout.

Quelques heures plus tard, ce même jour, Johnny écrivit tout sur un bloc de papier blanc bien propre. Tout ce qu'il savait à propos de la Dame de la Malle. Tout ce qu'il savait sur Cousin William, M'man, P'pa, Oncle Flinny, Grand-mère. De sa plume trempée dans l'encre, il rédigea des phrases comme celles-ci :

« La Dame de la malle était amoureuse de P'pa. P'pa l'a tuée quand elle est arrivée à la maison. » Johnny fit une moue. « Ou encore, c'est M'man qui l'a tuée. » Plusieurs années de meurtres vus au cinéma lui revinrent en mémoire. « Mais bien entendu, Grand-mère ou Oncle Flinny auraient aussi bien pu la tuer parce qu'elle menaçait leur autorité ou leur sécurité. » Oui. Johnny griffonnait à toute allure, se relisait. « Et le Cousin William ? C'était peut-être sa bonne amie, après tout. » Johnny espérait vaguement que tel était le cas. Il n'était pas très impartial envers le Cousin William. « Peut-être, peut-être qu'il y avait quelque chose, dans le passé de Grand-mère ?... Ou de l'Oncle Flinny ? » Bon, et...

– Johnny !

La voix de Grand-mère retentit. Johnny rangea son bloc de papier.

Elle se dressait sur le seuil de la chambre et conduisit Johnny à travers le hall jusque chez elle en usant nerveusement de sa canne comme d'une pique. Elle s'assit devant l'échiquier et, d'un signe de tête, désigna les pièces claires.

– Ce sont tes pièces. Moi, je prends les noires.

Elle parut réfléchir à ce qu'elle venait de dire, les yeux fermés.

– Je prends toujours les noires.

– On ne peut pas jouer, annonça Johnny. Il vous manque deux pièces.

Elle examina l'échiquier.

– C'est encore l'Oncle Flinny. Il m'en prend tout le temps. Tout le temps. Nous allons jouer tout de même. Je me débrouillerai avec ce que j'ai. A toi.

Elle pointait vers lui un index décharné.

– Où est Oncle Flinny?

– Il arrose le jardin. Joue, ordonna-t-elle.

Ses yeux suivaient les doigts de son petit-fils se déplaçant sur l'échiquier. Elle se pencha lentement vers les pièces luisantes.

– Nous sommes tous des gens bien, Johnny. Nous avons tous bien vécu dans cette maison depuis vingt ans que nous y sommes. Tu n'en as connu qu'une partie. Nous n'avons jamais cherché les ennuis. Ne va pas nous en attirer, Johnny.

Il resta immobile sur son siège. Une mouche bourdonnait contre la baie vitrée. Quelque part, en dessous, un robinet coulait.

– Je ne cherche pas d'ennuis, répondit-il.

L'échiquier devant ses yeux se brouillait et s'évanouissait comme une tache de couleur dans l'eau.

– Papa était tout pâle ce matin au petit déjeuner, et il faisait une drôle de tête. Comment une poupée de cire pourrait-elle l'inquiéter à ce point, Grand-mère? Et M'man. Elle a l'air nerveuse et tendue, comme un ressort dans une montre bat, prêt à se rompre. Tout ça pour une poupée?

Grand-mère réfléchissait au-dessus de son fou, rétractée au fond d'elle-même comme un vieux crabe dans une coquille Saint-Jacques.

– Il n'y a jamais eu de cadavre. C'est ton imagination. N'y pense plus. N'y pense plus.

La partie se poursuivit jusqu'au crépuscule. Puis la nuit tomba brusquement sur la maison, on expédia le dîner et tout le monde, apparemment, alla se coucher tôt.

Johnny écoutait les heures s'égrener. Quelqu'un frappa légèrement à sa porte.

– Qui est là? demanda l'enfant.

– Oncle Flinny.

– Que voulez-vous, Oncle Flinny?

– C'est l'heure de ton histoire, Johnny.

– Oh, écoutez... pas ce soir, s'il vous plaît, Oncle Flinny.

– Mais si. Je t'en prie. C'est une histoire très particulière. Tout ce qu'il y a de particulière.

Johnny se tut un instant, puis soupira.

– Je suis fatigué, Oncle Flinny. Une autre fois, hein? Pas ce soir, s'il vous plaît.

L'Oncle Flinny repartit, et la pendule sonna peu de temps après. Il était dix heures et quelque chose. Puis ce fut onze heures. Du temps passa. Il était presquc minuit.

Johnny ouvrit la porte.

La maison était complètement endormie. On s'en rendait compte grâce au long rayon de lune immobile qui baignait le silence, entrant par les grandes verrières pour éclairer l'escalier du hall, dessinant des ombres dont pas une ne bougeait.

Johnny referma la porte derrière lui. Le bruit d'une respiration sonore lui parvenait d'un autre univers, lointain et paisible, où Grand-mère dormait dans son grand lit à colonnes. Puis il y eut quelque part un tintement très léger, celui qu'auraient pu produire des bouteilles vides légèrement heurtées devant la porte du Cousin William.

Johnny s'immobilisa au pied de l'escalier. Il n'avait qu'à retourner dans son lit et ne plus penser à tout cela, décider qu'il s'était trompé, et il n'y aurait pas d'ennuis. On oublierait l'affaire et tout redeviendrait comme avant.

Mère rirait de nouveau à ses réceptions. P'pa reprendrait ses aller et retour entre le bureau et la maison avec sa grosse serviette. Grand-mère sifflerait son cognac en douce, Cousin William enfoncerait des aiguilles dans la chair de ses mannequins, et Oncle Flinny raconterait à n'en plus finir des histoires abracadabrantes.

Mais ce n'était pas si facile. On ne pouvait pas revenir en arrière. On ne pouvait qu'avancer. Et comment *oublier?* P'pa, son seul ami, était devenu un étranger depuis le... l'incident. Du côté de Mère, c'était pire que jamais. Elle avait les yeux rouges, comme quelqu'un qui passe ses nuits à pleurer. Grand-mère était passée d'une bouteille à deux bouteilles de cognac par semaine. Quant au Cousin William, il devait penser à la Dame de la Malle chaque fois qu'il plantait une épingle sur l'un de ses mannequins car il tressaillait, pâlissait et éclatait en sanglots dans son verre de cognac.

Et elle, la ravissante étrangère, la jolie brune enfermée là-haut, dans cette malle poussiéreuse, elle avait semblé si solitaire à Johnny, le jour où il l'avait découverte... Si différente des autres. Il y avait, entre elle et lui, quelque chose de commun. Elle était étrangère à cette maison – et c'était pour cela qu'on l'avait tuée. Désormais, Johnny se sentait, lui aussi, un étranger. Et c'était pour cela qu'il voulait la retrouver. Ils étaient presque frère et sœur. Elle avait besoin qu'on la retrouve. Qu'on se souvienne d'elle. Qu'on ne l'oublie pas.

Johnny descendit l'escalier en posant précautionneusement le pied sur chaque marche, bien accroché à la rampe sur laquelle sa main glissait pour ne pas perdre le contact. La jeune fille avait certainement quitté le grenier, et elle ne pouvait pas se trouver dans l'une des chambres du premier étage. Comment les autres parviendraient-ils à *dormir* en la sachant si proche?... En bas, peut-être. Quelque part dans ces ténèbres. Pas chez les domestiques.

Il arrivait tout juste au terme de l'escalier quand il entendit l'une des portes du premier étage s'ouvrir doucement et se refermer. Puis ce fut le silence, mais quelqu'un était venu, en douce, et en silence, se camper au sommet des marches pour regarder dans le hall.

Johnny s'immobilisa et retint son souffle. Il resta adossé au mur, comme une ombre. La sueur perlait sur son visage et mouillait la paume de ses mains. Impossible de voir de qui il s'agissait. Qui le guettait, là, debout, muet, tendant l'oreille, attendant?

Les choses ne pouvaient en rester là. Impossible d'aller se coucher en pensant à autre chose, d'oublier l'étrangère aussi facilement, la Dame de la Malle, si jolie, et qui semblait si seule, dans son dernier sommeil. L'assassin, lui aussi, était incapable d'oublier son acte, et le fait qu'il y avait dans la maison un petit garçon trop curieux, trop téméraire.

Johnny respirait à peine. Il attendit un moment. Puis, voyant que la personne qui se tenait en haut de l'escalier ne descendait pas, il fila rapidement vers le hall, puis vers la cuisine et la porte donnant sur l'arrière de la maison, qu'il franchit pour se retrouver dans le jardin inondé par la lumière du clair de lune.

Sous un ciel plein d'étoiles, une rangée d'arbres surplombait le rectangle miroitant de la piscine. Non loin de là, c'était le petit bâtiment de la salle de bain, les allées du jardin à gauche et à droite. Plus loin, la serre et l'abri où l'on rangeait les outils de jardinage. Johnny se mit à courir.

L'ombre, sous l'abri, lui offrit un refuge temporaire. En se retournant, il ne percevait aucun mouvement dans la maison, il n'y avait pas de lumière allumée. Le corps reposait probablement dans l'une de ces dépendances.

Comme il aurait mieux valu, à cet instant, être dans son lit! Derrière sa porte fermée à clé. Johnny tremblait tout autant que l'eau de la piscine. Soudain, il distingua quelqu'un debout derrière l'une des baies vitrées du premier étage. Une silhouette, qu'on remarquait à peine. Elle regardait vers le bas, comme tout à l'heure dans le hall... Puis la silhouette disparut.

Maintenant, des pas faisaient crisser le gravier de l'allée longeant la maison. Quelqu'un venait de sortir par-devant et s'avançait, invisible mais rapide, dans l'ombre, sous les sycomores.

Et soudain, dans un demi-jour, il la vit. *Elle!* Non pas Mère, ni Grand-mère. Mais, en partie dans l'ombre, en partie éclairée par le clair de lune, la Dame de la Malle.

Elle regarda Johnny, de l'autre côté du jardin, et ne dit rien.

L'enfant fit un gros effort pour avaler sa salive et

cligna des paupières. Il se tâta énergiquement les cuisses, les genoux. Puis il s'accroupit, le regard fixe, sidéré, incrédule. Le vent nocturne bruissait dans les branches des sycomores. Un coup de klaxon lui parvint de très loin, dans la nuit, comme l'appel d'un hibou solitaire.

Elle n'était donc pas morte! Ils voulaient tous le tromper. Tout n'avait été qu'un énorme canular auquel il ne pouvait rien comprendre. Ils étaient tous ligués contre lui. Sa répétitrice était *vivante!* Il n'y avait eu ni mort, ni assassinat! Elle était là, rien que pour lui! A l'instant même où il se sentait seul comme jamais!

Il fonça, dans la lumière du clair de lune. Haletant, mais silencieux, sans rire et sans crier, il s'élança vers elle à travers la pelouse, franchit les dalles qui entouraient la piscine qu'il contourna, puis traversa un nouvel espace dallé en direction des sycomores.

Elle l'attendait, les bras ouverts prêts à se refermer pour une douce étreinte, striée par les ombres mouvantes des sycomores qui animaient d'une façon irréelle sa robe de cocktail.

Il demanda :

– Ellie, c'est vous?

Puis il pénétra sous les ombres mouvantes et poussa un cri. C'était comme si l'univers explosait. La robe de cocktail tournoya follement avant de basculer et de choir tout d'une pièce, en proie à on ne sait quelle ivresse ou quelle démence soudaine. La Dame de la Malle se pencha en avant, un souffle rauque, un halètement s'éleva. Elle s'évanouissait.

Non! Elle tombait! Une ombre le frappa au visage avec une violence qui le surprit durement, une fois, deux fois, trois fois. Il tomba lui aussi à genoux et, avant qu'il ait pu seulement lever la main, il sentit des doigts sur son visage, des doigts impérieux qui étouffaient les sanglots dans sa bouche.

Mère!

Cette pensée l'avait frappé comme une gifle. Mère, revêtue de la robe de cocktail de la Dame de la Malle. L'attirant dans ses bras comme dans un piège.

Mère, ne me tue pas! Ne me tue pas ! voulait-il crier. *Si j'ai essayé d'appeler la police, je le regrette! Mère, tu aimes Père – c'est pour cela que tu as tué Ellie? Mère, lâche-moi! Mère, tu lui ressemblais tellement, debout dans l'ombre des sycomores!*

Mais les mains ne voulaient pas le lâcher. Il y eut une secousse, le heurt d'un corps contre le sien. Puis une série de chocs. Ces doigts étaient si vigoureux, si épais. Beaucoup *trop* épais! Johnny voulait crier, mais seul un souffle étranglé sortit de sa gorge.

La maison pesait sur lui de toute sa masse, comme prête à s'effondrer et à l'engloutir dans sa chute. La grande, l'antique demeure avec sa cargaison de corps endormis, ignorante du combat qui se livrait en silence devant le miroir brillant de la piscine.

Il comprit soudain qu'il ne s'agissait ni de Mère, ni de la Dame de la Malle. Ces doigts avaient trop de force. Qui est plus fort que Mère, plus dur et plus rapide?

Grand-mère peut-être?

Ce corps contre le sien, était bien trop musclé. Il parvint à se dégager partiellement, et vit à la lueur du clair de lune la robe de cocktail légère comme une aile de papillon étalée sur le sol. Et un bras étendu, un bras de mannequin. Le mannequin était par terre, froid, inerte dans sa chair de matière plastique. Et quelqu'un se tenait derrière Johnny, l'agrippait, le frappait.

Cousin William!

Mais il n'y avait pas la moindre odeur de cognac. Et ces gestes n'étaient pas ceux d'un homme ivre. On entendait un souffle clair et précipité, proche des sanglots.

Père!

Il voulut crier, *Père, non, je t'en prie, non!*

Puis cette voix. Puis ce petit objet noir rebondissant sur les dalles tout près de la piscine, et Johnny, brusquement, sut qui était là. Ces mains dures et cette voix dure et tendue qui chuchotait : « Tu as fait de la peine à ta mère! »

Je ne l'ai pas fait exprès, cria Johnny au fond de lui-même.

– Sans toi, poursuivit la voix qui chuchotait à son oreille, ta mère n'aurait jamais su que la Vilaine était morte!

Je n'ai pas fait exprès de trouver la Dame dans la malle, cria Johnny, tout en se débattant, mais aucun son ne sortait de sa bouche.

– Un choc comme celui-ci peut la tuer. Si elle meurt, je ne pourrai plus vivre. Depuis vingt ans, je n'ai qu'ellc. Depuis que c'est arrivé...

La voix baissa d'un ton avant de continuer.

– Ellie est venue à la réception. Ils ont essayé de me convaincre qu'il s'agissait de quelqu'un d'autre. Mais j'ai deviné. Elle est montée au premier, avec sa robe de cocktail, je lui ai offert un verre de cognac avec dc la poudre somnifère dedans, et je l'ai couchée bien gentiment dans la malle, pour qu'elle y dorme. Personne n'aurait rien su si *tu* n'étais pas allé regarder. Ellie aurait disparu, pour toujours, et puis voilà. Il n'y aurait eu que Grand-mère et moi pour le savoir! Mais tu es un Vilain, toi aussi, tu es un Vilain, comme Ellie! souffla la voix contre son oreille. Quelquefois je te regarde, et c'est *son* visage que je vois. Donc, maintenant...

Le Vilain. L'esprit de Johnny tournoyait, se cognait, cherchait désespérément une issue. *Oncle Flinny !*

L'Oncle Flinny, pensa-t-il. Pourquoi appelait-il Ellie, la Vilaine ? Pourquoi ? Toujours ces contes à dormir debout, Oncle Flinny. Depuis des années, vous me racontiez la même histoire, la même étrange histoire du Vilain et de la belle jeune femme, et voici que le Vilain était une Vilaine, qu'elle est venue à la maison pour être mon professeur, et que vous l'avez tuée ! Pourquoi ? Que vous avait-elle fait, à vous ? Pourquoi l'appeler la Vilaine ? Que signifiait ce conte ? Je n'y comprends rien.

– Ne me tuez pas, Oncle Flinny. L'eau est froide ce soir, et toute brillante. Je ne voudrais pas être là-dessous.

Il tenta de saisir ce corps, derrière lui, et perdit l'équilibre. Ils plongèrent tous deux dans la piscine. Il y eut une brève sensation d'étouffement et de nausée. Puis les doigts qui le tenaient relâchèrent leur prise. L'enfant se débattit dans l'eau noire, en aveugle, l'eau qui emplissait douloureusement ses narines tandis que des bulles s'échappaient de sa bouche.

Quand Johnny refit surface il entendit comme un soupir en dessous de lui, l'ultime effort d'un vieil homme luttant contre les eaux paresseuses qui se refermaient. L'homme ne remonta pas à l'air libre. Seules quelques bulles vinrent y éclater...

Hurlant et sanglotant, Johnny rampa hors de la piscine et la vit, étendue non loin de là, si seule, et si lasse dans sa robe de cocktail. Le pied de Johnny heurta un petit objet noir qui roula sur les dalles. Il se baissa pour le ramasser. C'était une pièce du jeu d'échecs, comme l'Oncle Flinny ne cessait d'en chiper dans la chambre de Grand-mère.

Il le serra très fort dans la paume de sa main et regarda la surface de la piscine, encore parcourue de quelques rides de plus en plus lentes, l'eau sous laquelle dormait l'Oncle Flinny. Tout cela était fou, trop fou. Insupportable.

Tremblant comme un chien malade, il examina la maison à travers ses larmes. Des fenêtres s'y éclairaient un peu partout, découpant dans la nuit des rectangles jaunes et orange. Père dévalait le grand escalier en criant, et la porte arrière s'ouvrait lorsque Johnny s'effondra, secoué de sanglots, sur les dalles froides et dures...

***

Mère était assise d'un côté du lit, Père de l'autre. Johnny pleura tout son soûl, puis, toujours étendu, regarda successivement son père et sa père.

– M'man?

Elle ne répondit pas, mais eut un petit sourire tandis que ses mains serraient très fort celles de Johnny.

– M'man, oh M'man, reprit Johnny, je suis tellement fatigué... et pourtant, je n'arrive pas à dormir. Pourquoi? Pourquoi P'pa? (Il se retourna vers son père :) P'pa, que s'est-il passé? Je ne le sais pas.

Papa avait du mal à parler. Il le fit, pourtant.

– Oncle Flinny a été marié, il y a vingt ans de cela. Mais sa femme est morte en donnant naissance à leur enfant. Oncle Flinny adorait sa femme. Elle était très belle, et très gentille. L'Oncle Flinny a pris le bébé en horreur. Il ne voulait pas en entendre parler. Pour lui, c'était un assassin. Tu peux comprendre ce qu'il ressentait, n'est-ce pas? Tu peux comprendre ce que *je* ressentirais si Maman mourait?

Johnny acquiesça d'un vague hochement de tête. Il n'était pas certain de comprendre.

– L'Oncle Flinny a confié le bébé, c'était une petite fille, à une institution. Il n'a pas voulu nous dire où. Elle a grandi, pleine d'amertume, sans pardonner à l'Oncle Flinny qui l'avait traitée ainsi. Elle n'avait pas demandé à naître, après tout. Tu comprends, mon fils ?

– Oui, P'pa.

– Donc, il y a tout juste un mois, Ellie, cette enfant, devenue grande, s'est procuré notre adresse, je ne sais comment. Elle nous a écrit. Nous lui avons proposé de devenir ton professeur en pensant que nous lui devions bien cela. Nous ne voulions pas que ton oncle le sache, mais quand Ellie est venue ici pour la réception et qu'elle est montée au premier étage, Oncle Flinny a compris qui elle était...

P'pa s'interrompit un instant, incapable de parler. Il reprit en fermant les yeux :

– C'est alors... que tu l'as trouvée dans le grenier. Nous avons essayé d'étouffer l'incident. Nous avons essayé de te la faire oublier. Cela n'a servi à rien. Nous ne pouvions pas oublier nous-mêmes. Il fallait que l'histoire éclate au grand jour. Mais tant de choses étaient en jeu, vois-tu, nous voulions agir le plus discrètement possible. Tout cela, mon fils, parce que nous pensions à des choses comme l'argent, notre réputation, les affaires et le qu'en-dira-t-on... Et vraiment, ça ne valait pas la peine !

Johnny secoua la tête.

– Et moi, je n'arrêtais pas de fourrer mon nez partout...

– Tu étais notre conscience, je crois. Un symbole, et des plus actifs. Tu mettais dans tous ses états la maisonnée entière. Oncle Flinny pensait que tu faisais de la peine à ta mère. Ta mère – sa sœur – était tout pour lui depuis la mort de sa femme.

– Et alors, il a voulu me tuer et faire comme si je m'étais noyé dans la piscine.

Mère se pencha d'un geste vif pour serrer Johnny contre elle.

– Je regrette, Johnny. Nous sommes aveugles, parfois. Je ne pensais pas qu'il irait jusque-là.

– Qu'allez-vous dire à la police?

– La vérité. Flinny l'a tuée, puis il s'est suicidé.

La voix de Mère semblait lointaine et fatiguée. Johnny entendit la sienne qui disait :

– L'Oncle Flinny venait chaque jour me raconter des histoires dans ma chambre, M'man. Je ne comprends toujours pas. C'était à propos d'un Vilain et de sa belle jeune femme, et...

– Un jour, quand tu seras plus grand, tu comprendras. Pauvre Ellie. Elle aura toujours été la Vilaine...

Tout s'estompait, tout s'éloignait. Tout était terminé, une fois pour toutes.

– Plus d'histoires le soir, M'man, s'il te plaît. Tu veux bien?

La voix de M'man murmura dans la pénombre :

– Plus jamais d'histoires, Johnny.

Johnny roula sur le côté, basculant dans ses rêves. Sa main gauche s'ouvrit, laissant échapper le petit objet sombre qui rebondit plusieurs fois sur le sol. Le Chevalier Noir roulait encore que Johnny dormait déjà.

(Titre original : *The Trunk Lady*.)

HIER, J'ÉTAIS VIVANTE

Le temps passa, tout comme la pluie, le froid et les brouillards, sur le cimetière d'Hollywood et sur une pierre tombale portant le nom de Diana Coyle. Des années s'étaient écoulées quand Cleve Morris, refermant la porte du studio de projection sur la tempête qui faisait rage au-dehors, leva les yeux vers l'écran.

Elle était là, étirant son long corps paresseux et languide. Ses cheveux roux, flamboyants, mettaient en valeur ses yeux verts.

Et Cleve pensait : *Est-ce qu'il fait froid, là, dehors, Diana? Il ne fait pas trop froid, ce soir? La pluie t'a-t-elle déjà atteinte? Les années ont-elles eu raison des murs de bronze de ta dernière demeure et es-tu encore... belle?*

Il la regarda traverser l'écran de sa démarche aérienne, il entendit sonner son rire, et l'image se brouilla devant ses yeux humides pour laisser place à des rayures mouvantes et colorées.

Il fait si bon ici, ce soir, Diana. Tu es là, avec toute la chaleur, et pourtant ce n'est qu'une illusion. Voici trois ans qu'on t'a enterrée, et les chasseurs d'autographes qui hantent le studio ne jurent que par quelque autre actrice.

Un sanglot lui monta à la gorge. Il n'y avait pas de raison pour éprouver de tels sentiments, mais elle inspirait les mêmes à tout le monde. Oui, tout le monde l'aimait – et la haïssait – d'être aussi adorable.

Mais peut-être, *toi*, l'aimais-tu encore plus que tous les autres.

Qui es-tu toi-même, d'ailleurs? C'est à peine si elle te voyait. Cleve Morris, agent de sécurité, passant deux heures par jour derrière le comptoir du hall à presser sur un bouton pour faire entrer et sortir les gens, et six heures à arpenter les plateaux de tournage pour vérifier que tout était bien à sa place. Elle te connaissait à peine. C'était toujours : « Salut, Diana, » et « 'jour, sergent! », et « Bonsoir, Diana », quand elle passait, accompagnée du bruissement de sa longue robe du soir et jetait un clin d'œil pardessus son épaule nue. « 'Soir, sergent. Soyez sage! »

Trois années s'étaient écoulées. Cleve se laissa glisser dans son fauteuil. D'un léger tintement, sa montre lui signala qu'il était huit heurcs. Le studio retournait au silence, les lumières s'éteignant les unes après les autres. Demain, il y aurait à nouveau du bruit et du mouvement. Beaucoup. Mais maintenant, cette nuit, il resterait seul ici à regarder les anciens films de Diana Coyle. Derrière lui, dans la cabine de projection, manipulant les lourdes bobines de pellicule, opérait Jamie Winters, le cameraman du Studio A-1.

Vous voici donc, tous les deux, et la soirée est déjà bien avancée. La lumière clignote sur l'écran, brouillant le merveilleux visage. Un nouveau clignotement t'exaspère. Il s'en produit deux autres, plus longs puis le film reprend son défilement normal. Copie en mauvais état. Cleve s'enfonce dans son fauteuil, et se souvient. Trois ans plus tôt, presque jour pour jour, et à cette même heure... le ciel noir, la pluie... trois ans.

Cleve était à son poste ce soir-là. Les gens fonçaient à travers la porte, tout scintillants de pluie et sans le voir. Il se sentait comme une momie dans un musée, regardant passer des gardiens qui auraient cessé depuis longtemps de lui prêter la moindre attention. Comme une machine à presser sur un bouton pour leur ouvrir les portes.

– Bonsoir, Mr. Guilding.

R. J. Guilding prit le temps de réfléchir avant de renvoyer le salut d'un geste de sa main gantée de gris. Sa tête blanche accompagnait le mouvement. *Est-il si bon que cela, vraiment? On devient comme ça, quand on est producteur.*

Buzz. La porte s'ouvre. *Slam.*

– Bonsoir, Diana.

– Pardon?

Elle surgissait de cette nuit pluvieuse, l'ovale de son visage constellé de petites pierreries brillantes. Il aurait voulu les boire, à pleines lèvres. Elle avait l'air perdue et solitaire.

– Ah, salut, Cleve. On va finir tard ce soir. Ce fichu film est presque terminé. Bouh, que je suis fatiguée!

Buzz. Ouverture de la porte. *Slam.*

Il la regarda s'éloigner, s'efforçant de garder son parfum le plus longtemps possible.

– Eh, pieds-plats! lança quelqu'un.

Un charmant garçon se penchait au-dessus du comptoir, un sourire ironique aux lèvres. Robert Denim.

– Ouvre-moi donc la porte, paysan. On n'aurait

jamais dû te mettre à ce poste. Tu es trop sensible au charme féminin, mon pauvre vieux.

Cleve lui jeta un regard étrange.

– Elle ne vous appartient plus, n'est-ce pas?

Le visage de Denim, soudain, n'avait plus rien de charmant. Il resta silencieux un court instant, mais le coup d'œil qu'il lui jeta était de nature à dissiper tous les doutes de Cleve. Denim saisit la poignée et secoua la porte d'un geste brutal.

Cleve fit exprès de ne pas appuyer sur le bouton. Denim se retourna en lâchant un juron, le poing déjà serré sous sa main gantée. Cleve pressa la minuterie en souriant, d'un sourire qui mit fin à l'hésitation de Denim, lequel franchit la porte qui s'ouvrait enfin et partit à grandes enjambées dans les couloirs, vers le studio.

Quelques minutes plus tard, Jamie arrivait à son tour, secouant la pluie de ses vêtements, vibrant dc colère.

– Cette Diana Coyle, Cleve, je t'assure!... Elle est incapable de se coucher tôt et elle voudrait avoir l'air d'une gamine de douze ans quand je la photographie! Quel boulot, mes aïeux!

Après Jamie Winters arriva Georgie Kroll, et Tally Durham qui ne le lâchait pas d'une semelle de crainte que Diana ne le lui prcnne. Mais il était déjà trop tard. Il suffisait de voir la tcte de Georgie pour savoir qu'il était déjà pris; et à voir Tally, on comprenait qu'elle le savait, mais ne parvenait pas à y croire.

Slam.

Cleve parcourut sa liste de noms, et constatant que tous ceux qui devaient travailler ce soir étaient déjà arrivés, il se détendit. Ils travaillaient dans une grande ruche dont Diana était la reine, toutes les abeilles bourdonnant autour d'elle. Le studio resterait ouvert tard ce soir, rien que pour elle. Pour elle les éclairages, le son, la couleur, tout le remue-ménage. Cleve fuma tranquillement une cigarette, renversé sur son siège, souriant à ses pensées. *Diana, si on s'achetait une petite maison, toi et moi, du côté de San Fernando, là où les terres sont inondées chaque printemps et se couvrent de fleurs sauvages dès que les eaux se retirent. On ferait de jolies balades en canoë, Diana, même pendant les crues. On aurait les fleurs, les prairies, le soleil, et la paix au fond de la vallée. Diana.*

Les seuls bruits qui parvenaient à Cleve étaient celui de la pluie contre les carreaux, un roulement de tonnerre de temps à autre et le tic-tac de sa montre-bracelet, insistant comme un termite forant un trou dans l'épaisseur du silence.

Tictactictactictactictac...

Le cri, répercuté dans tout le bâtiment, le fit bondir de son fauteuil jusqu'au centre du hall d'entrée. Une script-girl surgit, titubant sur des jambes molles, et bredouillant des mots sans suite. Cleve l'empoigna et la maintint pour qu'elle se calme.

– Elle est morte ! Elle est morte !

Silence. La montre qui reprend son tictactictactic...

Un éclair illumina tout, tandis qu'un vent glacial s'abattait sur la nuque de Cleve. Il éprouvait une nausée, et il avait peur de poser la seule et simple question qu'il aurait dû poser. Il fuyait l'évidence, allant verrouiller les portes de bronze de l'entrée et s'assurant qu'aucune fenêtre n'était ouverte. Quand il se retourna, il vit la script-girl appuyée à son comptoir, secouée de tremblements comme une machine délicate en train de se démantibuler.

– Sur le plateau 12. Il y a un instant, haleta-t-elle. Diana Coyle.

Cleve se rua le long des couloirs sombres qui se renvoyaient le bruit de sa course solitaire. Au-devant de lui des flots de lumière se déversaient par l'entrée du plateau dont on avait laissé les portes ouvertes; des silhouettes de gens choqués, immobiles, se découpaient sur le grand rectangle lumineux.

Quand il arriva sur le plateau, le cœur battant, il la vit par terre.

C'était la plus belle des créatures qu'on ait jamais vues mourir.

Sa longue jupe argentée faisait comme un lac autour d'elle. Les ongles de ses mains évoquaient cinq scarabées écarlates posés de chaque côté de son corps inerte.

Tous les projecteurs étaient braqués sur elle, luttant vainement contre le froid qui la gagnait déjà. Mon sang, lui aussi, se refroidit, songea Cleve. Réchauffez-moi, lumières!

Sous le choc qui les pétrifiait tous, la scène avait la fixité d'une photographie.

Denim parla le premier, en tripotant une cigarette.

– Nous étions en plein tournage. Elle est tombée, et voilà.

Tally Durham, haute comme trois pommes, zigzaguait de l'un à l'autre en disant : « Nous avons tous cru qu'elle s'était évanouie, c'est tout! Je suis allée chercher des sels! »

Denim, terriblement nerveux, tirait sur sa cigarette.

– Les sels n'ont rien fait...

Pour la première fois de sa vie, Cleve toucha Diana Coyle.

Mais c'était trop tard. A quoi bon toucher une froide argile, quelqu'un qui ne se tournera pas vers vous en riant de ses yeux verts, de ses lèvres joliment arquées ?

Il l'effleura et dit :

– On l'a empoisonnée.

Le mot de « poison » se répandit sur le plateau et gagna la zone obscure, derrière les projecteurs, déclenchant une série d'échos.

– Elle... elle a bu quelque chose..., bégaya Georgie Kroll. Elle s'est servie dans le casier des boissons non alcoolisées... il y a deux minutes. Environ.

Cleve, comme dans un brouillard, se dirigea vers le casier. Il mit son nez au goulot d'une bouteille qu'il reposa soigneusement de côté (en utilisant son mouchoir), dans l'une des boîtes appartenant au studio et qui servaient à transporter les repas.

– Que personne n'y touche.

Le sol, en une matière caoutchouteuse, amortissait les bruits.

– Quelqu'un a-t-il touché cette bouteille avant que Diana n'y boive ?

Tout en haut du ciel éclatant de lumière électrique, un type se tenait penché comme un dieu court-circuité.

– Eh, Cleve, juste avant de commencer la scène, nous avons eu une panne d'éclairage. Quelqu'un avait poussé la manette d'alimentation générale. On est resté dans le noir presque deux minutes. C'est plus de temps qu'il n'en fallait pour mettre quelque chose dans cette bouteille !

– Merci.

Cleve se tourna vers Jamie Winters, le cameraman.

– Tu avais de la pellicule dans ta caméra ? Tu l'as filmée pendant qu'elle... mourait ?

– Je pense. Certainement!

– Combien de temps pour développer?

– Deux, trois heures. Je dois appeler Juke Davis pour qu'il vienne au studio.

– Téléphone-lui. Et prends deux gardes pour veiller sur ce film. Grouille-toi.

Des sirènes hurlaient dans le lointain tandis qu'Hollywood se préparait à dormir. Quelqu'un, sur le plateau, comprenant tout ce que signifiait la mort de Diana, éclata en sanglots.

Si seulement je pouvais l'imiter, songeait Cleve. *Si seulement je pouvais pleurer. Que suis-je censé faire maintenant, jouer les Sherlock Holmes? Interroger tout le monde, alors que mon cœur a cessé de battre?* Puis il se mit à parler. Il entendait sa voix comme celle d'un autre.

– Nous finirons sans doute tard, ce soir, les uns et les autres. Nous devons refaire cette scène. Et nous ne partirons pas avant d'en avoir terminé. Tout le monde à son poste, en attendant l'arrivée de la police. Nous allons refaire cette scène. En place, s'il vous plaît.

Et ils refirent la scène.

Les hommes de la brigade criminelle arrivèrent. Il y avait un inspecteur du nom de Foley et un autre du nom de Sadlowe. L'un était gros, l'autre petit. L'un parlait beaucoup, et l'autre écoutait. C'était Foley qui parlait, et il réussit à donner une méchante migraine à Cleve.

R. J. Guilding, le metteur en scène et producteur du film, s'effondra dans son fauteuil de toile en s'épongeant le visage et tenta d'expliquer à Foley qu'il ne fallait pas que la presse s'empare de cette histoire.

Foley lui ordonna de se taire. Puis il regarda Cleve comme s'il avait affaire à un suspect.

– Qu'est-ce que tu as trouvé, mon gars?

– La caméra était chargée. On a filmé la mort de Diana... je veux dire, de... Miss Coyle.

Les sourcils de Foley se dressèrent en accents circonflexes.

– Ah bon. Voyons ça.

Ils allèrent chercher le film au laboratoire. Cleve avait carrément peur de cet endroit. Il en avait toujours été ainsi. C'était un vaste tombeau avec des passages obscurs et un labyrinthe de corridors peints en noir pour arrêter la lumière. On avançait à tâtons en trébuchant dans les ténèbres, on cherchait son chemin en tâtant les murs, on faisait mille tours et détours, on se perdait, on jurait, on revenait sur ses pas, on repartait en direction du sud, puis vers l'est, l'ouest, le sud à nouveau pour déboucher dans un lieu immense, un espace aux murs tachetés de vert, vaste comme l'univers. Là, parmi les zébrures vertes et les éclairs éblouissants, de sombres serpents de pellicule montaient et redescendaient interminablement du sol au plafond, entraînés par de grandes bobines métalliques. L'unique mais puissante source de lumière provenait du projecteur qui imprimait en positif les images négatives défilant devant lui sur deux bandes parallèles. La bande positive divergeait alors pour entamer une série de bains de développement. Cet endroit ressemblait à une morgue, pleine de cris et de gémissements. Et Juke Davis y évoluait avec des gestes de déterreur de cadavres.

– Il manque encore le son. Je vous le donnerai plus tard, annonça Davis. Tenez, Mr. Foley, voici votre film.

Ils repartirent dans le labyrinthe, emportant le film.

Cleve et les inspecteurs Foley et Sadlowe dans la salle de projection, Jamie Winters dans la cabine, regardèrent le film de la mort de Diana Coyle. On avait condamné le plateau 12, où les autres policiers interrogeaient, par ordre alphabétique, toutes les personnes présentes.

Sur l'écran, Diana riait. Robert Denim se mettait à rire aussi. Tout cela dans un complet silence. Les bouches s'ouvraient, mais il n'en sortait aucun son. Des gens dansaient derrière eux, Diana et Robert Denim dansaient aussi, lentement, calmement, avec une sorte de nonchalance. Puis ils s'arrêtaient et commençaient à discuter avec un autre couple. Tally Durham et Georgie Kroll.

Foley se tourna vers Cleve.

– Tu savais que ce type, Georgie Kroll, était lui aussi amoureux de Diana?

Cleve hocha la tête.

– Qui ne l'était pas?

– C'est vrai. Qui ne l'était pas. Bon...

Il lança un regard soupçonneux vers l'écran.

– Et l'autre fille, Tally Durham, elle n'était pas jalouse?

Y avait-il dans tout Hollywood une seule fille qui ne fût pas jalouse de Diana Coyle, simplement parce qu'elle était... la perfection? Cleve parla de l'amour de Tally pour Georgie Kroll.

– C'est toujours la même histoire, remarqua Foley en secouant la tête.

– C'est peut-être Tally qui a tué Diana, dit Cleve. Allez savoir... Georgie aussi avait des raisons de le faire. Diana le traitait comme un chien. Il était toujours dans ses jambes et elle ne lui accordait rien. Et ils étaient nombreux, comme lui. Si elle a aimé un homme dans sa vie, c'est Robert Denim. Et cela n'a pas duré très longtemps. Denim est un peu trop... dur, si vous voyez ce que je veux dire.

Foley émit un grognement.

– Nous voici bien avancés avec trois suspects à l'écran. N'importe lequel d'entre eux a pu mettre du poison dans cette bouteille. Les lumières sont restées éteintes à peu près une minute et demie. Il suffisait d'avoir une boîte de nicotine Black Leaf Forty [1] achetée au drugstore du coin et d'en verser une vingtaine de gouttes dans la boisson puis de reprendre sa place. Ni vu ni connu avant que les projecteurs ne se rallument. Un jeu d'enfant.

Sadlowe ouvrit la bouche pour la première fois de la soirée.

– Il doit y avoir un moyen, avec ce film, de séparer les coupables des innocents.

C'était une brillante observation.

Cleve retint son souffle quand il la vit, *elle*, en train de mourir sur l'écran.

Elle mourait comme elle faisait tout, comme elle avait tout fait dans sa vie. Impossible de ne pas admirer la grâce, la passion et la maîtrise de soi digne d'un grand félin qui s'exprimaient dans tous ses gestes. Au beau milieu de la scène, elle oubliait son texte. Elle portait lentement la main à sa gorge et se retournait. Son visage changeait d'expression. Son regard était directement braqué sur le public, comme si elle avait eu conscience d'interpréter son dernier – et, pour parler cyniquement, son meilleur rôle.

Puis elle s'écroulait, avec la légèreté soyeuse d'une marquise soudainement privée de ses arceaux métalliques.

1. Pesticide.

Denim s'était accroupi près d'elle et ses lèvres prononçaient silencieusement son nom : « Diana. »

Et Tally Durham poussait un grand cri tout aussi silencieux juste avant que l'image fasse place à un noir complet, entrecoupé par un défilement de chiffres sur fond de couleurs ambrées auxquels succéda la seule lumière aveuglante du projecteur.

Oh, Seigneur, ce désir d'appuyer sur un bouton, maintenant, et de faire défiler le film en arrière pour la ressusciter! Comme dans ces films comiques où l'on voit des trains accidentés regagner leurs rails, des empereurs déchus se rasseoir sur leur trône, le soleil couché à l'ouest se relever à l'est, – et Diana Coyle nous revenir du royaume des morts!

La voix de Jamie Winters leur parvint depuis la cabine de projection.

– Et voilà. C'est tout ce qu'il y a. Vous voulez le revoir?

– Ouais, répondit Foley. Repassez-le-nous cinq ou six fois.

– Excusez-moi, dit Cleve.

– Où allez-vous?

Il sortit. La pluie glaciale lui fouetta le visage. Derrière lui, Diana, telle un pantin mécanique, n'en finissait plus de mourir encore et encore. Cleve serra les mâchoires et, levant les yeux au ciel, laissa la nuit pleurer sur lui, le noyer, l'engloutir sous ses larmes; une parfaite harmonie régnait entre lui-même et les ténèbres en pleurs.

***

La tempête fit rage jusqu'au lendemain matin, au-dehors comme à l'intérieur du studio. Foley les interrogea tous, en hurlant. Tous répondirent calmement qu'ils n'étaient pas coupables; oui, ils avaient détesté Diana, mais en même temps ils l'aimaient. Oui, ils avaient été jaloux d'elle, mais c'était aussi une gentille fille.

Foley eut l'idée géniale de convoquer tous les suspects dans la salle de projection, et leur infligea à tous une peur mortelle sans rien prouver pour autant, en leur montrant la dernière scène de Diana. R. J. Guilding, perdant son contrôle, éclata en sanglots. Georgie se mit à gémir, et Tally à glapir. Cleve fut saisi de nausée, et on continua.

Georgie déclara que oui, oui, il aimait Diana; Tally dit que oui, oui, elle la haïssait; Guilding réaffirma que Diana lui avait causé des ennuis en retardant le tournage; et Robert Denim admit qu'il avait tenté une réconciliation avec son ex-épouse. Jamie Winters raconta comment Diana, se couchant à des heures tardives, devenait de moins en moins photogénique.

– Elle m'a dit que tu faisais exprès de louper tous ses plans! aboya R. J. Guilding.

Jamie Winters gardait tout son calme.

– C'est faux. C'est elle qui se gâchait le teint, et ensuite il lui fallait accuser quelqu'un, – moi en l'occurrence!

– Vous étiez amoureux d'elle, vous aussi? demanda Foley.

– Si je suis devenu son photographe, c'est pour quel motif, à votre avis? répliqua Winters.

L'aube se leva et trouva Diana Coyle tout aussi morte que la veille au soir. Les hautes portes du plateau s'écartèrent avec un grondement, libérant les suspects qui rejoignirent leurs voitures, à pas lents, pour rentrer chez eux.

Cleve les regarda partir. Il avait mal aux yeux. Il

parcourut le studio en silence, vérifiant tout méticuleusement, y compris ce qui n'avait pas besoin d'être vérifié. Par-dessus le mur lui parvenaient les senteurs végétales du cimetière tout proche.

Etrange ville qu'Hollywood, où l'on pouvait bâtir un studio en bordure d'un cimetière. Un simple mur les séparait. Et on avait l'impression, certains jours, que tous les habitants du royaume des images ne songeaient qu'à passer de l'autre côté de ce mur. Les uns se noyaient dans un océan d'alcool, d'autres fumaient à en mourir, et tous rêvaient d'une place dans ce champ de repos, un refuge sans téléphone. Diana, quant à elle, n'avait pas eu besoin d'escalader le mur.

Quelqu'un l'avait poussée de l'autre côté...

Cleve se cramponnait à son volant, prêt à le briser, tous ses muscles bandés, insultant l'univers entier qui se mettait en travers de son chemin, bon Dieu ! Il commençait à devenir enragé !

On enterra la star par une de ces belles journées ensoleillées de Californie, avec un vent froid et sec soufflant sur les tombes, beaucoup trop de fleurs rouges, jaunes et bleues, et des torrents de larmes de cinéma.

Pour la première fois, après la cérémonie, Cleve but jusqu'à être soûl.

Quelques jours plus tard, on l'appela du studio.

– Dis donc, Morris, qu'est-ce qui ne va pas ? Où étais-tu passé ?

– J'étais chez moi, répondit Cleve sombrement.

Il n'allumait plus la radio, ne sortait plus le soir pour arpenter les rues en rêvant. Il n'ouvrait plus un journal : il aurait pu y voir une photo d'elle. A la radio aussi on parlait d'elle, et il avait failli briser son poste. A la fin de la semaine elle reposait en paix sous la terre et les journaux, après lui avoir tressé en première page leurs couronnes à l'encre noire, racontaient l'histoire de sa vie en page deux le vendredi suivant, en page quatre le mardi, en page cinq le vendredi, en page dix le samedi; et le lundi d'après, ils rédigeaient un ultime chapitre, casé à la vingt-neuvième page, entre les colonnes de chiffres de la chronique boursière.

Tu dégringoles, Diana! Tu dégringoles! Toi qui faisais toujours la une!

Cleve reprit son travail.

Quand arriva la fin de la semaine, il n'y avait plus dans le cimetière que cette pierre tombale toute neuve. Les journaux pourrissaient dans les ruisseaux, et l'eau effaçait peu à peu l'encre de son nom. A la radio, il n'était question que de la guerre, et Cleve, de retour au travail, avait ce nouveau regard bizarre.

Il pressait toute la journée le bouton de l'ouvre-porte, et les gens entraient et sortaient. Il voyait chaque matin Tally Durham arriver de sa démarche dansante, heureuse maintenant que Diana n'était plus là, ne lâchant pas d'une semelle Georgie Kroll qu'elle avait désormais pour elle seule, sauf son âme et son esprit. Il regardait entrer Robert Denim, et jamais ils ne s'adressaient la parole. Il saluait Jamie d'un geste de la main et se montrait poli avec R. J. Guilding.

Mais il les observait tous attentivement, tel un dialoguiste à la recherche d'une réplique oubliée ou escamotée.

Les journaux, enfin, annoncèrent que l'enquête sur la mort de Diana Coyle avait conclu au suicide de l'actrice, et le chapitre fut clos.

Deux semaines plus tard, Cleve était toujours

confiné dans son appartement quand le téléphone sonna.

– Cleve, ici Jamie Winters. Dis donc, le flic, tu vas sortir de ton trou ? On compte sur toi ce soir. J'ai dégoté des chutes du dernier film de Clark Gable.

Une discussion s'ensuivit. Cleve finit par céder et se rendit à la soirée en question. Ils s'assirent devant le petit écran que Jamie avait installé dans son salon, et Jamie leur projeta des séquences de film mises au rebut, de celles qu'on ne voit jamais dans les salles de cinéma. Garbo se prenant les pieds dans un câble électrique et s'étalant sur le plateau ; Spencer Tracy disant son texte de travers et jurant ; William Powell victime d'un trou de mémoire, tirant la langue à la caméra... Cleve éclata de rire pour la première fois depuis un million d'années.

Jamie Winters avait ainsi une inépuisable collection de bouts de films sur lesquels de grandes stars se trompaient et lâchaient des propos inconvenants.

Mais quand apparut Diana Coyle, ce fut pour Cleve comme un coup de poing dans l'estomac, comme si on lui avait vidé en pleine figure le chargeur d'un revolver ! Il sursauta, ouvrit la bouche pour respirer et ferma les yeux en serrant de toutes ses forces les bras de son fauteuil.

Puis, brusquement, il redevint très calme. Il venait d'avoir une idée. Elle l'avait frappé alors qu'il regardait l'écran, comme une pluie froide qui vous cingle le visage.

– Jamie !

La voix de Jamie s'éleva dans l'obscurité striée d'éclairs par la lumière du projecteur.

– Oui ?

– Viens dans la cuisine, Jamie. Il faut que je te parle.

– Pourquoi ?
– Peu importe. Laisse le projecteur tourner tout seul, et viens.
Dans la cuisine, Cleve prit le bras de Jamie.
– C'est au sujet de ces bouts de films que tu es en train de nous montrer. Les ratages. Les séquences censurées. Tu as gardé des chutes comme celles-ci du dernier film de Diana ? Des scènes loupées, des incidents ?
– Ouais. Au studio. Je les collectionne. J'adore ça. Habituellement, ces trucs-là vont à la poubelle. Moi, je les garde pour me marrer.
Cleve respira profondément.
– Tu peux me passer ces films ? Tous ceux que tu as. Tu peux les apporter demain et on les visionnera ensemble ?
– Certainement, si tu y tiens. Mais je ne vois pas très bien...
– Pas de commentaires, Jamie. Fais simplement ce que je te demande, d'accord ? Apporte-moi toutes les chutes, toutes les séquences qui n'étaient pas bonnes. Je veux voir qui était responsable du ratage des scènes, qui causait le plus d'embêtements, et pourquoi ! Tu feras ça pour moi, Jamie ?
– Bien sûr, bien sûr, Cleve, aucun problème. Mais ne t'énerve pas comme ça. Assieds-toi. Tiens, bois quelque chose.
Cleve, le jour suivant, mangea sans grand appétit. Les heures passaient trop lentement. Le soir venu, il avala un repas léger et quatre cachets d'aspirine. Puis il monta dans sa voiture et se rendit chez Jamie Winters.
Celui-ci l'attendait. Il y avait de quoi boire et le projecteur était déjà chargé.
– Merci, Jamie.

Cleve s'assit et saisit son verre d'une main nerveuse.

– Bon. On peut commencer?

– Moteur! fit Jamie.

Lumière sur l'écran.

– Prise 1, scène 7. *La Vierge dorée.* Diana Coyle, Robert Denim.

Clack!

Paysage. Une terrasse au clair de lune, au bord de l'océan. Diana en train de parler.

« Quelle nuit merveilleuse. Si merveilleuse que je n'arrive pas à y croire. »

Robert Denim tenait ses mains dans les siennes et la fixait. « Je crois que je saurai t'y faire croire. Je... Merde! »

« Coupez! » C'était la voix de Guilding, hors champ.

Le film continuait. Denim était affreux, les traits sombres et fatigués.

« Et voilà! Tu recommences à tirer la couverture à toi! »

« Moi? » Diana avait brusquement cessé d'être belle. Elle secouait d'un geste coléreux ses ailes poudrées d'or. « Moi? Espèce de petit cabotin, grande gueule, sale... »

Flick! Noir. Fin de la séquence.

Cleve restait immobile sur son siège, le regard éteint. Il remarqua :

– Ils ne s'entendaient pas, n'est-ce pas? (Puis, comme pour lui-même :) Je suis bien content.

– En voici une autre, annonça Winters tandis que le projecteur se remettait à cliqueter.

Autre séquence. Une scène de réception. Rires et musique et, par-dessus, violent, amer et accusateur : « ... Bon sang! »

« ... Tu as fait exprès de changer ta réplique! Minable petit... »

Diana et Robert Denim, encore!

Et ainsi de suite. Six séquences, sept, huit!

« Dieu m'est témoin qu'un jour il faudra bien que quelqu'un te cloue le bec! » criait Denim.

« Qui? » ripostait Diana, ses yeux verts lançant des éclairs comme deux petites pierres précieuses. « Toi, morveux? »

Et Denim, la toisant, très calme, répondait : « Oui. Moi peut-être. Pourquoi pas? C'est une idée. »

Il y avait aussi quelques sérieux accrochages avec Tally Durham, et une séquence où Diana étrillait durement Georgie Kroll, lequel finissait par perdre son sang-froid pour s'excuser ensuite lamentablement. Mais la proportion était d'un incident avec Georgie ou Tally contre sept avec Denim. Et il y en avait encore, et encore, et encore!

– Arrête, arrête!

Cleve se leva de son fauteuil. Sa silhouette, découpée par le faisceau du projecteur, se balança un instant sur l'écran.

– Merci de t'être donné tout ce mal, Jamie. Mais je suis fatigué, moi aussi. Est-ce que je... tu peux me laisser les séquences avec Denim?

– Bien sûr.

– J'irai au commissariat ce soir, et je leur livrerai le nom de Robert Denim, meurtrier de Diana Coyle. Encore une fois, merci Jamie. Ton aide m'aura été précieuse. Bonne nuit.

Cinq, dix, quinze, vingt heures. Comptez-les par deux, comptez-les par quatre, comptez-les par six. Discutez, disputez-vous avec les flics, puis rentrez chez vous et écroulez-vous dans votre lit.

Et pour toi, Robert Denim, brave petit assassin, il est temps d'aller faire un tour à la chambre à gaz!

Et voici qu'au milieu de la nuit, votre téléphone sonne.

– Allô!...

Et une voix, dans l'obscurité :

– Cleve?

– Oui.

Et la voix qui dit :

– C'est Juke Davis. Au laboratoire. Viens vite, Cleve. Je suis blessé, je suis blessé, oh, je suis...

Un corps tombe à l'autre bout du fil.

Et c'est le silence.

Il trouva Juke dans un bain écarlate qui provenait de son propre corps qu'un couteau avait percé. Ce qui avait été ses rêves, ses mots et toute son existence se répandait sur le sol.

Le récepteur du téléphone se balançait au bout de son fil contre le mur verdâtre. Le laboratoire était plongé dans l'obscurité. Quelqu'un avait surgi de l'ombre après avoir parcouru lentement les sombres corridors et Cleve, maintenant, n'entendait plus que le bruit de la pellicule cheminant interminablement sur ses poulies comme une vigne lancée vers le soleil dans la nuit de l'immense pièce. Pétrifié, il s'agenouilla près de Juke. L'homme gisait à terre, contre la machine dont le projecteur clignotant imprimait en positif l'image négative. Il avait rampé jusque-là, à travers le laboratoire.

Dans l'un de ses poings serrés, Cleve trouva un morceau de pellicule : on y voyait les visages de Tally, Georgie, Diana et Robert Denim. Juke avait découvert quelque chose, quelque chose à propos de ce film, quelque chose qui concernait l'assassin; et sa récompense était venue sans se faire attendre, à travers les ténèbres du studio.

Cleve se dirigea vers le téléphone.

– Ici, Cleve Morris. Robert Denim est-il toujours détenu à la prison centrale?

– Il est dans sa cellule et il refuse de parler. Moi, je te le dis, Morris, c'est un tuyau crevé que tu nous as refilé avec tes bouts de pellicule...

– Merci.

Cleve raccrocha. Il regarda Juke au pied de l'énorme machine.

– Eh bien, Juke, c'était qui? Ce n'était pas Denim. Restent Georgie et Tally. Alors?

Juke ne répondit pas et la machine, dans le silence, continua à égrener sa chanson lente et triste.

Une année s'écoula. Puis une autre. Puis une troisième.

Robert Denim signa un contrat avec un autre studio. Tally épousa Georgie, Guilding mourut à New York, au cours d'une fête, d'une insuffisance cardiaque et d'un excès d'alcool, et le temps passant, tout le monde oublia. Enfin, presque tout le monde...

Diana, petite fille, est-ce qu'il fait froid ce soir, là, dehors?

Cleve se leva. Trois ans, déjà. Il cligna des yeux. Par une nuit comme celle-ci, froide et pluvieuse...

Il y eut un clignotement sur l'écran.

Cleve n'y prêta guère attention. Le clignotement reprit, bizarrement. Cleve se raidit. Son cœur se mit à battre à coups rapides dans sa poitrine, au même rythme que le cliquetis du projecteur. Il se pencha en avant.

– Jamie, s'il te plaît, tu peux repasser les trente dernières secondes?

– Bien sûr, Cleve. Pas de problème...

Clignotements. Imperfection de la pellicule. Longues striures. Des taches comme de gros pâtés.

certaines fugitives, d'autres s'attardant sur l'écran. Cleve se mit à épeler : W... I... N...

Cleve poussa si doucement la porte de la cabine de projection que Jamie Winters ne l'entendit pas. L'homme regardait fixement l'écran et il y avait sur son visage une étrange expression de contentement. L'expression d'un saint contemplant un nouveau miracle.

– Tu t'amuses bien, Jamie?

Winters tressaillit et sourit, mal à l'aise.

Cleve donna un tour de clé. Puis il se mit à parler, calmement, sans élever le ton.

– Il m'en aura fallu, du temps. J'en aurai passé, des nuits sans dormir. Trois ans, Jamie. Trois ans. Et ce soir, tu n'avais rien à faire, alors tu as projeté quelques bouts de films, histoire de te marrer, comme tu dis. De te marrer en regardant Diana et en te disant que, décidément, tu étais sacrément malin. Peut-être que tu trouvais drôle, aussi, de me voir souffrir : tu savais à quel point je l'avais aimée. Tu es souvent venu ici depuis trois ans pour te marrer en la regardant, Jamie?

Winters se mit à ricaner un peu niaisement.

– Elle ne t'aimait pas, n'est-ce pas? continua Cleve. Tu étais son photographe. Et pour tout arranger, tu t'es mis à mal la photographier. Tout concorde. Ses deux derniers films n'étaient pas bons. Elle avait mauvaise mine. Ce n'était pas de sa faute, c'était de la tienne et de la façon dont tu utilisais ta caméra. Alors Diana t'a menacé. Elle t'a dit que tu ne pourrais plus travailler pour aucun studio. Non seulement elle ne t'aimait pas, mais elle te menaçait de ruiner ta carrière. Qu'as-tu fait alors, Jamie Winters? Tu l'as tuée.

– Si c'est une plaisanterie, elle n'est pas drôle, protesta Winters en se raidissant.

Mais Cleve ignora la remarque.

– Diana a regardé la caméra à l'instant de mourir. C'est toi qu'elle regardait. Nous n'y avons jamais pensé. On a toujours l'impression que l'acteur a les yeux tournés vers le public et non pas vers l'homme qui se trouve derrière la caméra. Elle est morte. Tu as filmé sa mort. Plus tard, un soir, tu m'as invité chez toi et tu m'as tendu un hameçon avec tous ces bouts de films montrant Denim sous son plus mauvais jour. J'ai soupçonné Denim. Tu as détruit les autres séquences, celles qui étaient à son avantage. Mais Juke Davis a fini par découvrir ce que tu fabriquais. Il passait son temps à travailler sur la pellicule, et il savait que tu trafiquais avec des chutes de films. Toi, tu voulais faire coincer Denim car tu te disais qu'une fois qu'on tiendrait un coupable, tu ne risquerais plus rien. Comme Juke posait trop de questions, tu l'as poignardé et tu as volé pour les détruire les quelques séquences qu'il avait découvertes. Juke n'a rien pu dire au téléphone, mais il a réussi à mettre sa main devant la machine à tirer les positifs et à imprimer les lettres de ton nom : W-I-N-T-E-R-S pendant que le film défilait. Il s'est trouvé que ce soir-là, justement, il tirait le dernier film de Diana ! Et toi, tu t'es mis à me le projeter, il y a dix minutes, en pensant qu'il s'agissait simplement d'une pellicule endommagée !

Jamie Winters bondit, rapide comme un chat, ouvrit brutalement le magasin du projecteur et saisit la pellicule qu'il déchira d'un geste bestial.

Cleve le frappa. Jamie s'effondra, propulsé en arrière.

L'affaire était close. Mais il n'en éprouvait ni joie

ni apaisement. Seulement une fureur noire, aveugle, qui l'emplissait tout entier.

Tout ce qu'il avait en tête, tandis qu'il frappait le visage de Winters, encore et encore, le maintenant solidement d'une main et le battant de l'autre, tout ce qu'il avait en tête c'était...

Une pierre tombale dans le cimetière, de l'autre côté du mur du studio, la pluie qui se teintait de bleu en ruisselant sur les lettres d'un nom gravé dans le bronze. Et tout ce qu'il trouvait à dire, d'une voix rauque, sifflante, étranglée, c'était :

« *Est-ce qu'il fait froid, là, dehors, Diana? Est-ce qu'il fait froid, ce soir, petite fille?* »

Et de frapper, frapper, encore et encore et encore!

(Titre original : *Yesterday I Lived!*)

LA CATHÉDRALE AU FOND DE LA MER

Quand Sherry a commencé à hurler, moi je me suis cramponné à mon volant et me suis mis à transpirer. Je respirais le parfum chaud et sucré de Sherry, les relents de fauve dégagés par Willie, et mes narines n'ignoraient pas, non plus, la présence d'Hamphill à mes côtés sur la banquette avant. Hamphill, lui, sentait la savonnette. Il tenait la main de Sherry et s'efforçait de lui parler, de la calmer.

– Sherry, c'est pour ton bien. Je t'en prie, écoute-moi, Sherry. Nous t'avons sortie de chez toi juste à temps. Les hommes de Finlay, ceux qui t'avaient menacée, voulaient t'enlever aujourd'hui même. Je te le jure, Sherry, ils t'auraient kidnappée. Au nom du ciel, Sherry, tu peux me croire. Nous voulons te protéger, et rien d'autre.

Elle ne croyait pas Hamphill. Je voyais ses yeux noirs et brillants comme deux bêtes sauvages prises au piège du rétroviseur. Nous roulions à près de cent à l'heure. Ecoute-le, Sherry, pensais-je. Il t'aime, bon Dieu! Il faut lui laisser une chance!

– Non! Je ne vous crois pas, disait-elle. Vous aussi vous êtes des gangsters! Je vous connais!

Elle a tenté de sauter de la voiture. Elle ne se rendait peut-être pas compte de la vitesse. La chaussée n'était plus qu'un défilé vertigineux de taches décolorées. Elle s'est débattue, Mark l'a maintenue serrée contre lui. Il y a eu des cris, un brusque hurlement, puis plus rien...

Sherry s'est soudain détendue sur la banquette arrière. Trop brusquement. Willie la regardait en clignant des paupières, sans comprendre.

– Arrête-toi, m'a dit Hamphill en me serrant le bras.

– Mais, patron...

– Je te dis de t'arrêter, Hank.

Le moteur s'est tu. Seule la plainte de l'océan au pied de la falaise trouait le silence. Nous étions juste au-dessus des vagues. Hamphill restait tourné vers le siège arrière, le regard fixe.

– Elle s'est endormie, patron, a dit Willie. Probablement qu'elle était fatiguée.

Je ne me suis pas retourné. Je contemplais les nuages gris dans le ciel, les mouettes qui tournoyaient en jetant leurs cris plaintifs, et, à côté de moi, le visage long et maigre de Hamphill, livide, semblable à un masque sculpté dans le bois recuit et craquelé sous les cendres.

L'océan est venu frapper la falaise. Une fois, deux fois, trois fois. Et, chaque fois, Hamphill aspirait un peu d'air par ses narines étroites et contractées. Puis, saisissant la jeune femme aux poignets, cherchant un pouls qu'il ne pouvait trouver, il a fermé les yeux en serrant très fort les paupières.

J'ai inspecté l'horizon.

– Il y a une maison près de la falaise, patron, juste en face. Nous ferions mieux d'y aller au cas où Finlay et ses hommes seraient à nos trousses. Ils doivent être fous de rage après le coup qu'on leur a fait...

J'ai redémarré.

Pour Hamphill, c'était comme si je n'avais pas existé. Il avait, soudain, l'air aussi vieux que cette antique demeure battue par les vents, à la peinture écaillée, perchée tout au bord de la falaise rocheuse.

Son amour pour Sherry lui avait, un moment, donné l'illusion de la jeunesse. Mais le vent de la mer, chargé de sel, s'acharnait sur lui maintenant, rejetant ses cheveux derrière ses oreilles, le ramenant à son âge; le grondement des vagues le frappait au ventre et anéantissait en lui toute pensée.

J'ai conduit très lentement pour franchir le demi-mile qui nous séparait de la maison sur la falaise. Puis je suis sorti de la voiture en faisant claquer la portière afin d'arracher le patron à son cauchemar.

Pour entrer dans la maison, nous avons porté le corps à quatre. Les marches du perron ont gémi quand nous avons posé le pied dessus.

Nous avons étendu Sherry en haut, dans une chambre d'où l'on voyait la mer, sur un vieux divan rembourré. Une fine poussière provenant de la tapisserie flottait au-dessus d'elle dans un rayon de soleil. La mort avait apaisé ses traits et son visage, sous les cheveux châtains, avait la beauté de l'ivoire poli.

Hamphill s'est laissé lentement tomber à côté d'elle et s'est mis à lui dire d'une voix douce, comme un enfant parlant à une princesse de conte de fées, tout ce qu'il pensait d'elle. Ce n'était plus Hamphill, le roi de la bière; ni Hamphill, le caïd des paris et des courses de chevaux. Et derrière sa voix le vent faisait entendre sa plainte stridente, pleurant, lui aussi, la mort de Sherry et la fin du jour...

Une voiture est passée sur l'autoroute, et j'ai tressailli. A tout instant, si nous n'avions pas réussi à les semer, les hommes de Finlay pouvaient arriver.

La pièce semblait pleine de monde. Deux personnes seulement avaient besoin de s'y trouver. J'ai poussé Willie dehors et j'ai fait un signe de tête à Mark. Nous sommes sortis, j'ai refermé la porte derrière nous et nous sommes restés debout dans l'entrée, les poings enfoncés dans nos poches, absorbés dans nos pensées.

– Tu n'avais pas besoin de lui faire peur, ai-je dit.

– Moi ? a répliqué Mark en frottant une allumette contre le mur pour allumer sa cigarette, l'air dégagé. Elle gueulait comme un putois.

– C'est ce que tu lui as dit qui l'a effrayée. Après tout, ce n'était pas un kidnapping comme les autres. On voulait simplement la soustraire à Finlay. Tu savais que le patron avait le béguin pour elle. C'était... spécial.

– Ce que je savais, a dit Mark, c'est qu'elle devait nous rapporter de l'argent, et qu'ensuite on mettrait le coup sur le dos de Finlay, qu'on le ferait coffrer et qu'on se retrouverait blancs comme neige.

– En gros, c'était bien ce plan-là, ai-je dit. Mais laisse-moi te rappeler quelques détails. Tout reposait sur la coopération de Sherry, à partir du moment où elle comprendrait que nous agissions dans son intérêt. Malheureusement, comme il n'y avait pas de temps à perdre pour les explications, aujourd'hui, quand on a appris que Finlay venait la chercher, on s'est contenté de l'attraper et de filer. On devait ensuite la cacher, puis coincer Finlay, et s'arranger pour que Sherry le voie et dise à la police qu'il l'avait kidnappée. A partir de là, les flics n'avaient plus qu'à choper Finlay, et le tour était joué.

Mark a secoué ses cendres sur le tapis et j'ai poursuivi :

– Le problème, maintenant, c'est que Sherry est

morte. Personne ne croira que ce n'est pas nous qui l'avons enlevée. C'est malin!

Mark a donné un coup de pied dans le mur – il portait de fines chaussures noires et brillantes.

– Moi je n'ai plus rien à voir avec elle. Elle est morte. J'ai horreur des morts. On n'a qu'à l'emballer dans une toile avec une pierre au cou pour la balancer à l'eau, à un endroit où c'est bien profond. Après quoi on pourra se tirer d'ici, récupérer l'argent et...

La porte s'est ouverte. Hamphill est apparu, très pâle.

– Willie, veille-la pendant que je parle aux gars.

Il s'exprimait lentement, l'esprit ailleurs. Willie, gonflé de fierté, s'est éloigné de son pas pesant. Mark, Hamphill et moi nous sommes passés dans une autre pièce.

Mark a vraiment une grande gueule. Il a refermé la porte et il s'y est adossé en disant :

– C'est quand, qu'on aura l'argent et qu'on pourra se tirer d'ici, patron?

– L'argent?

Le patron avait pris ce mot et le tournait et le retournait comme un objet bizarre trouvé sur la plage.

– L'argent? (Il a dévisagé Mark en plissant les yeux.) Je n'ai jamais voulu *d'argent*. Je n'ai pas fait ça *pour de l'argent*...

Mark dansait délicatement d'un pied sur l'autre.

– Mais vous aviez dit...

– J'avais dit. *J'avais* dit. (Hamphill réfléchissait en se massant le front de ses doigts maigres.) C'était pour t'amener sur le coup, Mark. J'ai parlé d'argent, n'est-ce pas? Je mentais, Mark. Mais oui. Je mentais. Je voulais seulement Sherry. Pas d'argent. Elle, et c'est tout. Je vous aurais payé de ma propre poche. Pas vrai, Hank?

J'ai répondu : « C'est vrai. »

– Mais alors, tout ce... (La colère lui rosissait les joues.) Si on a monté ce foutu coup, c'était seulement pour tenir la chandelle à un couple de tourtereaux!

– Pas d'argent! a gueulé Hamphill en se ressaisissant. Pas d'argent! Moi, j'étais devant elle comme un gamin qui regarde l'étoile, tout en haut de l'arbre de Noël et qui veut renverser l'arbre pour l'attraper. Et vous, vous ne cessiez de me dire que j'avais tort de l'aimer autant, que ça ne pourrait jamais marcher. Mais j'avais tout organisé. Une semaine ici, pour commencer. Ensuite, quand elle aurait eu le temps de mieux me connaître et moi de régler son compte à Finlay pour qu'il ne vienne plus jamais l'embêter, en route pour Mexico City! Et toi, Mark, voilà que tu te permets d'exiger des explications, sacré salaud!

Mark a souri en montrant toutes ses dents.

– Vous auriez dû me le dire, patron, que vous ne vouliez pas la kidnapper pour de l'argent. J'aurais pu comprendre, patron. Sûr, c'était pas la peine de me raconter des histoires. Sûr, patron, sûr que c'était pas la peine.

J'ai dit, à mi-voix : « Attention. »

– Ça alors, pour sûr, je regrette, a poursuivi Mark en le fixant de ses yeux verts et minuscules. A propos, patron, on est ici pour combien de temps ? C'est simplement histoire de savoir, évidemment.

– J'ai promis à Sherry une semaine de vacances. On va rester ici une semaine.

Une semaine. J'ai levé les sourcils, mais je n'ai rien dit.

– Une semaine ici, sans rien faire pour récupérer l'argent, une semaine à attendre que les flics viennent nous chercher? C'est super, ça, patron. Vous pouvez compter sur moi. Pour sûr, que vous pouvez compter sur moi.

Mark a tourné les talons, il a ouvert la porte d'un geste brutal et il est sorti en la claquant derrière lui.

J'ai posé ma main droite sur la poitrine de Hamphill pour l'arrêter dans son élan, et j'ai murmuré :

– Non, patron. Non. Il n'est pas vivant, ce type. Pourquoi prendre la peine de le tuer? Il est mort. Le jour de sa naissance il était déjà mort.

Le patron s'apprêtait à dire quelque chose, quand nous avons entendu une voix de l'autre côté du hall d'entrée, derrière la porte fermée. Nous avons traversé le hall, nous avons ouvert doucement la porte de la pièce et nous avons regardé à l'intérieur.

Willie était assis au pied du divan rembourré, immense et gris comme une idole de pierre, sa large face mi-expressive, mi-figée, offerte à la lumière.

– Il faut vous reposer, Miss Bourne, disait-il à Sherry avec une grande conviction. Vous avez l'air fatiguée. Vous n'avez qu'à vous reposer et c'est tout. Mr. Hamphill pense beaucoup à vous. C'est lui-même qui me l'a dit. Ça fait des semaines qu'il préparait ce coup-là, depuis cette soirée, à San Francisco, où il vous a vue. Il ne dormait plus, et il pensait à vous...

Deux jours sont passés. Et j'ai oublié combien de mouettes sont venues pendant ces deux jours, tournoyer en criant au-dessus de nos têtes. Mark les comptait de ses yeux verts, et pour chaque mouette, il jetait un mégot de cigarette rageusement grillée jusqu'à la garde. Et quand Mark n'a plus rien eu à fumer, il s'est mis à compter les vagues, les coquillages.

Moi, je restais assis, à jouer au black jack. J'abattais lentement les cartes, je les reprenais, je les posais de nouveau, je battais, je coupais, je recommençais. Sans doute sifflotais-je en jouant. Depuis le temps que je traîne, attendre ne me fait plus ni chaud ni froid. Quand on est sur des coups depuis aussi longtemps que moi, plus rien ne vous atteint. Tout est égal. Vivre ou mourir, c'est la même chose. Attendre ou se démener, quelle différence?

Quand Hamphill n'était pas dans la chambre, à parler comme un homme dans un confessionnal, d'une voix douce et basse, tendre et détachée tout à la fois, il allait marcher sur la plage, ou escalader les rochers de la falaise. Il disait à Willie de s'asseoir sur un rocher, et Willie restait perché pendant cinq heures, en plein soleil et sous les embruns, et le sel venait blanchir ses oreilles roses jusqu'au moment où le patron réapparaissait et lui disait de plonger.

Moi, je jouais au black jack.

Mark est venu donner un coup de pied dans la table.

– Parler, parler, parler, c'est tout ce qu'il fait, là-haut, à longueur de nuit. Parler! Bon Dieu, on va rester ici combien de temps? Combien de temps encore à attendre?

J'ai posé quelques cartes devant moi.

– Le patron fait ce qu'il veut de ses vacances, ai-je dit.

Mark m'a suivi du regard tandis que je me dirigeais vers le porche. Il a refermé la porte derrière moi et il m'a semblé, mais je n'en aurais pas juré, entendre le cliquettement d'un cadran de téléphone sur lequel on composait un numéro...

Plus tard, dans la soirée, le brouillard qui montait

vers nous s'est épaissi. Je me trouvais à l'étage, dans la chambre nord en compagnie de Hamphill, et nous attendions. Debout à la fenêtre, il a baissé les yeux.

– Tu te souviens du jour où nous l'avons vue pour la première fois? Cette façon de se tenir, de prendre ses cheveux dans sa main, de rire? J'ai tout de suite compris que j'aurais besoin de toute l'éducation, de toute la finesse et de toute la délicatesse que je pouvais avoir en moi si je voulais seulement l'approcher. Crois-tu que j'étais idiot, Hank?

– Ce n'est pas un idiot qui pourrait vous répondre, patron.

Il a hoché la tête, le regard fixé sur la ligne de rochers où se brisaient les vagues, où des lambeaux de brouillard survolaient une mince bande de terre s'avançant dans la mer.

– Tu vois, là-bas, au loin, au-delà de cette courbe, Hank? Il y a les bâtiments d'une ancienne mission de Californie.

– Sous l'eau?

– A une vingtaine de pieds de profondeur. Par temps clair, la mer est bleue comme le diamant, et on aperçoit la mission.

– Elle est encore là, intacte?

– Presque. On dit qu'elle a été construite par les premiers pères missionnaires. Mais le terrain s'est enfoncé peu à peu, et la petite cathédrale s'est engloutie. Par temps clair, on la découvre reposant au fond de l'eau, très tranquillement. Ce n'est peut-être plus qu'une ruine, mais on s'imagine qu'on la voit tout entière, avec les vitraux, la grosse cloche en bronze du clocher, les eucalyptus secoués par le vent...

– Et les marées? Et la végétation sous-marine?

– Ça ne change rien. L'effet est le même. Je voulais que Sherry la voie. Je voulais me promener avec elle au pied de la falaise, sous ces blocs de rochers, et me faire griller au soleil avec elle. Et griller en même temps tous les vieux poisons que j'avais en moi, et tous les doutes qu'elle risquait d'avoir en elle. Le vent, c'est très bon pour ça. Je me disais que, peut-être, je pourrais montrer à Sherry la petite cathédrale et, après un ou deux jours qu'elle se sentirait plus à l'aise et viendrait s'asseoir sur un rocher avec moi pour essayer d'entendre la cloche.

– C'est une balise qu'on entend sonner, là-bas, ai-je dit.

– Non. C'est bien plus loin. La cloche de la cathédrale sonne au fond de l'eau, mais il faut vraiment tendre l'oreille, quand le vent se calme.

– J'entends une sirène!

J'avais bondi de mon siège en faisant volte-face.

– La police!

Hamphill m'a pris l'épaule.

– Non, c'est seulement le vent qui s'engouffre dans les trous de la falaise. Je suis déjà venu ici. Je connais. On s'y habitue.

Je sentais battre mon cœur.

– Qu'est-ce qu'on fait maintenant, patron?

Puis je l'ai bouclée. Comme je contemplais la route dont le ruban luisant s'enfonçait dans la nuit et le brouillard, j'ai remarqué qu'une voiture quittait la chaussée. Le double faisceau de ses phares s'avançaient vers nous dans le brouillard. J'ai dit :

– Patron, jetez donc un coup d'œil par ici.

– Fais-le pour moi.

– Une voiture. C'est celle de Finlay. Je la reconnaîtrais entre mille!

Hamphill n'a pas bronché.

– Finlay. Je suis content qu'il soit venu. C'est lui,

la cause de tout. S'il y en a un que je désirais voir, c'est lui. Finlay. (Il a hoché la tête :) Je vais lui parler. Dis aux hommes qu'on le laisse entrer sans histoires.

En bas, la voiture s'arrêtait, les portières s'ouvraient à la volée. Des hommes en jaillissaient, traversaient prestement l'allée, franchissaient le porche; l'un d'eux contournait la maison en courant. Dans le brouillard, je distinguais des visages blêmes.

La sonnerie de la porte d'entrée a retenti.

J'ai descendu les escaliers, seul et les mains vides, en serrant les dents, et j'ai ouvert la porte.

– Où est Hamphill? a demandé Finlay.

Il y avait un autre type armé devant la porte.

– Il descend dans un instant.

– Heureusement que vous n'avez pas essayé de faire les malins.

– Oh! Fous-nous la paix...

– Où est Sherry?

– En haut.

– Je veux qu'elle descende.

– Tu te prends pour qui?

– Je lui cloue le bec? a demandé le garde du corps de Finlay.

En levant les yeux, Finlay a vu, au sommet des escaliers sombres, la lumière d'une porte qui s'ouvrait.

– Laisse tomber! a-t-il dit.

Hamphill est descendu très lentement, marche après marche, en s'arrêtant à chaque pas avec l'air de souffrir, comme un homme dont le corps est vieux, fatigué, et qui n'éprouve plus le moindre intérêt à vivre et à se mouvoir. Il était à mi-chemin quand il a remarqué Finlay. Il a dit :

– Tu viens pour quoi?

– Pour Sherry, a répondu Finlay.

Je me suis crispé. Le patron a murmuré d'un ton lointain :

– Sherry. Et alors?

– Je veux que tu me la rendes.

– Non.

– Peut-être que tu ne m'as pas bien entendu. Je veux que tu me la rendes. Tout de suite!

– Non.

– Pas d'histoires! a grogné Finlay.

J'ai vu son regard, interloqué par notre attitude, aller de mes mains vides aux mains tout aussi vides de Hamphill.

– Tu ne pourrais jamais l'avoir, a dit lentement Hamphill. Ni toi, ni personne. Elle est partie.

– Comment nous avez-vous trouvés? ai-je demandé.

– Mêle-toi de tes oignons, a répondu Finlay en me fusillant des yeux. (Puis, à Hamphill :) Tu mens! (Puis à moi :) Il ment, non?

– Parle moins fort, ai-je dit. On ne crie pas dans une maison où il y a une morte.

– Morte?

– Sherry est morte. Là-haut. Baisse le ton. Tu arrives trop tard. Tu ferais mieux de rentrer chez toi. Tout est fini.

Finlay a rangé son arme.

– Je ne partirai pas sans l'avoir vue de mes propres yeux.

– Non, a dit Hamphill.

– Tu plaisantes.

Finlay a dévisagé Hamphill et constaté qu'il n'y avait plus sur les os que de la peau qui partait en lambeaux, blanchie et racornie.

– Bon. Elle est morte, a-t-il conclu avec l'air de le croire, et il a avalé sa salive, jeté un coup d'œil pardessus son épaule. Mais on peut toujours récupérer l'argent, non ?

– Non, a riposté le patron.

– A part nous, personne ne sait qu'elle est morte. On peut toujours avoir l'argent. Il suffit d'enlever un morceau de son manteau, une boucle, un bouton, une mèche de cheveux... Tu n'as qu'à garder le corps, Hampy, mon vieux, avec tous nos compliments. Il nous faut simplement un ou deux trucs à elle, ses bagues ou son fond de teint, qu'on expédiera à son père pour avoir la rançon.

Une veine s'est gonflée sur l'arcade sourcilière noueuse de Hamphill. Il s'est raidi, les yeux brillants, et s'est penché en avant.

Finlay a continué :

– Oui, tu n'as qu'à garder le corps, on te laissera ici avec elle, et on mettra le rapt sur le dos de tes gars.

– J'ai déjà entendu ça quelque part, ai-je dit.

Nous avions dressé le même plan pour le faire coffrer lui-même. La vie est ainsi.

– Ecarte-toi, Hamphill, a ordonné Finlay en avançant droit sur lui.

Hamphill a trompé tout le monde par la façon tranquille dont il s'est écarté en se tournant comme pour guider Finlay dans les escaliers, puis il a franchi deux marches avant de pivoter sur lui-même. Finlay a hurlé quand Hamphill lui a logé deux balles dans la poitrine.

D'une balle, j'ai fait sauter le revolver de la main du garde du corps. Le deuxième homme, resté dehors, a juré, puis il a ouvert la porte d'un coup de pied et il est entré, l'arme au poing. Il a blessé Hamphill au bras à l'instant où celui-ci empoignait Finlay et ils ont dégringolé les dernières marches ensemble.

J'ai descendu le deuxième garde du corps d'une seule balle, sans difficulté. Le premier était toujours debout et brandissait sa main toute rouge, affreuse à voir. On a entendu des pas à la porte donnant sur l'arrière de la maison. Willie a déboulé dans l'escalier en demandant d'une voix tremblante :

– Patron, vous n'avez rien?

– En haut! ai-je dit en aidant le patron à se dégager du corps inerte de Finlay. Willie, conduis-le là-haut!

Le troisième garde du corps est arrivé en trombe à ce moment, se figurant peut-être qu'il nous trouverait tous raides morts. Je lui ai esquinté la main à lui aussi.

Willie a aidé le patron à monter, puis il est revenu avec de la corde qu'il avait trouvée en haut. On n'entendait plus marcher personne au-dehors. J'ai ouvert la porte en grand et j'ai laissé la brume me rafraîchir le visage. L'air sentait si bon que je me suis appuyé au mur et que je suis resté là, à humer et à y prendre plaisir. La voiture attendait, toutes lumières éteintes, et on ne voyait rien bouger. Nous leur avions réglé leur compte à tous. J'ai dit :

– Bon, Willie, on va les attacher.

Hamphill reposait comme un long bout de bois décoloré sur le lit de la chambre ouest. Il était en train de soigner sa blessure.

– On a imaginé un plan, si ça vous intéresse, ai-je dit.

Il épongeait la plaie avec un mouchoir blanc. Je l'ai regardé avec insistance.

– Voilà comment ce sera, pour la police : Finlay

et ses gars se sont battus pour le fric et ils se sont descendus les uns les autres. On les trouvera ici. Il suffit de prévenir les flics.

Hamphill a vaguement battu des paupières et il a répondu d'une voix à peine audible :

– Plus tard. (Il parlait dans un souffle.) Plus tard, Hank. Pas maintenant.

– C'est maintenant qu'il faut en parler, ai-je insisté. C'est important.

– Je ne veux pas laisser Sherry.

– Ecoutez, patron, vous êtes salement touché. Vous ne vous sentez pas bien.

Il a soupiré.

– Plus tard, Hank.

J'ai dit : « Ouais. »

Je me sentais froid, mais compréhensif. Plus tard, entendu.

En bas, il y avait Mark, blanc comme un linge. Sa main tremblait tandis qu'il tirait à grandes bouffées sur une cigarette trouvée sur le corps de Finlay.

– Où étais-tu quand la fusillade a éclaté? ai-je demandé.

– En bas, sur la plage, près du hangar à bateaux, en train de me balader. Je suis venu aussi vite que j'ai pu.

– J'ai l'impression que tu te fais vieux, ai-je constaté. Quelle sorte de marché avais-tu passé avec Finlay, au téléphone?

Mark a sursauté, il a soufflé de la fumée puis, de sa main toujours tremblante, il a caressé sa joue mal rasée et a contemplé cette main avant de me fixer droit dans les yeux.

– Je n'en pouvais plus, du brouillard. Je n'en pouvais plus d'attendre. J'avais les tripes comme *ça*. (Il a tendu vers moi son poing serré.) Et le patron, là-haut, qui parlait à Sherry, c'était comme de l'eau qui m'aurait coulé sur la tête, goutte à goutte. Alors, j'ai tout arrangé, impeccable. Tu m'écoutes?

– Vas-y, parle.

– J'ai appelé Finlay, je lui ai dit que j'avais décidé de vous doubler, que je voulais une part, et qu'ils auraient Sherry. Je savais que Finlay arriverait avec ses gars, qu'on leur tomberait dessus et qu'on leur mettrait le rapt sur le dos.

– Tu savais tout ça?

– Tu oses me traiter de menteur?

– On pouvait se faire descendre, mais tu jouais sur du velours car ça marchait dans les deux sens. Si on gagnait, tu restais avec nous; si c'était Finlay, tu étais avec lui, hein?

– Mais non, bon Dieu! C'était une chance à courir, c'est tout. Ou bien on laissait les flics nous trouver ici et on était bons pour la chambre à gaz, ou bien on s'en sortait grâce à Finlay. Je ne pouvais rien te dire, et au patron non plus, il m'aurait tué. Je devenais cinglé à attendre comme ça. Il fallait un bouc émissaire. Finlay faisait l'affaire. Mais je ne l'attendais pas à ce moment-là. C'est pourquoi j'étais sur la plage quand ça a pété. J'espérais même que Finlay embarquerait Sherry, et comme ça, nous n'aurions plus qu'à filer!

– Très bien, ai-je dit en hochant la tête. Mais il y a un hic encore. Le patron ne veut pas bouger. Alors, qu'est-ce que tu proposes, mon grand?

Mark a lâché un juron.

– Combien de temps va-t-on encore rester ici, Seigneur? Une semaine? Un mois?

Je me suis débarrassé de lui.

– Ça pue. Ouvre la fenêtre.

J'étais mort de fatigue. J'ai vérifié les cordes qui

attachaient les trois hommes. Elles étaient bien tendues. Je me suis allongé sur le divan. Mark est monté au premier étage. J'entendais aussi la voix du patron qui parlait, là-haut, et poussait des grognements de souffrance.

J'ai dormi profondément, rêvant que je marchais sous la mer vers cette petite église engloutie. Des bancs de poissons évoluaient autour de moi, la cloche de bronze sonnait dans l'eau, et une pieuvre géante était drapée sur l'autel comme une nappe souillée...

Je me suis réveillé vers quatre heures du matin et j'ai entendu le tic-tac de ma montre-bracelet. J'avais le sentiment que quelque chose de terrible allait arriver, de si terrible qu'il était déjà trop tard pour faire quoi que ce soit. J'ai reçu un coup sur la tête. Je suis tombé, la face contre le sol. Et puis, plus rien.

Quand je suis revenu à moi, je souffrais d'un épouvantable mal de tête. J'ai regardé partout en clignant des yeux, cherchant à voir quelque chose dans l'obscurité, j'ai senti mes mains attachées. Il m'a fallu cinq minutes pour me débarrasser de la corde. J'ai trouvé un commutateur et j'ai allumé.

Deux des types de Finlay étaient partis!

J'ai défait la corde qui me liait les pieds, sans cesser de jurer, et j'ai foncé au premier étage.

Hamphill, vaincu par la fatigue, dormait d'un sommeil profond. Il n'a même pas bronché à l'appel de son nom. J'ai refermé doucement la porte et me suis rendu dans la chambre de Sherry.

Le divan sur lequel on avait étendu Sherry Bourne était vide. Sherry était partie...

L'océan poussait vers moi des vagues qui basculaient sur elles-mêmes pour s'étaler et glisser en soufflant de l'écume jusqu'à mes pieds enfoncés dans le sable humide.

En scrutant vers le large, j'ai aperçu le canot à rames, – un canot de couleur grise, à peine visible au clair de lune, qui venait d'émerger du brouillard. Une silhouette massive se tenait debout dans l'embarcation, avec des bras plus longs et plus épais que la normale, et une grosse tête. Willie.

Mark était sur la plage, mais assez en retrait pour que l'eau ne vienne pas mouiller la pointe de ses chaussures noires. Il s'est retourné au moment où je m'approchais. J'ai regardé Willie sur le canot. Mark, apparemment, ne s'attendait pas du tout à me voir. Je lui ai demandé :

– Où va Willie?

Mark a regardé Willie à son tour.

– Il a un chargement.

– De quoi?

– De la toile de sac, avec des chaînes autour, et des pierres à l'intérieur.

– Qu'est-ce qu'il fabrique avec ça, à quatre heures du matin?

– Il va tout balancer au fond de la mer. C'est Finlay.

– Finlay!

– Je ne pouvais pas dormir en le sachant là. Et je voulais nous débarrasser de lui au cas où vous ne seriez pas d'accord avec mon plan. Ça fait toujours un cadavre de moins, si les flics s'amènent. (Il a regardé mon crâne :) On t'a frappé?

– Il y a une demi-heure environ. Et on m'a ligoté. Pendant que tu étais dehors à tuer le temps, deux des hommes de Finlay se sont détachés et m'ont assommé. (J'ai souri, la mine plutôt aimable.) Ensuite ils ont pris Sherry et ils ont filé avec la voiture, il y a tout juste quelques minutes. Qu'est-ce que tu dis de ça?

– Ils ont piqué Sherry!

Les yeux de Mark se sont écarquillés, sa mâchoire s'est affaissée.

– Quel comédien tu fais! l'ai-je félicité.

– Qu'est-ce que tu veux dire par là?

– Ce que je veux dire, c'est : pourquoi ne nous ont-ils pas descendus, moi et le patron? Nous avions bien descendu Finlay, nous. Alors, pourquoi m'avoir assommé plutôt que de me loger une balle dans les tripes? Il y a quelque chose qui cloche. Et toi, dès que ça commence à chauffer – deux fois déjà – tu traînes ici... C'est trop facile. Et pendant que tu te balades ici avec le cadavre de Finlay, ils peuvent tranquillement se tirer.

– Je ne comprends pas de quoi tu te plains, a lancé Mark. Si tu veux mon avis, tu devrais être bien content que Sherry soit partie. Plus rien ne nous force à rester ici pour dorloter Hamphill!

– Sauf que tu es un peu *trop* content, ai-je dit.

Willie, en s'éloignant, s'enfonçait dans l'obscurité. Il s'est retourné et nous a adressé un geste de la main.

Je l'ai observé, avec Mark, quand il a soulevé le corps enroulé dans la toile de sac pour le faire basculer par-dessus bord.

– Oh, mon Dieu! me suis-je écrié.

J'ai saisi Mark par les revers de sa veste, calmement, et je l'ai attiré vers moi pour lui souffler au visage.

– Tu sais ce que je pense?

J'ai respiré et j'ai bien assuré ma prise.

– Je pense que tu voulais à tout prix t'en aller d'ici. Donc, tu m'as assommé et tu m'as ligoté, puis tu es allé chercher les gars de Finlay, tu les as fait monter dans leur voiture, tu as emmené la voiture plus loin, tu l'as garée derrière un fourré, tous feux éteints, tu les as laissés là, et tu es revenu. Pas mal, comme mise en scène. Il ne restait plus qu'à prévenir le patron qu'ils s'étaient détachés et qu'ils avaient filé en emportant Sherry.

J'ai désigné Willie dans son canot.

– Et tout ça pendant que vous jetiez un cadavre dans l'océan... Mais pas celui de Finlay!

– Mais si!

Il se débattait, mais je ne l'ai pas lâché.

– Tu ne peux rien prouver. J'ignore tout de ce qui est arrivé à Sherry Bourne!

– Tu aurais mieux fait de me descendre, Mark. Ton histoire aurait été plus convaincante. (Je l'ai lâché.) Tu as mélangé les cartes. Je ne peux pas prouver que c'était Sherry qui se trouvait enchaînée dans la toile de sac, mais il fallait que tu te débarrasses de Sherry, c'était pour toi la chose la plus importante au monde, n'est-ce pas? Plus de preuves. Disparue pour de bon. Ce qui signifiait qu'on pouvait tous s'en aller. Nous *devions* nous en aller. Le patron se serait lancé à la poursuite de Finlay pour reprendre Sherry et il aurait couru pour rien puisque Sherry est là-bas, désormais, à vingt pieds sous l'eau, près de la petite cathédrale!

Willie avait fait demi-tour avec son bateau et revenait vers la côte à coups de rames lents et maladroits. J'ai allumé une cigarette et j'ai suivi des yeux la fumée qui flottait dans le vent.

– C'est drôle, que tu aies pensé à la mettre là. Il n'y avait pas de meilleur endroit. Si le patron le savait, je suis certain qu'il serait content qu'elle repose tout au fond, près de l'église, de la cloche, tout ça. Mais ce qui gâche le tableau, Mark, c'est la raison pour laquelle tu as agi. Tu as rendu sordide quelque chose qui aurait pu être... ma foi, très beau.

– Tu ne vas pas le dire à Hamphill?

– Je n'en sais rien. Je crois que, d'une certaine façon, il vaudrait mieux que nous partions d'ici.

Willie tirait son canot sur la plage, avec un large sourire.

J'ai dit :

– Salut, Willie.

– Salut, Hank. Tu vois, pour Mr. Finlay, c'est réglé!

– En effet, Willie, c'est réglé.

– Il ne pesait pas bien lourd, a remarqué Willie, tout étonné.

Il y a eu un raclement de pieds sur les marches de ciment recouvertes de sable qui dégringolaient de la falaise. J'ai entendu Hamphill qui arrivait en sanglotant et en gémissant.

– Sherry est partie! Sherry est partie!

Comme il atteignait la plage, il nous a vus et il a crié vers nous : « Sherry est partie! »

– Partie? s'est étonné Mark.

– Partie! a répété Willie.

Je n'ai rien dit.

– La voiture de Finlay est partie aussi. Hank, prends la tienne, il faut les poursuivre. On ne va pas leur laisser Sherry...

Il a aperçu le canot à rames.

– Qu'est-ce... c'est pourquoi faire?

Mark s'est mis à rire.

– Willie m'a donné un coup de main pour nous débarrasser de Finlay.

– Ouais, a fait Willie. Plouf. Par-dessus bord. Il était pas lourd, pas du tout. Une plume.

La joue de Mark a tressailli.
– Tu te vantes, Willie. Dis donc, Hank, qu'est-ce qu'on attend pour la voiture?
Mon expression trahissait-elle ma pensée? Hamphill m'a jeté un coup d'œil, puis il a regardé Mark, puis Willie et le canot.
– Où... où étais-tu, Hank? Tu les a aidés à charger Finlay et à le jeter à l'eau?
– Non. Je dormais. Quelqu'un m'a assommé.
Hamphill s'est avancé en traînant les pieds dans le sable.
– Qu'est-ce qu'il y a? a crié Mark.
– Ne bouge plus! a ordonné Hamphill.
Il a plongé la main dans l'une des poches de la veste de Mark, puis dans l'autre. Il en a tiré quelque chose qui brillait au clair de lune.
Le bracelet et la bague de Sherry.
Je n'ai jamais rien vu comme le visage d'Hamphill à cet instant. Il a lancé un regard d'aveugle en direction du canot et il a dit d'une voix incroyablement lointaine :
– Ainsi, Finlay était léger comme une plume, Willie?
– Comme une plume, patron, a répondu Willie.
Lentement, Hamphill s'est enquis :
– Qu'avais-tu l'intention de faire, Mark, avec la bague et le bracelet? Tu voulais jouer tout seul et prendre l'argent?
Il a levé la main en un geste vif vers Willie.
– Attrape-le, Willie!
Willie l'a attrapé. Mark a hurlé. Willie s'est refermé sur lui comme un boa constrictor étouffant un sanglier.
Hamphill a dit :
– Va jusqu'à la mer avec lui, Willie.

– Oui, patron.
– Et reviens seul.
– Oui, patron.
– Patron, arrêtez! Arrêtez, patron! criait Mark en luttant sauvagement.

Willie s'est mis en marche. L'eau a vite recouvert ses grands pieds. Une deuxième vague chargée d'écume a glissé jusqu'à lui. Mark a crié et une troisième vague, en s'écrasant, a paru s'enrouler autour du cri et le tordre comme Willie tordait le corps de Mark. Willie s'est immobilisé.

– Avance encore, a ordonné Hamphill.

Willie s'est enfoncé jusqu'aux genoux, puis, pouce après pouce, son gros ventre, sa poitrine, sont entrés dans l'eau. Les cris de Mark étaient très lointains déjà, recouverts par le bruit du vent nocturne.

Hamphill observait la scène, debout, comme un dieu pétrifié. Une vague s'est brisée sur Willie, qui a plongé dans l'écume sans lâcher Mark, et a disparu. Puis il y a eu six autres vagues.

Pour finir, un grand mur d'eau s'est avancé vers nous, rejetant Willie, seul, à nos pieds. Il s'est redressé en s'ébrouant, gesticulant de ses bras épais.

– Voilà, patron.
– Va nous attendre à la voiture, Willie, a dit Hamphill.

Willie s'est éloigné de sa démarche pesante.

Hamphill a tendu l'oreille en observant la mer.

– Bon Dieu, qu'est-ce que vous voulez faire? ai-je demandé.
– Ça me regarde.

Il est parti en direction de l'eau. J'ai tendu les mains. Il s'est écarté et j'ai vu qu'il tenait un revolver.

– Avance. Va rejoindre Willie à la voiture. J'ai un

rendez-vous pour une grand-messe. Et je ne veux pas arriver en retard. *Allons*, Hank.

Il s'est enfoncé droit devant lui dans l'eau glacée. J'ai suivi des yeux sa haute silhouette. Puis une grande vague est arrivée et il n'y a plus eu que l'eau, le sel, la côte immense et solitaire...

Je suis remonté jusqu'à la voiture, j'ai ouvert la portière et je me suis glissé à côté de Willie.

– Où est le patron? a demandé Willie.

– Je t'expliquerai tout demain matin. Ecoute, ai-je dit en retenant ma respiration.

Nous entendions le grondement régulier des vagues et, par intermittence, quelque chose qui ressemblait à une très belle musique d'orgue.

– Tu les entends, Willie ? La voix de soprano, c'est Sherry, et le patron, c'est la voix grave, le baryton. Ils sont dans la nef où se tient le chœur... et ils lancent leur *gloria* bien haut, à pleins poumons. Ça, c'est ce que j'appelle chanter. Ecoute, Willie, écoute bien pendant que c'est possible. Tu n'entendras plus jamais rien de pareil.

– Je n'entends rien, a dit Willie.

– Pauvre type, ai-je dit.

Puis j'ai mis le moteur en route, et la voiture a démarré.

(Titre original : *Dead Men Rise Up Never.*)

LE CRANE EN SUCRE D'ORGE

Les ombres des enfants couraient à n'en plus finir dans la lumière matinale, sur les dalles de terre cuite rose et bleu de la plaza, et le vieux Tomás, assis sur un banc de bronze, très vieux, très ratatiné et très indigné, faisait de grands gestes en direction des gosses. L'un des petits Mexicains avait une cape et une épée taillée dans le bois, un autre tenait le rôle du taureau furieux.

– Non, non! criait Tomás. Non, comme ça, et comme ça!

Il sauta sur ses pieds pour leur montrer comment on exécutait une véronique :

– Comme *ça!* Et comme *ça!* Vous voyez! Le corps, comme *ça!* Compris?

Les gamins couraient, criaient, se bousculaient. Puis ils revinrent vers lui en disant :

– Montre-nous tes cicatrices, le vieux!

Et le vieux Tomás releva son tricot pour découvrir sa hanche droite, là où le taureau avait, trente ans plus tôt, enfoncé sa corne. Les enfants tâtaient la balafre.

– C'était quand, le vieux, que tu combattais les taureaux?

– C'était quand vos mères n'étaient pas encore nées, répondit-il.

Une jeune Espagnole traversa la plaza. Elle portait un tailleur gris en gabardine; ses cheveux étaient noirs et brillants. Elle marchait la tête haute. Elle passa devant Tomás sans le regarder et gravit les marches de l'hôtel où logeaient les touristes.

Tomás la suivit des yeux jusqu'au bout. Il vit le soleil de cette matinée jouer sur les fines chevilles. Il eut tout le temps de regarder l'opulente chevelure brune et, à l'instant où elle disparaissait, il lécha ses lèvres d'un bref coup de langue.

Un peu plus tard, un jeune homme blond et rose apparut au balcon du deuxième étage de l'hôtel. Le vieux Tomás l'observa en plissant les yeux, la bouche serrée. Depuis son balcon, le petit jeune homme observait la place. C'était un touriste américain, d'une élégance voyante, arrivé en voiture une semaine plus tôt. Le vieux Tomás ne quitta pas du regard le jeune Américain impeccable sur son balcon et, après l'avoir vu tourner les talons et rentrer dans sa chambre, Tomás cracha sur les dalles bleues et roses en refusant de poursuivre le jeu avec les enfants.

Roby Ciber s'était réveillé ce matin-là avec l'impression qu'il s'était passé quelque chose. Il n'aurait su dire exactement quoi, ni comment, ni pourquoi, mais quelque chose s'était passé pendant la nuit, quelque chose qui devait sortir de l'ordinaire. Il s'assit au bord de son lit, les jambes pendantes, et s'absorba un long moment dans la contemplation de ses pieds. Puis il se rappela où il se trouvait.

Il se trouvait à Guanajuato, Mexique. Il était écrivain et, ce soir-là, devait avoir lieu la cérémonie du Jour des Morts. Il occupait, au deuxième étage de l'hôtel, une petite chambre avec de larges fenêtres et un balcon donnant sur la place que les enfants emplissaient chaque matin de leurs cris et de leurs jeux. En ce moment même il les entendait vociférer. Et c'était le Jour des Morts pour le Mexique. Une odeur de mort flottait sur le pays tout entier. Où qu'on aille, on n'y échappait pas. On pouvait dire ou faire ce qu'on voulait, on pouvait rire, on pouvait boire, ce jour-là, au Mexique, on n'échappait pas à la mort. Aucune voiture n'était assez rapide, aucun breuvage assez fort pour s'en évader.

L'homme jeta un coup d'œil à sa table de chevet et ce qu'il y vit ne lui arracha pas un tressaillement. Il sentit tout au plus un sinistre pincement au cœur en apercevant l'objet blanc qui reposait sur le plateau de la table.

Une petite tête de mort en sucre d'orge.

Le genre de tête de mort qu'on croque au Mexique pendant *el Dia de Muerte*. Moulée dans du sucre blanc, elle s'effritait si on la serrait trop fort. On distinguait les orbites et les dents, et le tout luisait comme une petite boule de neige bien tassée.

Et il y avait un nom dessus.

Roby.

Gravé sur un fin ruban de sucre rose, son nom.

Roby.

La tête de mort n'était pas là la veille au soir, quand il était rentré pour se coucher.

Elle s'y trouvait maintenant.

Il faisait froid dans la pièce. Il se leva et tira devant les fenêtres les lourds rideaux de laine qui l'avaient protégé de la fraîcheur nocturne.

Il aperçut son image, rose et blonde, dans le miroir fixé au mur, à l'instant de passer sur le balcon pour respirer l'air pur du matin. Il ne se retourna pas vers le petit crâne resté sur la table de nuit. Il ne voulait pas le regarder. Sa curiosité le poussait vers la petite plaza verdoyante, en contrebas, avec son kiosque à musique rococo, ses arbres plantés dans des bidons peints en vert, le dallage en terre cuite bleu et rose sur lequel des gens passaient bras dessus, bras dessous, le jeudi et le samedi, tandis que la musique emplissait le ciel mexicain de ses rythmes et de ses éclats.

Mais ce matin-là il n'y avait pas de musique. Seulement des enfants qui se poursuivaient et le vieux Tomás sur le banc de bronze en train de leur apprendre Dieu savait quoi.

Roby Ciber rentra dans sa chambre. Il toucha son visage. Il avait besoin d'un sérieux coup de rasoir. C'était bon, de vivre et de bouger. Il avait mal au cœur, – trop de tequila, le soir précédent, avec Celia Diaz. Il se sentait enroué, – trop de chansons.

Soudain on frappa à sa porte. Il sursauta et ouvrit, se moquant de lui-même.

– *Buenos Dias, señor.*

La petite servante restait debout sur le seuil. Serait-il, par hasard, disposé à prendre son petit déjeuner? Les œufs et le jambon l'attendaient, et elle en profiterait pour nettoyer la chambre et mettre un peu d'ordre, s'il le désirait. Le désirait-il?

Oui. Il la conduisit jusqu'à la table de chevet et pointa son doigt vers la petite tête de mort en sucre d'orge. Il lui parlait en espagnol. Savait-elle d'où venait cet objet? Avait-elle vu quelqu'un pénétrer dans la chambre au cours de la nuit?

Elle regarda la tête de mort et éclata de rire. La mort, au Mexique, n'est pas quelque chose de mauvais, c'est un sujet de conversation pour les dîners, les petits déjeuners, devant un verre ou sans verre, en souriant ou sans sourire. Non, señor, lui fit-elle comprendre, elle n'avait vu personne entrer dans sa chambre ni en sortir. N'était-elle pas jolie, cette petite tête de mort en sucre? Et le nom du señor, comme il était bien calligraphié!

Oui, dut-il admettre, c'était très bien fait.

Il descendit prendre son petit déjeuner sans s'être rasé.

*
* *

Il y avait du jambon et des œufs, comme d'habitude. Ces Mexicains, songeait-il, quand ils tombent sur quelque chose de bon, c'est tout de suite l'excès. Jambon et œufs tous les matins depuis maintenant deux semaines! Depuis qu'il était arrivé à Guanajuato, sa machine à écrire sous le bras, le menu de son petit déjeuner n'avait pas changé. Il s'absorba, un peu chagrin, dans la contemplation de son assiette.

Celia Diaz traversa la salle à manger en souriant. Elle portait un tailleur de gabardine grise et avait des cheveux noirs et brillants.

Il se leva pour l'inviter à s'asseoir et ils échangèrent leurs salutations.

– Quelle matinée agréable, dit-elle. Il fait vraiment très beau.

– En effet, répondit-il.

Elle avait une chevelure sombre et opulente, des yeux noirs immenses, tendres et inquisiteurs, des lèvres charnues et certainement pas l'air qu'a normalement une femme qui sort du lit. Elle était un vivant anachronisme. A la regarder, on se serait cru à huit heures, quand la soirée bat son plein et que tout n'est que fraîcheur et délices. Il la regardait. Elle se laissait admirer.

– Vous étiez fatigué, observa-t-elle d'une voix tranquille.

– Je *suis* fatigué, répondit-il. Je suis arrivé fatigué au Mexique, j'y vis comme un homme fatigué, et j'en repartirai fatigué. C'est un état permanent, qui n'a rien à voir avec le vin, les femmes ou la guitare. Ce n'est pas non plus à cause de l'altitude, même si celle-ci provoque chez moi de fréquents accès de froid ou de chaleur au beau milieu de l'après-midi. Non, ce n'est rien de tout cela.

– Je sais peut-être ce que c'est, dit-elle sans détourner le regard insistant qu'elle maintenait sur lui en l'écoutant parler.

– Je ne vois pas comment vous pourriez le savoir.

– Et pourtant, je le *sais*.

– Mais non, mais non. Vous ne devinerez jamais, protesta-t-il en secouant la tête.

– Je connais bien les Américains. C'est toujours la même chose qui leur fait peur, au Mexique. Ils regardent derrière eux en tremblant, ils ne dorment plus, ils digèrent mal. Ils en rient et ils disent que c'est à cause du changement de climat. Ce n'est pas cela, conclut Celia. Moi, je sais ce que c'est.

Il posa sa fourchette.

– Quoi donc? Quoi?

– La mort, répondit-elle.

Le soleil entrant par la grande porte-fenêtre caressait son visage, faisait étinceler l'argenterie du petit déjeuner et les écuelles en bois peint accrochées aux murs.

Elle déposa sur la table une petite tête de mort en sucre d'orge.

– Je viens de passer à votre chambre, dit-elle. La servante était en train de ranger. J'ai vu cela sur la table de nuit.

Il fixa la tête de mort.

Les lettres étaient gravées avec une finesse exquise.

– Oui, reconnut-il enfin en se laissant retomber dans son fauteuil. J'ai peur.

Ils achevèrent le petit déjeuner avec une tasse de café. Puis ils sortirent dans le jardin. Ils passèrent devant le vieux Tomás sur son banc de bronze.

– Señorita, Señor, fit-il.

« Tomás », répondirent-ils en lui jetant un regard, sans s'arrêter. Tandis qu'ils s'éloignaient, les gamins revinrent pour jouer avec le vieux, armés de leur cape et de leur épée.

Celia et Roby s'assirent sur un banc et se mirent à griller cigarette sur cigarette.

– Qui pourrait bien vous vouloir du mal? demanda-t-elle.

– Je ne vois pas. (Il jeta loin de lui une allumette éteinte.) Je ne connais personne au Mexique!

– Pourquoi êtes-vous venu ici?

– Pour écrire. Et puis il y avait cet ami à moi, Douglas McClure...

– Oui. Je l'ai rencontré. Il était à Guanajuato l'an passé. Il est parti brusquement, un soir. Je ne l'ai jamais revu. J'étais surprise. Il ne m'a jamais écrit.

– A moi non plus. Sa dernière lettre, postée ici, était du mois de septembre. Après quoi, il s'est volatilisé. Jamais plus entendu parler de lui. Je sais ce que vous pensez – que je dois être un de ces aventuriers à la noix toujours en train de chercher des ennuis. Mais franchement, je suis égoïste comme pas deux. Je suis venu ici en quête d'inspiration pour mon roman. Et je cherche McClure par la même occasion. Il me parlait de vous, Celia, dans trois de ses lettres. C'est pourquoi j'ai pensé que vous pourriez peut-être m'aider.

– Je ne vous serai pas d'un grand secours.

Elle fit un geste de ses deux mains levées.

– Il est arrivé ici, et une semaine après il n'y était plus. Il était vraiment sympathique. Nous avons beaucoup discuté et nous avons souvent dîné ensemble. Après sa disparition subite je me suis dit : ah, ces Américains!... Je ne me suis pas inquiétée. Est-ce que vous l'avez cherché à Acapulco? ajouta-t-elle avec un sourire timide.

– Acapulco! Je n'entends que cela. Tout le monde me dit : « Allez donc à Acapulco! C'est un endroit où les gens disparaissent. » J'y suis allé, j'y ai vu tous les maîtres nageurs, et aucun ne ressemblait à Douglas McClure. De toute façon, c'est ici, dans cette ville, qu'il séjournait à la fin. Il écrivait à votre sujet des choses très flatteuses, Celia. Je me suis dit : ma foi, cette Celia Diaz avait peut-être un petit ami espagnol, un jaloux, qui aura tué Douglas.

– Voilà qui est tout à fait flatteur et romantique, mais sans rapport avec la réalité, répondit-elle. Je suis une Mexicaine, mais aussi une femme moderne. Je ne suis pas aimée par les miens, je sors seule, je ne respecte pas les usages, et je n'appartiens à personne. Il n'y avait pas de petit ami jaloux pour en vouloir à votre copain. Parlez-moi de ce crâne en sucre que vous avez trouvé dans votre chambre.

– Je brûle, murmura-t-il, poursuivant sa pensée. Je dois être tout près de Douglas. Quelquefois, la nuit, je sens cela d'une façon presque tangible. Je m'attends à tomber sur lui au concert du jeudi soir, ou dans quelque bar. La personne qui a posé cette tête de mort dans ma chambre n'est, en tout cas, pas très maligne. Si on croit m'effrayer de cette façon, on se trompe. J'ai peur, mais je ne m'en irai pas. Quelle sottise que ce crâne! Il confirme mes soupçons. Ils auraient dû laisser les choses comme elles étaient et ne pas m'embêter. Même si je suis tout près de Douglas, je pouvais encore perdre sa piste et repartir la semaine prochaine pour les Etats-Unis.

– Peut-être que vous ne pouvez *plus* perdre la piste, répliqua, non sans logique, Celia. Peut-être que ce que vous allez faire maintenant est pour eux une telle évidence qu'ils sont convaincus que vous retrouverez fatalement votre ami. C'est pourquoi ils vous envoient cet avertissement avant que vous ne bougiez. Pas très agréable, l'avertissement. Qu'avez-vous l'intention de faire maintenant?

– Je n'en sais rien.

– Mais eux le savent. Ce n'est pas forcément un acte que vous accomplirez aujourd'hui même, mais quelque chose que vous ferez forcément, par exemple, si vous quittez la ville la semaine prochaine. De quoi peut-il bien s'agir, señor Roby? Voyons : que feriez-vous, qu'iriez-vous voir que vous n'avez pas encore visité?

La réponse s'imposa à l'esprit de Roby.

Elle comprit et leva la main d'un geste vif qui lui disait gentiment de rester calme. Il tira à fond sur sa cigarette et battit des paupières tandis que ses poumons aspiraient et rejetaient l'air d'une contraction puissante.

– Dites-moi, reprit-elle après un silence, dites-moi quel est, dans cette ville, l'endroit que vous ne connaissez pas encore et où vous vous rendrez avant de partir.

Il gonfla la poitrine, puis laissa ses poumons se vider en sifflant doucement.

– Les catacombes, répondit-il.

Le cimetière se trouvait au sommet d'une colline.

Il dominait toute la ville, laquelle se composait de collines qui dégringolaient en se ramifiant, puis de vallées et de routes pavées qui pénétraient dans la cité comme des rivières, pour la submerger de ces pierres grossières et magnifiques que des siècles avaient aplaties, lissées, polies. L'ironie voulait que la plus belle vue s'offrît depuis la colline du cimetière, où de hautes et épaisses murailles entouraient une collection de tombeaux semblables à des pièces montées, avec des anges tout blancs, des rubans glacés, des arabesques et un nappage glacé lui aussi, rangés les uns contre les autres. On se serait cru dans la cuisine d'un pâtissier. Certaines tombes n'étaient pas plus larges que des lits. De cet endroit, par les nuits glaciales, on pouvait voir en contrebas la petite vallée où l'on s'éclairait aux chandelles, entendre les aboiements des chiens aussi secs que le son d'un diapason contre une pierre plate, découvrir les convois funèbres qui gravissaient la colline derrière les cercueils balancés sur les épaules de leurs porteurs.

Roby Ciber s'arrêta à mi-pente pour regarder le mur du cimetière.

– N'y allez pas aujourd'hui, dit Celia. Vous ne pouvez pas attendre demain?

Il répondit d'une voix neutre :

– Non. Puisque j'y ai pensé, il n'y a pas d'autre endroit. J'avais toujours cette idée en tête, mais je ne voulais pas lui obéir. Je ne pouvais pas y croire, jusqu'à aujourd'hui. Il fallait que je sois, avant, allé partout. Les catacombes étaient le dernier endroit où j'avais envie de le chercher. On m'avait déjà parlé de cette vision horrible, de toutes ces momies attachées, debout, le long des murailles.

Il monta lentement jusqu'au sommet de la colline

et se pencha sur un petit stand de boissons fraîches. Il eut un rire las.

– Il fait chaud, Celia, prenons une orange pressée. Nous avons besoin de boire quelque chose.

– Vous ne vous sentez pas bien?

– Je me sentirai beaucoup moins bien dans un moment. Je ne me sentirai plus jamais bien, après aujourd'hui.

Ils burent sans penser à rien, debout au soleil, en faisant de curieux bruits de succion avec leurs bouches dans le goulot des petites bouteilles.

Ayant vidé sa bouteille, il dévisagea la petite fille qui vendait les boissons. Elle avait à la main un minuscule squelette en sucre d'orge, qu'elle grignotait.

Il ne broncha pas, se contentant de la regarder manger.

Puis il tourna les talons en soupirant et reprit l'ascension de la colline, accompagné par l'ombre de Celia cheminant à côté de la sienne à longues enjambées tranquilles, jusqu'aux grilles en fer forgé qui s'ouvraient sur le cimetière en grinçant de toutes leurs antiques charnières.

Près de l'église, sur la plaza, sous l'ombre épaisse des grands arbres, des gens étaient assis et patientaient. Ils attendaient qu'il se passe quelque chose. Et quand cela arrivait, ils se relevaient et accouraient bien vite pour participer à l'événement. Le soleil descendait sur les innombrables collines avec des éclats sourds qui révélaient, tout en haut, les voies ferrées des mines d'argent. Les gens s'attardaient dans le parc jusqu'à l'obscurité complète.

Roby Ciber descendit lentement la rue. Il s'arrêtait devant chaque vitrine, et elles étaient nombreuses. Il entra dans un bar et prit une bière. Celia l'accompagnait, – elle ne le quittait plus. Mais il ne se souciait pas d'elle. Il y avait plus important.

Douglas McClure se trouvait tout en haut de cette colline. A ce moment même. Dans les catacombes.

Il suffisait de gravir la colline, de donner un peso au gardien du cimetière pour qu'il pousse devant vous une porte en fer, et un escalier en colimaçon taillé dans la roche vous conduisait sous terre, dans les catacombes. Là, on s'engageait dans un long couloir obscur avec, alignées côte à côte, debout contre chaque mur, cent vingt-cinq momies se faisant face, leurs bouches ouvertes, leurs barbes intactes. Elles semblaient s'être brusquement dressées à votre arrivée et jeter toutes le même cri silencieux.

Vous passiez en revue cet alignement de cadavres au garde-à-vous. Vous scrutiez du regard les visages caverneux, ratatinés.

Jusqu'à tomber sur la dépouille de Douglas McClure.

Roby Ciber remonta la rue en pente vers la petite place de l'église. Quelque part, en chemin, il avait perdu Celia.

Des musiciens très affairés, soufflant dans des cuivres, suivaient l'allée d'un pas pressé en jouant un air aux accents imprévisibles et capricieux qui se répétaient comme une scie musicale. Les hommes, en pantalon de laine tricotée, frappaient sur des tambours, crachaient dans des trompettes ou mastiquaient amoureusement l'embout de leurs longues clarinettes noires. Roby les entendit vaguement et ne s'y intéressa pas lorsqu'ils passèrent près de lui.

Que faire, maintenant?

Je n'en sais rien. Je me sens mal. J'ai peur. Ce soir, j'ai besoin d'avoir du monde avec moi, tout autour de moi, pour me protéger. J'ai besoin de bruit. Je vais rester ici, au milieu de la fête, pour attendre Celia. Je n'irai pas dans les coins sombres. Je ne serai pas seul un instant. Je vais rester là, sur la plaza, où *on* ne peut pas m'avoir!

Qui, « on »?

La personne qui a tué Douglas McClure.

Les musiciens se dirigèrent vers le kiosque à musique où ils jouèrent le *Yankee Doodle*[1]. Le refrain sortait bizarrement déformé des pavillons de cuivre, changé par le souffle comme par l'esprit de ceux qui l'exécutaient et qui le chargeaient de pensées avant de le jouer. Ce n'était plus tout à fait le *Yankee Doodle.* C'était quelque chose d'effrayant.

On va me tuer, se disait Roby Ciber.

Cesse de dire des imbécillités. Va à la police.

A quoi cela servirait-il? Si ça se trouve, ils savent déjà que le cadavre de McClure est dans les catacombes, mais ils se taisent pour ne pas avoir d'ennuis avec le gouvernement américain. Ce sont des choses qui arrivent.

On amenait un taureau dans le parc, un taureau de papier mâché trimbalé sur les épaules du vieux Tomás, et qui pourtant grondait, chargeait dans tous les sens. L'animal était posé sur une armature de roseaux.

Comment Douglas McClure était-il mort?

Il avait un trou bizarre entre les deux yeux.

Fait par une balle?

Non. *Bizarre.* Je ne sais pas.

Ceux qui attendaient le long des bancs bondirent sur leurs pieds. Il y eut une explosion. Le vieux Tomás, allumant les fusées placées sous son taureau

1. Air populaire de la révolution américaine. (N.d.T.)

de papier mâché dans des roseaux et des sections de bambou, se mit à courir sur la plaza en chassant la foule devant lui.

Le taureau entra en éruption. Roby laissa échapper un cri. De l'animal fusaient de grosses boules de feu. Les tubes de bambou les crachaient l'une après l'autre, bien rondes, brillantes, bourrées d'étincelles qui s'abattaient sur la foule! Les gens trébuchaient, tombaient en arrière, revenaient à la charge. Le vieux Tomás avançait en traînant les pieds et en riant, le taureau toujours sur ses épaules. Les yeux de la bête brillaient, lançaient des éclairs et de grandes flammes jaunes et orange. On avait caché des bougies, par dizaines, à l'intérieur du taureau et sous lui. Il en jaillissait des langues de feu qui menaçaient les gamins les plus proches. Ils agitaient des mouchoirs rouges. Le taureau chargea. Tout le monde criait et riait.

Sous les grands arbres immobiles, on voyait des gens se bousculer et tomber par-dessus les bancs pour échapper à l'animal cracheur de feu. Un petit garçon reçut un gros pétard en pleine poitrine et se jeta à plat ventre dans un fossé. Le taureau, maintenant, était complètement incandescent et flambait, illuminant la scène. Les gens s'accrochaient les uns aux autres, haletants, se tenant les côtes, épuisés par le jeu.

Roby Ciber se laissa entraîner par la foule. Il se mit à courir, d'abord lentement, les traits livides, puis plus vite. Il éprouvait le besoin d'être parmi les autres, bien au milieu d'eux, de tourbillonner, de tomber, de rire, de s'agripper à eux, de faire d'eux des remparts entre lui-même et l'inconnu qui l'observait, qui le guettait. Et il voulait oublier. Il courait, et il riait. Au début, ce n'était pas de très bon cœur.

Puis il se sentit nerveusement épuisé, mais il continua à bondir par-dessus les fourrés devant le taureau qui fonçait sur lui avant de bifurquer vers quelqu'un d'autre, virevoltant en tout sens sans cesser de pétarader. Un immense nuage de fumée flottait dans l'air. Quelqu'un lança une douzaine de fusées qui montèrent au ciel pour y jeter, entre les étoiles, une fantastique architecture de feu.

Le taureau revenait à la charge, la foule s'écarta de Roby Ciber. Il se retourna, ravi et sans comprendre. Pendant un moment, il ne ressentit plus aucune crainte, sinon celle que lui procurait le vieux Tomás avec son taureau cracheur de flammes. Une boule de feu l'atteignit sur l'oreille. Il poussa un cri. Il y eut trois détonations. Il sentit que quelque chose l'avait touché au bras. Il s'esquiva. Il riait. Il buta sur quelqu'un.

Celia était là.

Il l'aperçut au milieu de la foule, le long du parc, debout, en train d'observer ses gesticulations.

Il dut jouer des coudes, bousculer les gens pour se frayer un chemin jusqu'à elle à travers la foule en mouvement.

Il faillit tomber à l'instant où il la rejoignait.

Elle leva vers lui des yeux pleins d'une terreur ancienne et résignée, observant le sang qui coulait de son bras en abondance.

– On vous a tiré dessus, dit-elle.

Les musiciens s'éloignaient dans un tumulte mécanique.

Il tomba à genoux contre Celia dont les mains se tendirent pour le soutenir et l'aider à se relever...

Au Mexique, les médecins ne servent à rien. Si l'angoisse vous gagne, leur calme et leur inefficacité vous donneront envie de hurler. C'est peut-être ce que vous ferez plus ou moins. Mais le médecin vous pansera sans se départir de sa sérénité. C'est la fête, señor. Rien de plus, rien de plus. Quelque gai luron aura laissé échapper un coup de feu. Un simple accident. Vous n'allez pas porter plainte, señor? Contre qui porter plainte? Personne. Et ce... cette blessure qu'a le señor... c'est peut-être une fusée, tout simplement, qui l'aura faite... hein? Non? Bon, *c'est* profond. Oui, je l'admets, c'était une balle. Mais celui qui l'a tirée avait le cœur en fête. N'y pensez plus, señor. N'y pensez plus!

Roby Ciber revint de sa visite au cabinet du médecin, toujours accompagné par Celia.

– Avez-vous vu qui a tiré ce coup de feu, Celia?

– Je n'ai rien vu du tout. Personne n'a rien vu. Il y avait tellement de bruit, de gens qui couraient. Mais vous avez de la chance. Ce n'est qu'une éraflure.

– Ce médecin! Assis là, bien tranquillement, à philosopher sur la mort! Au Mexique, on n'est nulle part en sécurité, qu'on soit seul ou au milieu de la foule.

– Peut-être feriez-vous mieux de rentrer aux Etats-Unis.

– Non. Je reste. Je dois sortir Douglas des catacombes, et le renvoyer chez lui, là où il a sa place. Et puis, il y aura enquête. A demain matin... je suis claqué.

Il la dévisageait avec froideur. C'était une étrangère. Tout était pour lui étranger, et effrayant. Voici qu'il n'était même plus certain de lui faire confiance. Peut-être qu'elle...

– Vous êtes fatigué, dit-elle. Il vaut mieux aller vous coucher.

Le service funèbre l'attendait.

C'était, posé à même son lit sur une planchette, un vrai petit service funèbre.

Il referma la porte après avoir fait de la lumière et, adossé à la porte, examina la scène.

Oui, il s'agissait bien d'obsèques en miniature, avec le prêtre minuscule à la tête grosse comme une noisette tenant un livre noir minuscule et levant une main lilliputienne d'un geste plein de mansuétude. Il y avait de microscopiques enfants de chœur brandissant de petites bannières. Un tout petit cercueil avec, à l'intérieur, un petit corps. Et, sur l'autel, une photographie du mort.

Roby Ciber.

Il regarda autour de lui. Quelqu'un avait fouillé ses bagages, trouvé une photo de lui et l'avait redécoupée pour la coller sur le petit autel.

Aucune lettre de faire-part n'était jointe au service funèbre. Il se suffisait à lui-même. On vendait dans les rues, pour le *Dia de Muerte*, ces petites scènes fixées sur des planchettes. Mais celle-ci n'était pas vraiment à sa place, sur son lit, dans le silence de la chambre. Et lui-même avait froid, très froid, et il fut pris de frissons.

On frappa à la porte derrière lui. Il tressaillit, puis se dominant, ouvrit.

– *Señor !*

Un sifflement signala le vieux Tomás, debout dans la pénombre du corridor. Des relents de vin et de transpiration flottaient dans l'air.

– Il faut que je vous parle, c'est important.

– Je suis fatigué.

Tomás aperçut la miniature funèbre.

– C'est à propos de *ça*, señor. (Il désigna l'objet du doigt :) Je suis passé ici, il y a un petit moment.

J'ai vu quelqu'un entrer dans votre chambre avec le petit service funèbre. Je me suis dit que ça vous intéresserait de savoir qui.

Roby ouvrit et referma les yeux plusieurs fois de suite.

– Vous avez vu son visage?

– Ce n'était pas un homme, señor. C'était une femme.

– Une femme?

– Señorita Celia. Je l'ai vue.

– Vous feriez mieux de redescendre. J'ai froid, et vous êtes ivre.

– Elle ne m'a pas vu. Elle tenait le service funèbre, et elle est ressortie quelques minutes plus tard. Vous ne vous sentez pas bien, señor?

Roby se retenait à la porte, les paupières closes.

– Je ne *suis* pas bien.

– Señor, j'ai observé la señorita tous les jours, avec vous. Ce qu'elle fait n'est pas convenable de la part d'une Mexicaine. Chez nous, une femme ne reste pas seule avec un homme, elle ne sort pas seule avec lui. Et hier, Señora Licone, celle qui fait des têtes de mort en sucre d'orge, m'a dit : « Ah! cette Celia, elle est complètement folle. Elle est venue me demander de lui faire une petite tête de mort et de mettre dessus le nom d'un *americano* : Roby. » Sur le moment, je n'y ai plus pensé, señor. Puis ce soir, j'ai vu la señorita apporter la miniature dans votre chambre, et j'y ai repensé, et encore, plus tard, quand vous avez été blessé à la fiesta. J'ai repensé à tout ça, et je suis venu.

Roby se laissa lourdement tomber sur un siège, attentif au pansement qu'il sentait contre son côté droit.

– Tu peux me conduire chez la Señora Licone, ce soir?

– *Si, señor.*

– Je veux parler avec elle de cette tête de mort en sucre.

– *Si.*

Le vieux Tomás passa sa langue sur ses lèvres. Son visage s'assombrit encore, ses yeux se mirent à briller.

– J'ai trouvé que c'était bizarre, señor, vu que vous n'êtes pas le premier *americano...*

– Pas le premier!

– Asseyez-vous, señor, vous êtes bien pâle. Oui, un autre *americano*, dans cet hôtel, il y a un an. La señorita et lui étaient très souvent ensemble. Je les voyais entrer et sortir de l'hôtel...

Doucement, les yeux aux sol, Roby répéta : Celia, Celia...

– Et puis un jour, cet autre *americano*, il a disparu...

– Oui, je sais.

– Et la Celia, elle a pris l'air tout étonné de ne plus le voir. C'est une maligne. C'est elle qui a emporté ses bagages, ça, on peut en être sûr.

– Pourquoi n'es-tu pas allé prévenir la police?

– A quoi bon, señor? Un *americano* s'en est allé, peut-être qu'il est reparti aux Etats-Unis. C'est un crime, ça? Où est le mal, señor? Non, c'est seulement ces jours-ci, avec tout ce que j'ai vu, que j'ai commencé à réfléchir. Cette fille, Celia, avec vous, votre blessure ce soir, la tête de mort en sucre d'orge, le petit service funèbre... J'ai repensé à tout ça. Je me suis rappelé l'autre *americano.* Et je suis venu vous trouver. Vous voulez voir la Señora Licone tout de suite, señor?

– Je veux la voir. Où allons-nous?

– Ce n'est pas loin.

Ils descendirent la rue des fabricants de cercueils. Même à cette heure tardive, on entendait s'activer les scies et les marteaux. Par les portes restées ouvertes, on voyait les artisans travailler en échangeant des plaisanteries.

Celia, songeait Roby Ciber, gentille Celia au regard si doux. Que s'est-il passé? Etiez-vous amoureuse de Douglas McClure, et aurait-il fait quelque chose que ne pouvaient accepter vos coutumes et votre logique de Mexicaine? Et alors, l'auriez-vous tué, dans un brusque accès de passion, ainsi qu'il en va souvent au Mexique? Oh, la mort, ici, arrive vite. Pas de lents poisons ni de stratégies compliquées. C'est l'acte instantané qu'une seconde plus tard vous regrettez. Un poing, un couteau, un revolver, vite, et on n'en parle plus. Douglas a-t-il dit ou fait quelque chose... Est-ce qu'il a essayé de vous embrasser, de vous prendre dans ses bras? Déplaisait-il à vos parents? Sa présence à vos côtés risquait-elle de compromettre votre réputation? Pour nous, Américains, c'est peu de chose, mais pas pour vous. Etait-ce cela, Celia? Et vous l'avez donc tué, dans un instant de passion, et vous avez emporté les bagages qui se trouvaient dans sa chambre? Ainsi, il avait l'air d'être parti, tout simplement. Vous n'êtes pas intervenue quand on a découvert un cadavre, nu, impossible à identifier, et qu'on l'a mis dans les catacombes. Peut-être parce que vous pouviez ainsi, de temps en temps, descendre le voir et vous moquer de lui. Allez savoir. Puis je suis arrivé, et vous avez essayé de me prévenir, de m'éloigner. Mais je reste.

– Par ici, señor.

Ils s'engagèrent dans une sombre ruelle. Les étoiles brillaient d'une lumière froide. Un chien aboya quelque part dans la vallée de pierre. Un accord de guitare s'éleva, limpide et cristallin. Une voix chantait, tristement.

– C'est encore loin, Tomás?

– Nous arrivons, señor.

Ils gravirent une colline au clair de lune... Il n'y avait aucun moyen d'arracher le corps de Douglas aux catacombes, n'est-ce pas, Celia? songeait Roby. On l'avait trouvé, on l'avait mis là, mais vous ne pouviez acheter personne pour l'enlever: cela vous aurait dénoncée. Peut-être aussi que vous ne *vouliez pas* qu'il sorte de là. Et vous *vouliez*, peut-être, que je l'y trouve.

La lune était comme un œil fixe et blafard au-dessus du ciel et de la terre déserte. Leurs ombres rampaient sous eux; ils remontaient la pente en soufflant.

Ils se dirigèrent vers un bâtiment à l'apparence familière. Des bannières claquaient au vent au-dessus des grilles d'enceinte.

– Est-ce que ce ne sont pas les arènes, là, Tomás?

– Oui, les arènes.

– La Señora Licone habite ici?

– Elle n'a pas de chez elle. Elle vit sous les arènes, et c'est là qu'elle fabrique ses têtes de mort en sucre d'orge et ses scènes de funérailles en miniature. *Là*.

Ils traversèrent un grand espace clair, silencieux et baigné par le clair de lune, – l'arène. Le sable, sur le sol, faisait comme une mer blanche à peine ridée, et les *barreras*, – les gradins, – s'élevaient tout autour en cercles concentriques, silencieux et déserts sous la lune.

Ils regardèrent. Tomás s'approcha d'un ballot abandonné sur le sable de l'arène.

– Voyez, señor, on a laissé ici un équipement de torero.

Il y avait une cape écarlate, une petite *birreta*, de minuscules ballerines noires et une épée qui brillait à la lumière.

– Quelqu'un les aura oubliées, dit Roby, mal à l'aise.

Tomás se pencha pour toucher les objets.

– C'est une honte de les avoir laissés là. Tout est en bon état.

Il saisit la *birreta* précautionneusement.

– Vous avez déjà assisté à une *corrida*, señor?

– Deux ou trois fois. Cela ne m'a pas plu.

– Señor, vous, les *americanos*...

Tomás mit la *birreta* sur sa tête. On vit, au clair de lune, son corps se raidir. Il tendit les mains.

– Comment vous me trouvez, señor?

– Très bien, très bien. Si vous m'emmeniez chez la Señora Licone, maintenant...?

– Je ne suis pas beau?

– Très beau, vraiment, mais...

– Vous savez que dans le temps, il y a des années et des années, j'ai été le meilleur torero du Mexique?

– Je n'en doute pas, mais...

– S'il vous plaît, señor, écoutez.

Tomás était soudain très grand, et la lune projetait son ombre immense sur le sable. Il n'était plus courbé, les muscles s'étaient détendus, le menton se relevait, les yeux flétris brillaient d'un éclat nouveau.

– Il m'est arrivé de combattre trois taureaux, ici, – trois dans la même journée! Ah! Les gens s'entassaient jusqu'au ciel sur les gradins. Ensuite, ils ont coupé les oreilles des taureaux pour me les donner.

Ils m'envoyaient leurs chapeaux, leurs gants, leurs sacs à main. Ça pleuvait tout autour de moi.

Roby l'observait en silence. Ils restaient debout, face à face, à se toiser.

Tomás se baissa pour ramasser la cape et l'épée.

– Je passais les véroniques comme ça, et comme ça... (Il mima la passe en tournant sur lui-même :) ... magnifiquement !

Il s'accroupit pour enfiler les petites ballerines à la place des sandales dont il s'était débarrassé d'un coup de pied.

– Señor...

Il marcha sur Roby.

– La Señora Licone?

– Oui, oui, celle qui fabrique les têtes de mort. (Tomás leva le bras, pointa un doigt :) La voilà. Vous voyez?

Roby se retourna. Tomás le frappa à la base du cou, derrière la tête.

– Señor!

Roby se mit à crier. Il bondit en arrière et faillit tomber. Portant vivement les mains à son cou, il le découvrit percé par trois minces aiguilles au bout desquelles flottaient de légers rubans, rouge, blanc et gris. Il arracha le tout et le jeta à ses pieds.

– Tomás!

– Señor! cria Tomás. Les banderilles! Dans le cou du taureau! Vous avez déjà vu ça, señor, dans les corridas, quand les banderilleros plantent les banderilles dans le cou du taureau? Voilà ce que je viens de faire!

– Tomás, Tomás! cria l'Américain en reculant.

Tomás le frappa avec l'épée. La lame pénétra dans la jambe de Roby, la traversant de part en part. Il s'écroula en perdant son sang.

– Tomás!

Tomás se pencha sur lui dans la lumière du clair de lune.

– Vous savez ce qui s'est passé, ce soir, señor?

– Tomás, répéta, dans un souffle, l'homme à terre.

– Ce qui s'est passé, c'est que j'ai essayé de vous tuer à la fiesta. C'était facile, avec mon revolver caché sous le taureau de feu. Mais vous vous êtes sauvé, señor!

– Emmène-moi chez la femme aux têtes de mort, Tomás!

Roby n'arrivait plus à respirer. Il ouvrait et refermait spasmodiquement la bouche. Il avait envie de vomir.

– Il n'y a pas de femme aux têtes de mort. Et vous savez ce qui se passera, demain matin, señor? (Tomás criait maintenant :) Demain, la Celia viendra vous chercher. Elle vous demandera. Et vous aurez quitté l'hôtel. Vos bagages ne seront plus là. *Et vous, parti!*

Roby tenta de se relever.

– Debout, dit Tomás. Je vous attends.

Roby se remit sur ses pieds. La douleur flambait dans sa jambe blessée. Il se maintint debout en chancelant.

– Tomás, tu es cinglé. Pose donc cette épée, espèce d'idiot.

– Non.

– Mais pourquoi me tuer?

– Parce que.

D'un geste le vieil homme assura la *birreta* sur son crâne. Tout cela aurait été simplement ridicule, s'il n'y avait eu la douleur et le sang qui coulait, et cette lune pleine dans un ciel clair.

– Je vais crier, dit Roby. On m'entendra.

– Vous ne pouvez pas faire une chose pareille, señor, vous gâcheriez tout. Je serais obligé de vous tuer rapidement. Un coup d'épée, un seul. Entre les deux yeux.

Roby frissonna. Il voyait Douglas McClure, là-bas, dans les catacombes. Et ce trou bizarre dans la boîte crânienne, il se l'expliquait désormais. C'était la blessure causée par l'épée d'un toréador. Voilà comment était mort Douglas McClure.

– On va s'amuser un peu, señor. Je suis le plus grand toréador du monde. Et vous, señor, vous serez le taureau. Vous allez me charger. Je vous ferai des passes. Je pourrai vous piquer au passage, aux bras, aux jambes, à la poitrine. La lune nous regardera. Et il y aura des étoiles sur tous les gradins.

– Mais qu'ai-je fait, Tomás?

– Je vous ai vu, chaque jour, entrer et sortir de l'hôtel. J'ai vu Celia qui vous accompagnait. C'est à nous qu'elle appartient. Pas à vous.

Tomás restait planté devant lui, grand et fier.

– Je vous observais, tous les deux, qui vous promeniez au soleil, toujours à rire ensemble. Mais à moi, vous ne disiez rien. Chaque jour, chaque jour je vous voyais la toucher, et rire avec elle, et je vous détestais, señor, au moins autant que j'avais détesté l'autre, celui de l'année dernière, celui qui entrait et qui sortait de l'hôtel, le jeune *yanqui*, le touriste ridicule. Et Celia qui n'avait d'yeux que pour lui, exactement comme aujourd'hui elle n'a plus d'yeux que pour vous... Tomás, lui, elle ne le voit pas. Tomás, que le Mexique entier, jadis, se disputait, d'Oaxaca à Guadalajara, et de Guadalajara à Monterrey! Mais voilà, il est vieux maintenant, Tomás, trop vieux pour danser dans l'arène. Le taureau ne le regarderait même pas. Et les femmes, c'est pareil. Elles ne le voient plus. Il n'est même plus bon à donner aux cochons, le vieux Tomás. Les gens lui crachent dessus. Un jour, il y a bien des années, Tomás s'est fait encorner par un taureau...

D'un geste saccadé, il releva sa chemise pour révéler la peau brune marquée de cicatrices, le ventre plat dans lequel la corne avait laissé une marque profonde.

– Vous voyez, señor? Vous voyez? Ces marques sont mon honneur! Ma profession! Mais que valent des cicatrices, pour une jeune femme? Vous vous promeniez avec elle, et vous plaisantiez avec elle. Moi, je vous observais. Je l'observais déjà avec l'autre. Et quand je n'ai plus supporté de les voir ensemble, j'ai amené l'*americano* ici, un soir. Moi j'étais le torero, et lui, l'animal stupide, et je l'ai tué. Vous êtes venu à votre tour, et maintenant vous devez mourir!

– Tomás, je n'ai rien contre toi, mon vieux...

– Je ne suis pas vieux! protesta Tomás rageusement, et il bondit vers lui, léger, en fouettant l'air de son épée. Elle me croit vieux, d'accord. Cette Celia! Moi je suis sur mon banc, et elle passe, depuis des années, sans rien me dire, et jour après jour, depuis des années, je la vois passer et je contemple sa beauté. Alors, je me suis dit, ces *yanquis* ne l'auront pas. Tous ceux qui viendront se promener avec elle, je les tuerai. Il y en a eu un, puis un deuxième, et il y en aura peut-être une douzaine avant qu'on me prenne. *Ils* ne l'auront pas. C'est *moi* qui l'aurai.

Il donna un nouveau coup d'épée dans l'air.

– Allons, bouge, *yanqui!* Ne reste pas planté! Bouge, cours, charge-moi! Luttons!

– Ma jambe. Je ne peux pas bouger.

– Je vais te faire bouger, moi!

Et Tomás se mit à frapper Roby au visage, de la pointe de son épée, jusqu'à ce que celui-ci, saisi de colère, s'élance, titubant sur sa jambe martyrisée. Tomás s'esquiva.

– Bien! cria-t-il en faisant tournoyer la cape. Encore!

Roby esquissa un nouveau pas, trébucha.

– Encore! C'est bien, c'est bien!

Roby se tenait debout, haletant. Tomás regarda la lune.

– Il se fait tard. Il faut que j'en finisse. Vous allez courir, et je vous planterai l'épée dans le crâne.

Et il se mit en position, la cape levée flottant au vent. Le clair de lune illuminait la scène.

La jambe de Roby battait comme un cœur puissant. Il n'y voyait plus clair. La terre vacillait avec les étoiles dans le ciel.

– Tomás, commença-t-il doucement.

– Allez! ordonna Tomás en agitant la cape, l'épée brandie, froide et brillante dans le vent.

– Très bien, répondit Roby.

– Maintenant! lança Tomás.

– Maintenant, répéta Roby.

Il bondit. L'épée étincela.

Il tomba, roula sur le flanc, continua à rouler, heurta les jambes du torero et s'y agrippa de toutes ses forces. Tomás poussa un hurlement et tomba à son tour. Ils luttèrent sauvagement sur le sable blanc. Tantôt c'était l'un qui tenait l'épée, tantôt c'était l'autre qui la lui arrachait.

Puis l'un d'eux se libéra et se dressa, debout, l'épée à la main. L'arme s'abaissa, s'enfonça, clouant l'autre au sable argenté par la lune. « *Voilà pour moi* », dit celui qui tenait l'épée en l'enfonçant sauvagement. Il retira la lame du corps qui continuait à se tordre sous lui, puis l'y replongea en disant : « *Voilà pour Celia!* »

Et la troisième fois, il déclara : « *Et voilà pour Douglas McClure.* »

Quand Celia rencontra Roby, il descendait la rue en boitant dans la lumière du petit matin. Il sortait tout juste du cabinet du médecin, avec dans sa main un petit objet blanc et poisseux comme du sucre. Il était très tôt. Le soleil se levait à peine entre les collines bleues et les cloches de l'église sonnaient. A la vue de la jeune femme, Roby s'immobilisa, se redressa et prit une profonde inspiration pour se pénétrer de l'incroyable douceur de l'air dans lequel flottait un parfum de feu de bois. Puis il leva la main qui tenait la petite tête de mort en sucre portant le nom de Roby. Il la brisa en plusieurs morceaux qu'il finissait de croquer quand Celia s'approcha et lui dit bonjour. Tout en mâchant et avalant, il lui rendit son salut.

(Titre original : *The Candy Skull.*)

TABLE

ACHEVÉ D'IMPRIMER SUR LES PRESSES
DE COX & WYMAN LTD. (ANGLETERRE)

Dépôt légal : mars 1992
N° d'éditeur : 2159
Imprimé en Angleterre